rororo

W0392193

Donald Antrim, geboren 1958, lebt in Brooklyn und stand auf der allerersten «New Yorker»-Liste der «20 unter 40». Die seit Studienzeiten eng mit ihm befreundeten Schriftsteller Jonathan Franzen und Jeffrey Eugenides halten ihn für «das eigentliche Genie». Mit dem Roman «Die hundert Brüder» war er Finalist des PEN/Faulkner Awards, 2013 wurde er mit dem MacArthur Genius Grant ausgezeichnet. Er lehrt Literatur an der Columbia University. Weitere Veröffentlichungen: «Mutter. Kein Roman», «Die hundert Brüder», «Der Wahrheitsfinder», «Das smaragdene Licht in der Luft».

DONALD
ANTRIM

WÄHLT MR. ROBINSON FÜR EINE BESSERE WELT

ROMAN

Mit einer Einführung von
Jeffrey Eugenides

Aus dem Englischen
von Gottfried Röckelein

ROWOHLT TASCHENBUCH VERLAG

Die Originalausgabe erschien 1993 unter dem Titel
«Elect Mr. Robinson for a Better World» bei Viking, New York.
Die deutsche Erstausgabe erschien 1999 unter dem Titel
«Die Beschießung des Botanischen Gartens» im Verlag
Edition Epoca AG, Zürich. Für die vorliegende
Ausgabe wurde der Roman durch eine Einleitung
von Jeffrey Eugenides ergänzt.
Deren Übersetzung besorgte Nikolaus Stingl.

Veröffentlicht im Rowohlt Taschenbuch Verlag,
Reinbek bei Hamburg, November 2015
Copyright © 2015 by Rowohlt Verlag GmbH,
Reinbek bei Hamburg
«Elect Mr. Robinson for a Better World»
Copyright © 1993 by Donald Antrim
Umschlaggestaltung ANZINGER | WÜSCHNER | RASP, München
Umschlagabbildungen Corey Ford/Stocktrek Images/Corbis
Satz aus der Caslon 540 PostScript bei
Pinkuin Satz und Datentechnik, Berlin
Druck und Bindung CPI books GmbH, Leck, Germany
ISBN 978 3 499 27078 9

Für Don und Roxanne Self

DIE BARBAREI DER GEGENWART

Von Jeffrey Eugenides

An einem heiteren New Yorker Tag vor über zwei Jahrzehnten – ungefähr 1990 – übergab mir Donald Antrim an einem Tisch im Viand Diner, Ecke 3rd Avenue und 86th Street, die ersten zwanzig Seiten eines Manuskripts, aus dem zu gegebener Zeit *Wählt Mr. Robinson für eine bessere Welt* werden sollte. Das war damals, als die Ära der Schreibmaschine sich dem Ende zuneigte, und Antrim benutzte, wenn ich mich recht erinnere, eine schlanke Olivetti, deren Tastenanschläge Abdrücke auf den Florpostblättern hinterließen, die ebenso zart, luftig und elegant waren wie die Anfangszeilen: «Denken Sie sich eine Ortschaft, gipsputzrosa und fischbauchweiß, mit Glyzinien und sich wiegenden Palmen hübsch verpackt und nach verfaulten Früchten riechend, die aufgeplatzt unter den Bäumen liegen, Mangos, Papayas, wunderbare Tangerinen. Stellen Sie sich vor, dass sich dieser Ort auf einer Korallenbank erhebt, die ausgebleicht an einem flachen Badegewässer aus dem Meer ragt, ‹der versunkenen Welt der Fische›. So nennt meine Frau Meredith den Ozean.» Damals wusste ich nicht, dass dieser Absatz nicht nur das Manuskript einleitete, das ich in Händen hielt, sondern auch noch zwei weitere, die folgen und schließlich eine Trilogie von Kurzromanen vervollständigen sollten, erzählt von pedantischen, syntaktisch gesitteten, halb geistesgestörten Männern mittleren Alters.

Ich hatte keine Ahnung, dass die Bildsprache des Meeres eine so große Rolle in dem Roman spielen würde (später werden Merediths selbstinduzierte «ichthyomorphe Trancen» zu einem Hindernis in ihrer Ehe mit dem Erzähler). Ich wusste nur, dass ich, dem Bahnverlauf dieser Anfangszeilen folgend, plötzlich in ein nie zuvor erlebtes Reich hineingezogen wurde: die versunkene Welt eines seltsamen, wunderbaren Buches. *Wählt Mr. Robinson für eine bessere Welt* ist etwas sehr Seltenes: ein Buch ohne Vorläufer. Es mit anderen Büchern zu vergleichen heißt, Frustration regelrecht zu provozieren: Die Schablonen passen nicht. Der Roman ist satirisch, ohne zur Satire zu werden. Er präsentiert erkennbare Figuren in einer erkennbar amerikanischen Vorstadt, ohne einer realistischen Erzählweise zu entsprechen. Er projiziert psychische Störungen auf die Außenwelt, ohne sich dem Schauerromanhaften hinzugeben. Er ist ein Werk von äußerster Originalität und höchstem künstlerischem Mut, und er wird mit jedem Lesen besser und tiefgründiger.

Erzähler des Romans ist Pete Robinson, ein arbeitsloser Lehrer und Fan der Geschichte des Mittelalters. Zu Beginn des Buches befindet sich Pete oben in seiner «Dachkammer, mit Vorhängeschloss an der Tür» und beobachtet seine Heimatstadt durch einen Feldstecher. Es sieht nicht allzu gut aus. Die Schulen haben geschlossen. Der frühere Bürgermeister, Jim Kunkel, ist kürzlich gestreckt und gevierteilt worden, zur Strafe dafür, dass er Stinger-Raketen in das Reflexionsbecken des Botanischen Gartens geschossen und ehemalige Wähler getötet hat. Außerdem haben Einwohner vor ihren Häusern «Fallgruben» mit angespitzten Pfählen angelegt, um sich vor Nachbarn zu schützen. Zwei Familien führen in einem Stadtpark einen Kleinkrieg gegeneinander.

Unterdessen scheint «alles, Häuser und Geschäfte, Tankstellen und Banken, alle die liebgewordenen Orientierungspunkte meines glücklichen Lebens in diesem Ort – alles scheint im Untergang begriffen. Wie trostlos dann die Welt aussieht. Es fehlt nur noch, dass aus Erkerfenstern Reptilien mit aufgerissenen Rachen herausschauen, Schlangen aus Aluminiumbriefkästen purzeln und sich aus niedrigen Abdeckgittern über Doppeltürgaragen fallen lassen. Es ist eine Szenerie aus meinen Träumen, ein nasser Ort, den ich gut kenne und auch wieder nicht, Zuhause und doch keines, und darin wühlt ein Schwimmbagger und fördert Andeutungen von Verlust und Schmerz, von Verlangen und Begierde zutage, Indizien für meine immer intensiver werdende Vorahnung eines Todes durch Ertrinken.»

Pete beschreibt das lokale Durcheinander mit der aufgeräumten Stimme des «Stadtschreibers», bei dem es sich zufälligerweise um ihn handelt. Ein Running Gag des Buches zielt auf Petes Beschäftigung mit dem Abfassen von «Vortragsmanuskripten» in seiner Dachboden-Verschanzung. (Diese Manuskripte bezeichnet er als «Arbeit, mit der [ihn] Gott betraut hat».) Als Leser bekommen wir diese Manuskripte nie zu sehen. Wir bekommen stattdessen dieses Buch, Petes Schilderung nicht nur dessen, was alles schiefgegangen ist, sondern auch, sehr viel wichtiger, dessen, was er zu tun gedenkt, um es wieder in Ordnung zu bringen. Als Pete die Ereignisse, die zur Hinrichtung des Bürgermeisters geführt haben, Revue passieren lässt, sagt er: «Erst ein paar Tage zuvor hatte ich bei einem Rotarier-Lunch einen Vortrag über eine ganze Reihe solcher Vorrichtungen gehalten. Meine Absicht war es gewesen, Parallelen zwischen alten und modernen Auffassungen von Bestrafung und Schuld zu ziehen und anhand einiger Beispiele zu demonstrieren, wie von unserer heutigen Gesellschaft ‹Die Barbarei früherer Zeiten› – so der Titel meines Vortrags – internalisiert, ja auf subtile Weise sogar institutionalisiert wurde.» Aus seiner Sicht sind Petes Beweggründe löblich; er möchte aufklären, belehren. Aber irgendetwas kommt dem in die Quere. Sein Vortrag beispielsweise bringt ihm lediglich den Spitznamen «Herr Scharfrichter» von Seiten der Bürger ein, die ihn um Hilfe bei der Tötung des Bürgermeisters ersuchen, eine Bitte, der Pete zu seinem späteren Bedauern bereitwillig nachkommt, wobei er sogar so weit geht, vorzuschlagen, sie sollten «Toyotas und Subarus anstelle von Pferden» verwenden. Als letzten Wunsch äußert Jim Kunkel die Bitte, Pete möge seinen Körper zerstückeln und die Teile wie die des Osiris an verstreuten Orten begraben. Pete verspricht es, bewahrt Kunkels innere Organe jedoch stattdessen in seiner Gefriertruhe auf und schafft es lediglich, einen Fuß zu begraben, dessen Blut einige Feigenriegel durchweicht, die eine andere Romanfigur versehentlich isst.

Doch Pete lässt sich trotz alledem nicht abschrecken. Seine Streifzüge durch die verödete Landschaft werden von Gedanken an Auferstehung und Erneuerung begleitet. Er möchte als Bürgermeister kandidieren. Er spielt mit Wahlkampfslogans: «Pete Robinson für den Weltfrieden. Pete Robinson, ein Schritt zum Paradies.» Der Titel des Romans ist ebenfalls ein Wahlkampfslogan, und Petes Geschwafel klingt großenteils nach politischer Rhetorik. Er ist ständig damit beschäftigt zu erklären, zu theoretisieren, geschichtlich und kulturell Überliefertes auf die unmittelbare Situation anzuwenden. Pete weiß eine Menge – über das Ägyptische Totenbuch, portugiesische Folterkammern, Grundschulpädagogik –, aber nichts, was er weiß, hilft ihm, seine Welt zu verstehen. Der Eindruck, dass das Wissen selbst – die Geschichte, der westliche Kanon, was auch immer – ebenso unweigerlich zerfällt wie die Stadt, durchdringt den Roman; und da dieser eben auch ein Buch ist, zerrinnt uns beim Lesen ein Teil all dessen unter den eigenen Händen.

Petes Träume davon, Bürgermeister zu werden, stehen ebenso wie seine Hoffnungen, in seinem Haus eine Schule zu eröffnen, im Widerspruch zum Niedergang des politischen Systems und des Bildungswesens der Stadt. Die Steuerzahler haben den Schulen die Mittel gestrichen. Das ehemalige Schulgebäude ist in eine Fabrik zur Herstellung von Amuletten aus Koralle umfunktioniert worden. Petes Frau Meredith schenkt ihm einen dieser Schmuckgegenstände und gibt damit zu verstehen, dass sie einem der an Zulauf gewinnenden Wasser- und Fischkulte angehört. Die Küstenstadt in Florida, an einem nicht näher bestimmten Ort, in einem nicht näher bestimmten Jahr, ist in einen primitiven Zustand zurückgefallen, in dem der Aberglaube gedeiht und die Bürger sich von unsichtbaren Kräften beherrscht wähnen. Die Erzählstrategie des Buches passt perfekt dazu, denn Petes Redseligkeit und der Anschein der Rationalität sind wie das Gehäuse einer Muschel, in deren Innern dunkle Kräfte lauern. Warum interessiert er sich eigentlich so für die Inquisition? Warum baut er in seinem Keller eine «aus Balsaholz und Polystyrolschaum in Ausstellungsqualität und im Maßstab 1:32 als Querschnitt gefertigte Rekonstruktion einer portugiesischen Verhörkammer (um 1600), komplett bestückt mit Streckbank, Miniatur-Hand- und Beinschellen, nachgebildet aus mit Farbspray umlackierten Modeschmuck-Halsreifen und -Verschlüssen, dazu Wattebäuschchen von Q-tips, die Albinoratten darstellen»? Zwar hält sich Pete für den möglichen Retter der Stadt, doch der Umstand, dass er Bürgermeister werden will, bringt ihn mit dem früheren Amtsinhaber, dem todbringenden Kunkel, in Verbindung. Welche bürgermeisterlichen Aufgaben will Pete im tiefsten Innern übernehmen? Wer ist er eigentlich? Seit der Veröffentlichung von *Wählt Mr. Robinson* sind dystopische Romane eine Art Mode geworden. Antrim war früh mit dabei, wenn er nicht sogar der Erste war. Heute jedenfalls, im Gefolge von 9/11, der Entstehung von Grenzmilizen, Gesetzen, die das Tragen von Waffen erlauben, und Überlebensbunkern wirkt der Roman noch hellsichtiger als bei seinem Erscheinen im Jahre 1993. Doch «dystopisch» beschreibt hier weder den Wahnsinn noch die Methode. Den Kern von Antrims Unterfangen, das, was es ihm erlaubt, seine wilden Mutmaßungen glaubhaft zu gestalten, bilden sein tiefer Einblick in gesellschaftliche und eheliche Beziehungen und seine meisterlichen sprachlichen Fähigkeiten. Antrim skizziert seine Figuren – Rotarier, Tennis-Fans, Mütter aus der Vorstadt, missratene Teenager – mit unauslöschlichen Strichen. Sie sprechen einen perfekt wiedergegebenen, amerikanischen Jargon. Sie gestalten ihr Leben, indem sie all das tun, was komfortabel domestizierte Amerikaner tun. Sie gehen zu Abendessen, zu denen jeder etwas mitbringt, beäugen gegenseitig ihre Ehepartner, chauffieren Kinder zu ihren Terminen, leihen sich Rohrreinigungsspiralen, alles im Streben nach Glück an einem Ort, wo es kein Glück mehr geben kann. «Im Clam Castle drängten sich die Steuerzahler», sagt Pete auf seine typische Weise: «Jerry, Bill, Abe, Tom, Robert, Betsy, Dick und viele andere Vertreter der Geschäftswelt, einige meiner ehemaligen Lehrerkollegen mit eingeschlossen wie Alan, Simone, Doug; und dazu alle Ehepartner sowie ein paar Kinder, die so alt waren, dass man ihnen zumuten konnte, sich während angeregter Diskussionen ruhig zu verhalten; und Merediths Mutter Helen, der der Status quo grundsätzlich nicht passte und die immer wieder laut wurde; und, selbstverständlich, Terry, dessen generöses Iss-so-viel-du-kannst-zum-Extratiefpreis-Angebot der Hauptgrund dafür war, dass wir uns im Clam Castle versammelten.» Es ist verblüffend, wie viele Informationen Antrim in diesem Satz unterbringt. Als Erstes bekommen wir es mit Petes Ausführlichkeitsfimmel zu tun, als er eine Genealogie herunterbetet, die Homers *Ilias* würdig wäre; als Nächstes erfahren wir von seinen heimlichen Bedenken gegen Kinder (Pete und Meredith sind kinderlos) sowie seinem Verhältnis zu seiner Schwiegermutter; wir gewinnen Einblicke in die Fadheit heutiger Ausdrucksweisen («Vertreter der Geschäftswelt») sowie in Einzelheiten über das trotz der viel größeren Probleme der Stadt nach wie vor bestehende Interesse der Teilnehmer, durch den Verzehr von Fastfood sparsam zu wirtschaften, ein Einfall, der den Satz auf einer sehr witzigen Note enden lässt und den vorstädtischen Realismus verstärkt. Die Plausibilität verstärkt die Surrealität des Romans, anstatt ihr Abbruch zu tun. In Antrims Händen bringen Szenen von kunstvoller Phantasie Augenblicke hervor, die emotional so aufschlussreich sind wie jene bei Tschechow. So fragt Pete seine Frau Meredith, als diese zu einem Quastenflosser «wird» und mit anderen Quastenflossern im Meer herumtollt: «Kann ich einer werden, kann ich mit dir kommen?» Merediths urkomische Antwort ist zugleich herzzerreißend: «Das ist genau das Problem, Pete, man muss bereits dort sein, und du warst es nicht. Es tut mir leid, Schatz.» Welche Metapher wäre besser geeignet, die Entfremdung innerhalb einer Ehe und die Vergänglichkeit der Liebe zu beschreiben? Dieses Doppel- oder Dreifachregister stellt das wesentliche Merkmal dieses nicht zu klassifizierenden Buchs und von Antrims Romanen im Allgemeinen dar. Viele Autoren können abwechselnd traurig, komisch, erschreckend oder grotesk sein. Antrim ist all das gleichzeitig. Er lädt einzelne Szenen, ja einzelne Sätze mit vielfachen Bedeutungsnuancen auf. Deshalb ist *Wählt Mr. Robinson* so schwer zu interpretieren. Die emotionalen Anhaltspunkte sind nicht die, die wir von der Lektüre anderer Romane kennen. Sie kommen hier, und nur hier, vor.

Für ein schlankes Buch, verfasst in einer Prosa, wie man sie so schön, penibel interpunktiert und wohlmoduliert nur selten zu lesen bekommt, ist *Wählt Mr. Robinson für eine bessere Welt* ausgesprochen gewalttätig. Im Gegensatz zu den beiden anderen Büchern der Trilogie ist die Gewalt nicht ritualisiert oder durch komische Übertreibung abgemildert. Hier bricht sie unerwartet und zerstörerisch hervor. Mir fällt kaum ein anderer Roman ein, der dem Leser gegenüber den Spieß so vollständig umdreht. Lange Zeit lächelt man bei der Lektüre, oder man lacht laut heraus, doch im Fortgang der Geschichte und ganz abrupt auf den letzten Seiten (wenn wir erfahren, warum Pete auf dem Dachboden eingeschlossen ist), stellt sich ein Frösteln ein. Gegen alle Erwartungen wird dieser überaus komische Roman wahrhaft furchterregend, und der Leser stürzt, als geriete er in Petes eigene getarnte Fallgrube, in die angespitzten Pfähle des erschreckenden Endes.

Von allen Romanfiguren benennt noch am ehesten der

tote Ex-Bürgermeister, woran die Stadt krankt. Bei dem Rotarier-Essen, bei dem Pete seinen Vortrag hält, steht Kunkel auf, um zu verkünden: «Wir sind hier alle Mörder», und dass er die Wahrheit ausspricht, empört seine Nachbarn und hat, zu einem nicht geringen Teil, seinen Untergang zur Folge. *Wählt Mr. Robinson für eine bessere Welt* erhebt einen ähnlichen Vorwurf, indem der Roman die Barbarei nicht der Vergangenheit, sondern der Gegenwart belegt, und die Reaktion des Lesers, zumal des amerikanischen, wird wahrscheinlich ebenso von Unbehagen, Zorn und schuldbewusstem Wiedererkennen geprägt sein. In einer Umkehrung von Marx' berühmtem Satz über die Geschichte im Achtzehnten Brumaire finden die Hauptereignisse in diesem Roman zuerst als Farce und dann als Tragödie statt. Kunkels Todesszene, wiewohl gruselig, zielt im Wesentlichen auf Lacher ab. Dass er alle als Mörder bezeichnet, ist ebenso humoristisch aufgeladen. Aber am Ende des Buches geht uns der fürchterliche Ernst der Worte des Bürgermeisters auf. Es ist, als hätte Antrim noch den letzten Rest Komik aus dem Gewebe seiner Erzählung herausgepresst und nur einen giftigen Rest übrig gelassen.

Natürlich begnügt der Roman sich nicht damit, nur anzuprangern. Es handelt sich schließlich um ein literarisches Werk, das eine klassischere Katharsis vorsieht, als man sie von einem Roman mit beträchtlichen experimentellen Eigenschaften vielleicht erwarten würde. Trotz seiner Sonderbarkeit mögen wir Pete. In dieser veränderten Welt ist er unser einziger Lotse. Man wünscht sich unwillkürlich, Meredith käme zu ihm zurück. Man hofft, dass am ersten Schultag alles gut für ihn laufen wird. Als das nicht eintrifft und sich Petes wahrer Charakter offenbart, erlebt der Leser

Emotionen, die genauso intensiv und reinigend sind, wie von der aristotelischen Poetik gefordert: Entsetzen über das, was Pete tut, und Mitleid für sein Opfer, die arme «kleine Sarah Miller mit den kastanienbraunen Haaren». Das Buch lässt einen wie ausgehöhlt zurück, überwältigt davon, was Antrim auf sich genommen hat, um in einer unrealistischen Erzählung das Wesen des Bösen real und fassbar zu gestalten. Zudem dient das Mitgefühl mit Pete, das im Laufe des Buches mit derart leichter Hand gewonnen wird, dass der Leser es vielleicht gar nicht merkt, als eine Form der Selbstbezichtigung. Dass sich Pete der dunklen Kräfte in seinem Innern nicht bewusst ist, hat den Effekt, dass sich der Leser fragt, in welchem Maße dies vielleicht für jeden gilt. Am Ende des Buches verspürt man daher Entsetzen über und Mitleid mit sich selbst.

Trotz seines düsteren Gegenstandes und seiner bitteren Einschätzung der Menschennatur ist das Buch alles andere als destruktiv. Mit seinem Humor und seiner Traurigkeit und zumal mit der Genauigkeit seiner Prosa und dem intelligenten Fluss von Petes Gedanken, und seien sie noch so durchgeknallt, erfreut und schmerzt das Buch zugleich. Mit echter Kunstfertigkeit inszeniert Donald Antrim etwas von der Wiederauferstehung, die Pete mit der Beisetzung von Jim Kunkels Fuß zu bewirken hofft. «Und so scheint es», schreibt Pete, «als sollte eigentlich nicht Jim Kunkels Fuß bestattet werden – um Jims Fuß ging es gar nicht –, sondern ein Gefäß aus Fleisch und Blut, das in sich die Hoffnungen der Menschheit – Jims, meine, die von allen und jedem – auf eine bessere, klügere Welt barg, die aus dem mit Blut und Knochen fruchtbar gemachten Erdreich wachsen könnte.» Trotz des schelmischen Tons dieses Satzes beschreibt er sehr schön sowohl Antrims Absicht als auch seine Leistung. Dieses nekrotische Buch gräbt sich tief in den Verstand ein und spendet trotz seines eitrigen Inhalts Leben.

Denken Sie sich eine Ortschaft, gipsputzrosa und fischbauchweiß, mit Glyzinien und sich wiegenden Palmen hübsch verpackt und nach verfaulten Früchten riechend, die aufgeplatzt unter den Bäumen liegen, Mangos, Papayas, wunderbare Tangerinen. Stellen Sie sich vor, dass sich dieser Ort auf einer Korallenbank erhebt, die ausgebleicht an einem flachen Badegewässer aus dem Meer ragt, «der versunkenen Welt der Fische». So nennt meine Frau Meredith den Ozean. Ihr Vater war Austernfischer. Natürlich ist dieser Beruf heute ausgestorben wie so viele, die einst die Stützpfeiler dieses Paradieses bildeten. Vom Fenster meiner Dachkammer aus kann ich zusehen, wie Merediths Verwandtschaft die Uferlinie abgrast. Vornübergeneigt graben sie den feuchten Dünensand mit Spielzeugschaufeln aus Plastik um, mit gelben, roten, blauen. Die gelbe gehört Merediths Mutter, wie ich weiß. Ich möchte Helen etwas zurufen, ihr zuwinken und Grüße austauschen, doch ich weiß auch, dass sie meinen Gruß niemals erwidern wird nach den schlimmen Dingen, die dem kleinen Rotschopf Sarah Miller am Anfang vergangener Woche widerfahren sind, drunten in meinem Keller.

Tragisch.

Die Sandstocherer ziehen weiter ihres armseligen Weges die Küste entlang. Wer hätte sich je vorstellen mögen, dass die Existenz eines ganzen Ortes auf der industriellen Vermarktung von magischen Kräften toten Meeresgetiers beruhen könnte? Aber so ist es. Schauen Sie nur landeinwärts. Da haben wir die umgewandelte Grundschule mit Uhren an den Wänden, die unablässig drei Uhr verkünden. Eine Fabrik hat man daraus gemacht. Tag und Nacht werden da drinnen nun Seesternfetische und Totems aus Kaurischnecken, Meergurken und angeschwemmten Holztrümmern hergestellt. Ich kann das Singen und Kreischen der Fräsen hören, mit denen sie aus den kostbaren schwarzen Korallen Ringe und Amulette machen, wie sie hier jeder trägt, und ich höre das rasenmäherhafte Brummen von einem Dutzend Dieselaggregaten, die man vor das Schulhaus gestellt hat und die zusätzlichen Strom liefern über Hochspannungskabel, welche sich schwarz durch den Abenteuerspielplatz, über den Asphaltbelag des Basketballfeldes und schließlich um den Maschendrahtzaun, der die Tennisplätze umgibt, schlängeln.

Auf dem Center Court wirft eine Frau im weißen Dress einen Ball in die Luft. Er fängt das grelle Tageslicht ein, das von den Hochwasserschutzkanälen längs der South Main Street reflektiert wird. Dieses die Küstenstreifen verbindende Grabennetz soll Sturmfluten im Gefolge von Hurrikanen auffangen – tiefe, lange, alligatorverseuchte Gewässer kreuz und quer durch das mit Müll aufgefüllte Land. Der Schläger der Frau katapultiert den Ball ins gegnerische Spielfeld. Er fliegt durch die Luft, springt auf. Dort aber ist niemand, nur Bälle liegen herum. Die Frau ist Inhaberin eines Geschäfts für Kinderbekleidung in der Pettigrew Street. Ich zücke mein Fernglas und stelle auf die verspiegelten Gläser der Sonnenbrille scharf, in denen der Sandbelag des Feldes aufscheint, und auf die Tonstaubwölkchen, die pilzförmig um ihre schleifenden Füße emporschießen. Und auf ihrem plissierten Tennisröckchen hat sie dunkle Schmutzflecken, Tonerde, von den Bällen beim Aufprall auf dem Spielfeld abgerieben, schweißig auf die Hand übertragen, gedankenlos feuchtschmierig abgewischt in der gleißenden Sommerhitze, die dem Hauch von Ozon unter den aufziehenden Wolken so prächtig vorangeht.

Der nachmittägliche Regen – da kommt er schon aus Westen. Die Frau schlägt auf, der Regen zieht näher; und jetzt geht die Tür der Schulcafeteria auf, frisch in einem kräftigen Mitternachtsblau gestrichen, was einen tieferen Sinn haben könnte oder auch nicht. Ein Mann beguckt sich den Himmel und die näherrückende Regenwand. Ich kann sein grobschlächtiges Gesicht erkennen. Es ist Ray Conover, dessen Frau Miriam auf so schreckliche Weise umkam, als Jim Kunkel jene elend dumme Show abzog und wahllos Stinger-Raketen in den Fontänenteich des Botanischen Gartens feuerte. Viele von denen, die dort Picknick machten, starben an jenem Tag. Ich erinnere mich noch, wie Ray blutüberströmt die Main Street entlanglief, den Verkehr ignorierte und die Leiche seiner Frau auf den Armen trug.

Es geschah am Ende des Sommers, vor kurzem erst, ziemlich genau zu der Zeit, als eigentlich die Schule hätte beginnen sollen, es aber nicht tat, weil wir natürlich die Gebäude räumen mussten, nachdem die Steuerzahler dafür gestimmt hatten, dem kommunalen Schulwesen die Mittel zu entziehen.

Es war eine bittere Stunde. Wir trafen uns zu einer Besprechung – Vertreter der Schulbehörde und die verbliebenen, unterrichtsfähigen Lehrer – und beschlossen, den

Lehrbetrieb aufrechtzuerhalten und notfalls aus eigener Tasche zu finanzieren, konnten dann aber keine geeigneten Räumlichkeiten für die Vor-, Grund- und Mittelstufe finden. Nicht dass wir sehr viel Platz gebraucht hätten. Den brauchten wir nicht. Wir hatten ja nur eine Handvoll Kinder und hätten ohne weiteres nach dem Konzept einer einklassigen Dorfschule verfahren können. Aber jeder von uns – Meredith, ich, Doug, Marty, Allan, Simone –, wir alle glaubten an die Aufgliederung der Lerninhalte in separate Einheiten und an die Stärkung des Selbstwertgefühls der Schüler durch schrittweise gesteigerte Anforderungen und Leistungsdifferenzierung. Ein Jahr lang Bio, dann im nächsten Chemie. Davon wollten wir nicht abrücken. Also bestanden wir auf stufenspezifischen Klassenzimmern und getrennten Bereichen für die Wahlfächer, obwohl wir wussten, dass sich für manche nur zwei oder drei Schüler melden würden, oder auch nur einer, oder gar keiner.

Wir waren verschreckt. Wir waren überdreht.

Heute, da ich hier in meiner Dachkammer sitze, ein Vorhängeschloss an der Tür, einen Stoß Unterrichtsskizzen zum Durcharbeiten und diesen ‹Superweitwinkel›-Feldstecher mit Präzisionsoptik zum Herumspionieren – heute bin ich mir nicht mehr so sicher, dass ich das Strecken und Vierteilen eines ehemaligen Bürgermeisters und ehrenamtlichen Mitglieds der Handelskammer befürworten würde. Das haben wir nach dem Stinger-Vorfall mit Jim Kunkel gemacht. Was mich angeht, so lassen Sie mich hier und heute feststellen, dass es mir leidtut wegen der Rolle, die ich bei dem Femegericht spielte, das vor Jims Apartment in der Dune Road zusammentrat.

Andererseits: Was hätte ich schon tun können? Die Anforderungen des bürgerlichen Diskurses sind vertrackt. Engagement und Geselligkeit werden auf mannigfache Weise belohnt. Ich wollte ein Schulgebäude haben. Meine Gedanken waren bei den Kindern, als mir Jerry Henderson, Bill Nixon und ein paar andere aus dem Rotary Club im Schein der Straßenlampen einen schönen Abend wünschten. Sie wussten nur zu gut, dass ich als Amateurhistoriker mit Streckbank, Rad, Eiserner Jungfrau und dergleichen vertraut war. Erst ein paar Tage zuvor hatte ich bei einem Rotarier-Lunch einen Vortrag über eine ganze Reihe solcher Vorrichtungen gehalten. Meine Absicht war es gewesen, Parallelen zwischen alten und modernen Auffassungen von Bestrafung und Schuld zu ziehen und anhand einiger Beispiele zu demonstrieren, wie von unserer heutigen Gesellschaft die ‹Barbarei früherer Zeiten› – so der Titel meines Referats – internalisiert, ja auf subtile Weise sogar institutionalisiert wurde.

Ich hatte gehofft, etwas über unsere Art zu leben vermitteln zu können. Als die Zuhörer dann Fragen stellen durften, wurde mir allerdings klar, dass mein Vortrag in Wahrheit eine verheerende Wirkung gezeitigt hatte. Hätte ich es kommen sehen müssen in jener sternklaren Nacht in der Dune Road vor Jims Wohnung, als Jerry und Bill und diese Rüpel mir auf die Schulter klopften und grinsend sagten: «He – da ist ja unser Herr Scharfrichter»?

Oder auch: Wie viel an Verantwortung muss ich mir für das zuschreiben, was dann zuletzt zwangsläufig geschah, nur weil ich vorschlug, einige der in der Nähe geparkten Toyotas und Subarus zu nehmen anstelle von Pferden?

Vielleicht stellt man solche Fragen besser nicht. Wie dem auch sei, ich muss jetzt meinen Unterricht vorbereiten. Das ist es, was man von mir erwartet, das ist die Aufgabe, mit der mich Gott betraut hat, und nicht damit, aus dem Fenster zu starren und den strahlend schönen, braunen Körper der Besitzerin des Bekleidungsgeschäfts zu betrachten. Richtig morbid, dieser Voyeurismus von mir. Es ist eine Krankheit: leichte Agoraphobie, im Verein mit einer bedenklich fixen Idee von Regenwasser, das von Ziegeldächern in Rinnsteingullys läuft, die mit Pflanzenunrat verstopft sind.

Sie stauen das Wasser zurück, die Gullys, und verstopfen die Kanalisation mit Dreck. Der Himmel wird schwarz, Regenfälle gehen nieder, Kanäle laufen über, Rasenflächen stehen unter Wasser, die nicht gekehrten Straßen werden allmählich überschwemmt. Alles, Häuser und Geschäfte, Tankstellen und Banken, alle die lieb gewordenen Orientierungspunkte meines glücklichen Lebens in diesem Ort – alles scheint zu versinken. Wie trostlos dann die Welt aussieht. Es fehlt nur noch, dass aus Erkerfenstern Reptilien mit aufgerissenen Rachen herausschauen, Schlangen aus Aluminiumbriefkästen purzeln und sich von niedrigen Gitterrosten über Doppelgaragentoren fallen lassen. Es ist eine Szenerie aus meinen Träumen, ein nasser Ort, den ich gut kenne und auch wieder nicht, ein Zuhause und doch keines, und darin wühlt ein Schwimmbagger und fördert Andeutungen von Verlust und Schmerz, von Verlangen und Begierde zutage, Indizien für meine immer intensiver werdende Vorahnung eines Todes durch Ertrinken.

Es bleibt abzuwarten, ob der heutige Wolkenbruch heftig genug sein oder lang genug anhalten wird, um eine solche Metamorphose der Welt zu bewirken.

Da haben wir schon etwas, was auf eine Unheil verkündende Vorhersage schließen lässt: Ray Conover schlurft zwischen den Dieselmotoren umher, die draußen vor der Hauswand der ehemaligen Schule – *meiner* ehemaligen Schule – aufgereiht sind und vor sich hin grummeln, stellt die Motoren ab und sorgt damit für so viel Stille, dass man von weit her das unregelmäßige Anschlagen einer Glockenboje hören kann, was zweifellos auf Seegang und ansteigende Pegel hindeutet. Und aus der Nähe die Echos von hart geschlagenen Tennisbällen. Bis jetzt war mir noch gar nicht aufgefallen, was für ein Geräusch ein solcher Aufprall erzeugt. Der Schläger der Frau beschreibt eine bogenförmige Aufwärtsbewegung hin zu einem filzigen Ball, der sich auf seiner vertikalen Bahn zum Scheitelpunkt völligen Stillstands befindet. Dann erfolgt der Schlag, und der Ball schießt davon. Einen nicht messbaren Moment danach höre ich ein *Womp*.

Ob ihr klar ist, dass sie gleich patschnass werden wird? Vielleicht sieht sie ja durch ihre silbrigen Heuschreckengläser eine Welt ohne Wetter.

Ray fummelt an einem Dieselaggregat herum. Ich finde, er sieht gar nicht gut aus. Seine Hose ist zu kurz, und sein Hemd ist zerrissen. Zottelige Barthaare kringeln sich an seinem Hals. Er könnte ein übergewichtiger, sonnengebräunter Wermutbruder sein, der den Tag vergammelt. Ray Conover allerdings ist kein Penner; er ist ein vielzitierter Fachmann für statistische Ozeanographie, der sich auf subtropische Ökosysteme von Küstenregionen spezialisiert hat. Ich vermute, dass er in der ehemaligen Schule eine Funktion als Berater ausübt und diese niederen Arbeiten der Überwachung von Dieselaggregaten im Hof nur übernommen hat, um jemandem einen Gefallen zu tun. Oder sie zum Vorwand nimmt, um dem unerbittlichen Zermahlen und

Zermalmen dort drinnen zu entkommen. Es muss ihm in der Seele weh tun, mit anzusehen, wie sein geliebtes Riff zu billigem Schmuck zerstampft wird.

Ich besitze so ein Schmuckstück aus dem Riff. Es ist ein Ring aus polierter schwarzer Koralle, eigentlich ganz schön, rein und schlicht und durchaus elegant, aber um einige Nummern zu groß für jeden meiner Finger. Er ist ein Geschenk von Meredith; sonst hätte ich ihn inzwischen wohl weggeworfen. Ich glaube nicht an Talismane, und offen gestanden finde ich den Wasser- und Fischkult, der hier in der Gegend zusehends gedeiht, mehr als nur ein bisschen lästig. Beispiel gefällig? Als ich im Spaß zu Meredith sagte, dass man den Ring auch als Gerätschaft für sexuelle Zwecke benutzen könnte, meinte sie: «Nun werde mal nicht blasphemisch, ja?»

Es war an einem Werktag gewesen, und wir hatten gerade unser Abendessen beendet. Es erschien mir müßig, auf die Tatsache zu verweisen, dass Blasphemie Glauben voraussetzt. Wie auch immer: Das Präsent meiner Frau in seiner mit indigoblauem Samt ausgeschlagenen winzigen Geschenkschatulle, mit einem grobkörnigen Plastikdeckel in der Form des Ektoskeletts einer Königskrabbe verschlossen, war als Überraschung gedacht gewesen. Sie sagte: «Du brauchst gar nicht sarkastisch zu werden, Pete. Es ist nichts als ein kleines Geschenk. Mehr ist es nicht.»

«Danke, Schatz.»

«Das ist schwarze Koralle.»

«Wirklich?»

«Sie wird dich beschützen.»

Ich hatte den Ring in die Schatulle zurückgelegt, anschließend den Tisch abgeräumt und dabei die Fischgräten restlos in den Müllschlucker geworfen, damit Meredith sie nicht mehr in die Finger bekam und für eine ihrer ichthyomorphen Trancen verwenden konnte.

Doch zurück zu der Kunkel-Geschichte. Sie geht mir nicht mehr aus dem Kopf. Ständig sehe ich Jims Gesicht vor mir, rot beleuchtet von den Rücklichtern in den langen Sekunden, ehe sich die Schnüre strafften, während Bill Nixon wieder und wieder versuchte, seinen Qualmwolken ausstoßenden, falsch eingestellten Celica zu starten. Die ganze Situation war ausgesprochen ungemütlich; man konnte nichts tun, als die Schuhspitzen ins Gras zu bohren, zu den Sternen am Himmel hinaufzugucken und diesem Orgeln und Husten des Motors zuzuhören und natürlich dem verschnürten, gefesselten, an allen vieren angebundenen, auf dem Bauch liegenden und weinenden Jim Kunkel. Reißfeste Leinen aus Nylon von der Art, wie sie die Sportfischer aus der Gegend zum Fang von Tarpunen benutzen, verliefen strahlenförmig von Jims Hand- und Fußgelenken weg über den Rasen und durch Jims schönen japanischen Steingarten zu den hinteren Stoßstangen von Autos, die auf das Signal warteten, um gleichzeitig in unterschiedliche Richtungen loszufahren. Ich wollte Jim sagen, dass alles schnell vorbei sein, dass es nicht weh tun werde. In Wirklichkeit befürchtete ich das Gegenteil. Ganz besonders beunruhigte mich der Einsatz von Angelschnüren für eine extreme Belastungsprobe wie diese. Leitschnüre konnten halten oder reißen, in allen nur erdenklichen, ärgerlichen Kombinationen. Der Erfolg hing von einem sauberen, gleichmäßigen Zug ab, ohne jedes Rucken, genau wie wenn man einen großen Fisch an Bord zieht.

Es dauerte nicht lange, bis klarwurde, dass Nixons Motor

immer mehr absoff, und weil außerdem die Batterie jeden Augenblick ihren Geist aufgeben konnte, meldete sich Jerry Henderson mit dem klugen Vorschlag zu Wort: «Bill, mach mal eine Weile aus!» Auch die anderen stellten ihre Motoren ab. Man einigte sich darauf, fünf Minuten zu warten und es dann erneut zu versuchen. Bei den Büschen in der Hofeinfahrt am Rand der Straße drängten sich die Männer zusammen: Jerry und Bill, Dick Morton, Abraham de Leon, Tom Thompson, Terry Heinemann, Robert Isaac. Ob sie Jim schluchzen hörten? Einer spontanen Eingebung folgend, wollte ich zu Jim hinübergehen, um ihm meine Hand auf die Schulter zu legen, ihn zu halten oder ihm die Stirn abzuwischen, ihn vielleicht zu kratzen, falls es ihn irgendwo juckte. Ich hielt das für angebracht. Jawohl. Und auch, um mich zu entschuldigen: für das Urteil, für die Verzögerung bei der Vollstreckung, für alles Mögliche.

«Pete», flüsterte Jim ahnungsvoll.

«Jim?» Ich warf einen kurzen Blick in die Richtung der anderen. Hatten sie Jim meinen Namen rufen hören? Würde eine Unterhaltung mit dem Verurteilten mein Ansehen bei ihnen beschädigen? Nichts von alledem. Niemand schien davon Notiz zu nehmen, dass ich mich unauffällig und langsam auf den ehemaligen Bürgermeister zubewegte. Niemand schien meine Gestalt zu bemerken, deren Silhouette sich vor dem schwachen fahlgelben Lichtschein von Jims Antiinsektenlampe auf der Veranda abzeichnete.

«Ein Engel», sagte Jim. «Ich bin im Himmel.»

«Ich bin's, Jim. Pete.» Ich schob mich dicht an ihn heran. Ich hätte den Arm nach unten strecken und ihn berühren können.

«Mein Freund», sagte er und schüttelte die gestreckten

Hände, um mir die an den Gelenken befestigten Angelschnüre zu zeigen. «Sie schneiden mir das Blut ab.»

Welchen Sinn hätte es gehabt, ihm die Notwendigkeit stabiler Fesseln zu erläutern, die Mechanik stetigen Zugs im Gegensatz zu der des plötzlichen Rucks? «Tut mir leid», sagte ich zu ihm. Ich hörte das Gemurmel einer wachsenden Menschenmenge jenseits der Raseneinfassung. Zuschauer. Jim sagte: «Du weißt, Pete, dass ich in dem Personalausschuss saß, der deine Bewerbung als Lehrer für die dritte Klasse zu begutachten hatte. Wie lange ist das her?»

«Jahre.»

«Wir im Bürgermeisteramt waren ja nur mit dem Sichten der Bewerbungen befasst, bitte sehr, nicht mit der eigentlichen Entscheidung. Rein beratende Funktion. Wir haben deinen Lebenslauf sehr genau unter die Lupe genommen. *Sehr* genau. Was glaubst du, wie unsere Empfehlung ausgesehen hat?»

«Ich weiß nicht.»

«Was meinst du, was das Büro des Bürgermeisters dem Schulamt in Bezug auf den jungen Pete Robinson mitgeteilt hat?»

«Ich weiß es nicht, Jim.»

«Rate mal.» Seine Nackenmuskeln traten vor Anspannung hervor, er verrenkte den Hals, um den Kopf zu heben, und seine Hände schwangen noch immer leicht hin und her; er wies beinahe die Symptome eines neurologischen Anfalls auf. «Du bist ein richtiger Spielverderber», beschwerte er sich. «Nicht mal raten willst du.»

Ich vermutete, dass er unter Schock stand. Aber er sprach weiter und sagte: «Du hast die Stelle doch gekriegt, oder? Denk mal drüber nach.» Ich tat es, ich dachte darüber nach.

Und ich begriff, oder glaubte zu begreifen, während ich darüber nachdachte, worum es hier eigentlich ging, warum wir hier herumstanden und taten, was wir eben taten, warum Jims Tod eine Notwendigkeit war. Jim war kein normaler Bürger. Er war einmal Bürgermeister gewesen. Er hatte Einfluss ausgeübt auf mein Leben, auf das Leben von uns allen. Jetzt würde er vom Leben zum Tode gebracht werden vermittels grässlicher Handlungen, der hohen Stellung seines früheren Amtes entsprechend: Er, der alte Tribun, war zum Verbrecher geworden und wurde dafür jetzt vom Volk in Stücke gerissen.

Ich kniete mich nieder, dicht neben Jims von Leberflecken übersätem Kopf, und flüsterte ihm zu: «Du hast gewusst, dass es so kommen würde, stimmt's, Alter? Du hast es für uns getan, hast diese Familien im Botanischen Garten für uns geopfert. Du hast gewusst, dass dein Blut der Kitt sein würde, der diese Gemeinde zusammenhält.»

«Du bist ja übergeschnappt», stieß er hervor, während von einem anderen Teil des Rasens Jerry Hendersons Stimme verkündete: «Meine Herren, es ist so weit.» Autotüren knallten. In Jims Mundwinkeln vermischten sich die Tränen mit Speichel, als nach und nach die Motoren der Fahrzeuge ansprangen, alle, nur der des Celica nicht.

«Scheißdreck», sagte Bill Nixon.

Aus der Menge ertönte ein Ruf: «Starterkabel! Wer hat ein Paar Starterkabel?»

Eine Minute später steuerte Abraham de Leon seinen blauen Dodge Van an Kunkels knospenden weißen Hortensien entlang. «Na, mach schon, Abe», ermunterte ihn Jerry Henderson, während der Van an Jims aus Treibholz gezimmertem Briefkasten vorbei, in die Einfahrt hinein und ihm,

Henderson, entgegenbrummte, der, vom Lichtkegel der aufgeblendeten Scheinwerfer angestrahlt, das Fahrzeug mit Armzeichen, als befänden sie sich an Bord eines Flugzeugträgers, einwies und ihm freie Fahrt zu dem manövrierunfähigen Vehikel signalisierte. Ich konnte den Blick nicht von dem Schauspiel wenden, das Jerry Hendersons Schatten bot, den die Scheinwerfer von Abrahams Dodge monströs auf Jims überdimensioniertes Garagentor warfen; und während Abraham näher heranfuhr, wuchs Jerrys methodisch und kryptisch gestikulierender Schatten weiter an und ragte drohend über uns auf wie ein in Bewegung geratenes pharaonisches Wandfries.

Ich fragte Jim: «He, hast du eine Ahnung von ägyptischer Religion?»

«Nein. Aber könntest du vielleicht diese Knoten aufmachen, Pete? Ich kann ja nicht die ganze Nacht lang so dahängen, oder?»

Ich sah, dass Jerry, Bill und Abraham mit Kabeln und Klemmen herumhantierten. Ich sah Tom Thompson an seinem geparkten Mazda lehnen. Ich sah, wie Männer, die ich kannte, sich zu solchen gesellten, die ich nicht kannte, und wie sie sich alle murmelnd unterhielten oder zur Seite schauten, als läge hier kein an allen vieren festgebundener Mensch mitten auf diesem grünen Rasen. Es war, als hätte jemand Begrenzungslinien auf die Erde gemalt. Keiner von denen, die außerhalb standen, schien das Spielfeld oder die Akteure darauf – mich und Jim – zur Kenntnis nehmen zu wollen, und ich gewann allmählich den Eindruck, dass dies vielleicht das charakteristische Verhalten für einen Ort war, den manche als ‹heiligen Boden› bezeichnen, und dass die Begrenzungslinien aus Schamgefühl gezogen wurden.

Deshalb sagte ich dann auch zu Jim: «Es ist nicht an mir, deine Fesseln zu lösen», und erzählte ihm nun von Osiris, dem König der Könige, Sohn der Erde und des Himmels, den man arglistig dazu gebracht hatte, in den eigenen Sarg zu steigen, der dann nilabwärts trieb, wo er dem König der Unterwelt, Seth, in die Hände fiel; und wie der Leichnam in Stücke geschnitten wurde und wie man diese Stücke im Osten, Westen, Norden und Süden des ganzen Landes verstreute, eine Hand hier, einen Fuß da, und in heiligen Gräbern bestattete.

«Wie schön», sagte Jim.

Drüben bei den wie durch Nabelschnüre miteinander verkabelten Autos erteilte Jerry fachmännischen Rat: «Versuch's noch mal.» Abraham de Leon gab Gas und ließ seinen V-8 mit hoher Drehzahl aufheulen. Bill Nixons Celica klapperte, spuckte und sprang an. «Gut so!», freute sich Abe ohne jegliches Feingefühl, während er den Van rückwärts in die Hortensien fuhr. Jerry ließ die Motorhaube des Celica herunter und rief dann den anderen Fahrern zu, die wie ungeduldige Teilnehmer bei einem Rennen auf ihr Signal warteten: «Bringen wir's hinter uns!»

Das war für mich das Stichwort zu verschwinden. Die Zuschauer strebten allseits vom Zentrum des Geschehens fort, auch jene, die schon zehn, zwölf Meter entfernt standen. «Geht von da weg», riefen die Mütter ihren Kindern zu. Niemand wusste, welche Risiken diese Veranstaltung für die Zuschauer bergen mochte, und so verließen sie alle das Gelände und gingen an den Autos, Briefkästen, Laternenpfählen und Zitrusbäumen vorbei ein gutes Stück weit in den Nachtschatten auf der anderen Seite der Dune Road. Alle außer mir. Ich lauschte Jims letzten Worten.

«Willst du mir einen Gefallen tun, Pete? Wenn ich nicht mehr bin?»

«Klar.»

«Zerstreue meinen Leichnam und erkläre die Stellen zu heiligen Orten.»

Automotoren heulten auf, Leinen strafften sich. Ich sagte: «Ich weiß nicht recht, Jim. Das wird nicht so einfach sein.»

«Bitte, Pete.»

«Na ja.»

«Bitte.»

«Okay, okay. Ich tu's.»

Aber genug damit. Was geschehen ist, ist geschehen. Davon werde ich nur trübsinnig. Es ist an der Zeit, dass ich mich hinter die Arbeit klemme und Unterrichtsmaterialien und Vortragsmanuskripte vorbereite; oder vielleicht mal zur Abwechslung meiner Pflicht als Städtischer Schriftführer nachkomme und dieses eselsohrige Bürgerversammlungsprotokoll tippe mit all seinen Vorschlägen betreffs Finanzierung der öffentlichen Bücherei und systematischer Minenräumung des Turtle Pond Park und der angrenzenden bewaldeten Gebiete durch Freiwillige sowie Aufspüren, Deaktivieren und unwiderrufliches Vernichten von Hunderten von Landminen, die Ed Benson verlegt hatte während der lebhaften Auseinandersetzungen zwischen den Bensons und den Websters, die einander im Park diametral gegenüber wohnten, damals, in der Phase der Aufrüstung und des festungsmäßigen Ausbaus, als so gut wie alle Bürgerinnen und Bürger die eigenen Hinterhöfe mit Stacheldrahtrollen gesichert hatten oder gar mit durch Grassoden oder Segeltuchplanen getarnten, tiefen, hinterhältig und lebensgefährlich bestückten Fallgruben.

Diese Gruben fanden damals allgemein Anklang. Sie waren der letzte Schrei. Alle mussten sich eine zulegen.

Abraham de Leon beispielsweise schaufelte sich unter seinem Schlafzimmerfenster ein ganz tiefes Loch, in das er Krockettore verkehrt herum einbettete, sodass die spitzigen Enden nach oben zeigten.

Tom Thompson, ehrgeiziger als Abe, überdeckte seine weitaus größere Grube mit passgenau zugeschnittenem künstlichem Rasen, der traumhaft auf zahlreichen Lagen zertrümmerter Bierflaschen ruhte, die im Schutze der Nacht aus der Altglassammelstelle geholt worden waren.

Ray Conovers Graben war als eine Art Riff-Gedenkstätte angelegt und enthielt eine Unzahl extrem scharfer schwarzer Korallen, die er – eine schmerzvolle Reminiszenz – in zerschnippelte Textilien aus der Garderobe seiner verstorbenen Frau eingewickelt hatte.

Interessant auch jener der Isaacs, drüben an der Lovejoy Street. Ihre Grube hatte Betsy Isaac entworfen, eine der Konzeptkunst verpflichtete Landschaftsarchitektin aus dem Ort, die sich sehr mit der Erniedrigung des Sexus in unserer Kultur beschäftigte. Die Grube verlief nicht geradlinig, sondern zog sich in Schlangenlinien von der Vorderseite zu den Hofflächen beiderseits des Hauses und war knüppelvoll mit anatomisch halbkorrekten Barbie- und Ken-Puppen, mit durch den Reißwolf gedrehten und zu Brei zermanschten Männermagazinen, mit mehreren Schachteln billigsten Valentinstagramsches und mit etwa zwei Tonnen toter Makrelen. Insgesamt ein provozierendes Werk, funktional und zugleich anspruchsvoll.

Am allerbesten war Jerry Hendersons Wallgraben voller Mokassinschlangen. Der Graben ließ sich auf einer schmalen und aus Redwood-Decksplanken zusammengezimmerten Zugbrücke überqueren. Der Mechanismus der Zugbrücke funktionierte über den Dimmerkontakt im Esszimmer, der durch ein Verlängerungskabel mit einem reaktivierten und in einer Hecke versteckten Garagentoröffner verbunden war.

Einfach, unheimlich, wirkungsvoll. Genau das Resultat, das ich an einem warmen, blauen Samstagmorgen direkt im Anschluss – na gut, vielleicht war's auch eine Woche später – an die Kunkel-Geschichte selbst anstrebte, als ich mich zum Graben hinters Haus begab. Der Wind kam an jenem Tag aus Osten, und ein Duft nach Wildblumen schwängerte die salzige Meeresluft. Ich nahm diese Frische als ein Zeichen, dass in der Welt alles zum Besten bestellt war. Meredith war bei mir, hatte es sich auf einem Aluminium-Liegestuhl bequem gemacht, schnitt gemächlich Bambusrohr zu, das wir tags zuvor mit der Machete im Ufergebüsch entlang eines Kanals ganz in der Nähe geschlagen hatten, und spitzte es an.

«Ich mag unser altes Haus», sagte sie und stutzte das drei Meter lange Rohr auf Einmeterstücke zurück. Ich hatte mir einen eins zwanzig tiefen Graben gedacht mit einer gut bemessenen Falltiefe von neunzig Zentimetern über einem Bett aus senkrechten Bambusstöcken von dreißig Zentimeter Höhe. Dies ermöglichte eine sechzig Zentimeter tiefe Verankerung der Stöcke im Boden, was meines Erachtens eine ausreichende Stabilität der Spieße in der weichen, feuchten, sandigen Schlammerde hinterm Haus gewährleisten würde. Merediths blanke Machetenklinge reflektierte das Tageslicht und warf die Sonnenstrahlen zu den Tangeloblättern, die von dem winzigen Zitruswäldchen im Hof der McElroys über unseren Zaun hingen. Sie hieb eine Länge zu und sagte: «In der Gegend dieser Apartmenthäuser am Kanal entlang würde ich 'nen Koller kriegen. Die sind ja total anonym. Ich weiß nicht, wie man in so was leben kann.»

«Ich habe da früher mal gewohnt.»

«Ja, als Junggeselle.» Sie schärfte einen Stock an; ich hob mit dem Spaten Erde aus, zuerst die provisorischen Konturen der Grube entlang des Zaunes. Die mehrere Zentimeter starke oberste Schicht des Mutterbodens war leicht steinig, ließ sich aber unter dem flachwurzeligen St.-Augustin-Gras gut stechen. Die Soden konnte man ganz leicht abheben und parallel zum Grabenrand zu kleinen, klumpigen Hügeln aufwerfen. Trotzdem kam ich mit der Grube selbst nur schleppend voran. Ein echtes Stück Arbeit, dieses Grubengraben. Die Sonne stand hoch über den Dächern der Nachbarhäuser.

Meredith gestikulierte mit ihrer Machete. «Schatz, wie scharf müssen denn die Dinger sein?»

Ich nahm einen der Pflöcke in die Hand und prüfte die grüne Bambusspitze. «So ist es gut.»

«Da bin ich ja froh. Vielleicht sollten wir sie noch imprägnieren. Wie heißt dieser Baumfrosch vom Amazonas? Pfeilgiftfrosch? Seine Haut sondert ein Nervengift ab, in das die Jäger ihre Blasrohrpfeile tauchen.»

«Ich dachte, das hier sei in erster Linie zur Abschreckung gedacht und nicht als tatsächliche Todesfalle.»

«Du nimmst immer alles gleich so ernst. Ich habe doch nur Spaß gemacht.»

Je tiefer ich grub, desto härter wurde der Boden. Wurzeln blockierten die Schaufelspitze. Die meisten ließen sich unter Druck durchtrennen, aber eine dicke und eichenharte legte sich quer. Die Spatenklinge stieß klirrend dagegen. Bis jetzt hatte noch keinerlei aus alten Zeiten übrig gebliebenes Hartholz diesen Hof oder einen der benachbarten geadelt, weder den der McElroys noch den der Carters oder Kinseys. Ich sagte zu Meredith, die gerade damit beschäftigt war, mit einem Schälmesser feine, diabolische Muster zu schnitzen: «He, da stand früher mal ein Baum.»

«Was für einer?»

«Kann ich nicht sagen. Ich muss wohl darum herum graben.» Ich spürte, wie meine Achillessehnen und Rückenmuskeln Schwerarbeit verrichteten, wie sich die Arme anspannten über den Händen, die zwar in Arbeitshandschuhen steckten, aber dennoch wund gescheuert wurden von dem ungewohnten Ausstemmen von Erdreich, das wie eine kompakte Lehmschicht über dem Grundwasser lag, welches jetzt unmerklich durchsickerte und sich am tiefsten Punkt der Grabung in einer Pfütze sammelte.

«Scheiße.»

«Was?»

«Wasser.»

Sie warf einen Blick in die Grube. In der Hand hielt sie ein Bündel kunstvoller, halb fertiger Spieße. Sie waren wunderschön. Ich bemerkte, dass einige an den Spitzen wellenförmige Schnörkel trugen. Andere hatte sie stumpf belassen, dafür zeigten sie in ihren freigelegten gerundeten Enden zart eingeritzte Motive, stilisierte Seeanemonen und lachende Delphine. «Wir tun ein paar Fische rein», scherzte Meredith, wandte sich wieder ab und schlenderte barfuß zum Haus. Ihr Körper bot einen erregenden Anblick, als sie so davonschritt. Und bald darauf kam sie wieder und brachte Gläser, Servietten, Sandwiches und einen Krug Zitronenwasser mit. Während eine Ameisenschwadron vorbeimarschierte und Regenwürmer sich aus dem ansehnlichen Lehmhaufen neben uns wühlten, setzten wir uns ins stachelige Gras und lutschten saure Eiswürfel. Ich zog die Schuhe aus und ließ mich vom Gras kitzeln. Meredith saß, mir zugewandt, nicht weit weg. Sie lehnte sich halb zurück und blinzelte in die Sonne. Ihr Gesicht war gerötet. Auch ich spürte den Beginn eines Sonnenbrandes, und auf meinen Armen erschienen Sommersprossen. Ich stützte mich rücklings auf die Ellbogen und beobachtete meine Frau, wie sie mit einem Grashalm spielte. Haare fielen ihr ins Gesicht, und sie blies sie fort. Strähnen von Merediths langem schwarzem Haar flogen davon und gaben Mund und Augen wieder frei.

«Magst schmusen?», fragte sie.

«Jetzt?»

«Warum nicht?»

«Wir werden mit unserer Arbeit nicht fertig.»

Sie hatte ein leichtes Strandkleid an. Lehmspritzer von meiner Graberei sprenkelten ihre Beine. Ich sagte zu ihr: «Gut schaust du aus», woraufhin sie die übereinandergeschlagenen Beine spreizte und streckte und mit ihren braunen, nackten Füßen die meinen streichelte (die sich den ihren entgegenstreckten), dabei gleichzeitig mit einer Hand das herumliegende Bambusrohr beiseiteschob, um Platz zu schaffen für eine Lagerstatt aus Gras, und fragte: «Ach ja?»

Sie streckte ihren Körper, beugte sich zurück und stützte sich auf die Ellbogen. Sie war mein süßer Schatz. Unsere Füße berührten sich, unsere Köpfe waren weit auseinander, und so saßen wir Fuß an Fuß. Ich ließ meinen Blick der Länge nach über meinen Körper und hin zu dem ihren wandern und sah, dass sie wiederum mich betrachtete. Weiße, pikante Formen der Hüft- und Bauchpartie wurden unter dem blauen Baumwollstoff sichtbar, der am Hals unter Merediths Haaren, die wallend neben ihren Augen herabfielen, offen stand und, nicht zugeknöpft, in Falten über ihren Körper floss. Sie bewegte sich nicht, schien sich von den Hüften aufwärts in einem bloßen, kaum wahrnehmbaren Schwebezustand zu befinden, was den Eindruck erweckte, als käme sie näher.

Ihre Füße rieben gegen meine Sohlen. «Das ist schön», sagte sie.

«Ja.» Ich trank geschmolzene Eiswürfel mit Zitronenaroma. Merediths Beinmuskeln strafften sich leicht, wenn sie ihre Zehen gegen die meinen drückte. Sie drückte mit beiden Füßen, und ich drückte zurück – fest. Ihre Knie gaben nach, ihre Beine winkelten sich an.

«So ist's gut», sagte ich.

Darauf Meredith, vernehmlich ein- und ausatmend, im Flüsterton: «Steht er dir?»

«Mhm.»

«Zeigst du's mir?» Ihre Hüften hoben sich, die Knie stellten sich auf und gaben den Blick frei auf die Rückseite ihrer Beine mit den weißlichen Druckstellen von Grashalmen. Ich krabbelte hinüber, schob mich dicht an sie heran und legte mich neben sie. Ich befühlte Merediths Bauch und ihre Schulter und die Haare. Ich nahm ihr Glas mit dem Zitronenwasser, ließ einen Eiswürfel in meinen Mund gleiten, bewegte ihn zwischen Zunge und Zähnen hin und her, damit er ein wenig schmolz, bevor ich ihn weiterschob zwischen die Zähne meiner Frau, in ihren Mund, wo er von ihr saugend in Empfang genommen wurde und sich auflöste.

«Ah», machte sie in meinen Mund.

«Ah», hauchte ich zurück.

«Ah.»
«Ah.»
«Ja.»
«Ja.»
«Hmn?»
«Ja.»
«Wie?»
«Langsam.»
«Mn.»
«Ah.»
«Mn.»
«Oh.»
«Mn.»
«Obacht.»
«Sorry.»
«Nein. Gut. Super. Bloß jetzt noch nicht.»
«Sicher?»
«Ja. Nein.»
«Dreh mich um.»
«Echt?»
«Ja.»
«So?»
«Ja, so.»
«Tut's weh?»
«Nein.»
«Wirklich nicht?»
«Nee.»
«Sag's mir aber.»
«Nee, nein, gut.»
«So?»
«Ja.»

«So?»

«Ah, nein, au.»

«Sorry.»

«Okay.»

«Mmn?»

«Mmn.»

«Ja?»

«Ja.»

«Ah», hauchte ich.

«Ah.» Wir umschlangen einander im grellen Licht des Nachmittags. Weiter unten bellte ein Hund. Durch das frische Grün der Baumblätter sah ich hinauf zu den Fenstern unseres Hauses.

Später, gegen Abend, brachten wir unsere Arbeit zu Ende, die darin bestand, die Bambusstöcke so zu versenken, dass Unbefugten der Zutritt verwehrt wurde. Der breite, nasse Boden der Grube füllte sich mit Grundwasser, die abendliche Luft erglühte orangefarben. Meredith und ich platschten im Schlamm umher, halb ausgezogen beziehungsweise unordentlich angezogen, und wurden immer schmutziger. Ich sagte: «Schau mal, wie diese Spieße im Sonnenuntergang leuchten.»

«Ja, sieht hübsch aus.»

«Ich mag diese Grube.»

«Ich auch.»

«Ich finde, du hast das toll hingekriegt mit den Bambusspitzen.»

«Danke.»

«Der Stecken, den du wie einen Mini-Strandschirm zugeschnitten hast, gefällt mir besonders.»

«Ich hatte sowieso schon mit einer ganzen Strandserie begonnen, und als du dann gesagt hast, dass Grundwasser in das Loch sickert, war das wie eine Bestätigung.»

«Genau.»

«Richtig unheimlich, was?»

«Irgendwie schon.»

«Wie wenn man einen Anruf von jemandem kriegt, an den man gerade gedacht hat, oder man denkt plötzlich an jemanden und läuft ihm dann im Supermarkt direkt in die Arme. Glaubst du an Synchronismus, Pete?»

«Ich weiß nicht.»

«Es geschieht so vieles, Pete. Guck mal zum Beispiel hier: Da buddeln wir drauflos, was in Ordnung geht, weil wir's tun müssen, aber ich habe mir dabei überlegt, so beim Zurechtschneiden, beim Schnitzen der Muster, da ging mir das so durch den Kopf, dass mir die Grube eigentlich egal ist, verstehst du, denn was mich im Grunde am meisten beschäftigt, ist nicht die Grube an sich, sondern dass es plötzlich das Natürlichste auf der Welt zu sein scheint, eine zu haben. Wenn du mir letztes Jahr erzählt hättest, dass ich hier draußen im Hof meinen Mann auf einem Haufen Erde flachlegen würde, mit Bambusspießen als Kopfkissen, da hätte ich gesagt: nie im Leben.»

Der Wind zerrte an den Zitrusblättern über mir, versetzte die an den Zweigen hängenden grünen Früchte in Schwingungen. Ich sagte zu Meredith: «Die Zeiten ändern sich eben, und wir uns mit ihnen. Übrigens, mir hat das vorhin auf dem Erdhaufen gut gefallen, war prima.»

«Du bist ganz schön gekommen. Süß. Baumstark.»

«Baumstark süß?»

«Das ist zwar keine Geschmacksrichtung, denk ich mal, aber es ist genau das, was mir dabei einfällt.»

Wir begaben uns ins Haus und gingen nacheinander unter die Dusche. Ich sagte: «Wie damals, als wir uns kennengelernt haben. Erinnerst du dich noch an unsere Spaziergänge hinter der Mole?»

«Klar. Da hast du immer gesagt: Schatz, gib mir deine Möse, und ich habe gesagt: Fick mich mit deiner Zunge.»

Wir waren in der Küche. Meredith stand am Spülbecken. Ich öffnete den Kühlschrank, warf einen Blick hinein und sortierte mit den Augen, was ich darin sah. «Wie kommt es, dass wir nicht mehr so reden?», fragte Meredith.

«Vielleicht haben wir Angst und getrauen uns nicht mehr. He, da ist ja Suppe. Ob die Bouillabaisse von letzter Woche noch gut ist?»

«Bestimmt.»

Ich holte die Tupperschüssel mit der Suppe heraus. Meredith griff nach oben und nahm einen Dampftopf vom Haken. Ich hob den grünen Plastikdeckel vom Behälter und füllte die Suppe vorsichtig, damit sie nicht spritzte, von der Schüssel in den Topf um, drehte am hinteren Herdbrenner das Gas voll auf, entzündete die Flamme, drehte sie wieder kleiner und stellte den Topf darauf. «Rühr sie mal um», sagte Meredith. Sie reichte mir einen Holzlöffel aus der Löffelschublade. Und dann sagte sie: «Es ist schade, dass wir Angst haben.»

«Ja.»

«Ich will keine Angst haben.»

«Nein.»

«Aber ich habe welche.» Fischbrocken, Kammmuscheln, mittelgroße Garnelen, Gemüse – alles kam nach oben geschwommen, hängte sich an die Lorbeerblätter oder klebte in der dunkelroten Flüssigkeit aneinander, während Meredith bekannte: «Ich habe Angst vor dir, Pete.»

«Vor mir?»

Sie lehnte sich gegen die Arbeitsplatte. Abendstimmung umfing uns. Ich sagte: «Aha», schwenkte sogar den Holzlöffel über dem Kopf, ließ ihn in der Luft tanzen – eine theatralische Geste, die nichts unterstrich und mir ein Gefühl der Kraftlosigkeit vermittelte; und niedergeschlagen fühlte ich mich außerdem, auf jene Art, wie sie die natürliche Folge von Sex am Nachmittag zu sein scheint, wenn das letzte Licht des Tages waagerecht durch tiefhängende Wolkenkissen hindurch einfällt. Ich verfolgte den Weg der Lichtstrahlen, wie sie das Fensterglas durchdrangen, um von blank geputzten Töpfen und dem Herd und der emaillierten Gefriertruhe zurückgeworfen zu werden – deren Aggregat just in diesem Moment ansprang, um die rechte Hand, den linken Fuß, Herz, Leber, Teile der linken Lunge, Nebennierendrüsen, intaktes Genitale sowie weitere in Gefrierbeutel verpackte Überreste des Ex-Bürgermeisters zu kühlen und zu konservieren –, und konnte Merediths dumpfe Vorbehalte mir gegenüber nachempfinden. Natürlich hatte sie Angst. Der Tag ging über in die Nacht, Tod lag in der Luft, und unsere unbeschwerte postkoitale Melancholie war von trügerischer Stabilität.

«Gib Wasser in die Suppe», trug sie mir auf.

«Wasser?»

«Bloß ein paar Tropfen.»

Ich ging zum Hahn, drehte den Griff und hielt ein Glas in den Strahl. Wasser floss mir über Handgelenk und Finger, was sich so schön anfühlte, dass ich mich eine ganze Minute lang der Nässe hingab und mir dabei überlegte, ob Meredith möglicherweise eines jener Päckchen mit Jim Kunkel, die in der Gefriertruhe ganz hinten unter einer Gastronomiepackung Fischstäbchen verstaut waren, entdeckt und ausgepackt hatte; und wenn ja, *welches* Päckchen; und ob es nun vielleicht ratsam wäre, das Schlimmste anzunehmen, mit der Wahrheit herauszurücken und das Thema anzusprechen, sozusagen also die Initiative zu ergreifen. Meredith sagte: «Schatz, pass auf, die Spüle läuft gleich über.»

Und so war es auch. Der Abfluss war verstopft, und das Wasser stieg schnell.

«Dreh den Hahn zu, Pete.»

«Klar.»

«Hier», sagte sie und hielt mir den Saugpumper hin. Doch ich sagte zu ihr: «Ich kümmere mich nach dem Essen darum.»

«Wirklich?»

«Ja.»

«Versprochen?»

«Ja.»

«Weil ich nämlich auf gar keinen Fall das ungespülte Geschirr die ganze Nacht dem Ungeziefer überlasse. Da fällt mir etwas ein. Hör mal zu, ehe ich es vergesse: Ich habe darüber nachgedacht und bin zu dem Schluss gekommen, dass ich in Zukunft die Bio-Gruppen der Fünften und Sechsten übernehmen kann, wenn wir sie für Exkursionen zusammenlegen. Wir besuchen beispielsweise Petersons Farm und sammeln Käfer für eine Artenübersicht. Vielleicht kriege ich Dr. Peterson sogar dazu, dass er sich von seinen Bienen in den Finger stechen lässt. So etwas gefällt den Kindern immer.»

Dass wir über Schule und Unterricht redeten, obwohl es dergleichen gar nicht mehr gab, war eigentlich zum Heulen. Dennoch taten wir es die ganze Zeit. Wir waren beide Lehrer.

«Das Käfersammeln hältst du für richtig?»

«Ja, warum?»

«Die hiesigen Populationen sind schon ziemlich dezimiert. Ich würde sagen, Beobachten genügt. Tu was für die Erhaltung. Bring ihnen Achtung vor dem Leben bei.»

«Ha! Und das von einem Typen, der den Achtjährigen Clausewitz verordnet.»

«Das Thema haben wir doch schon abgehakt. Geschichte und Theorie der Kriegsführung zu unterrichten, ist eine absolut legitime Methode, um im Zeitalter der Moderne typische Muster gesellschaftlicher Reformierung zu demonstrieren.»

«Du solltest dich mal hören. Du klingst wie ein Politiker. Lass dich doch als Kandidat aufstellen!»

«Tu ich vielleicht auch.» Und warum nicht? Es war kaum ein Geheimnis, dass die jetzige Stadtverwaltung nur wenig mehr war als ein Marionettentheater, dessen Fäden von korrupten Rotariern wie Jerry Henderson und seinen Gesinnungsgenossen vom ‹Gremium für Geschäftsoptimierung› gezogen wurden, von Männern, die nichts dabei fanden, einen der Stadtväter in den Tod zu schicken, mitten in der Nacht und auf einem gepflegten Rasen. Als ich so in meiner nach Fisch riechenden Küche im Schein der Lampe saß und auf ein gemeinsames Mahl mit meiner Frau wartete, die womöglich vor kurzem zufällig auf jene Körperteile gestoßen war, welche eingewickelt und eingetütet unter tiefgefrorenen Lebensmitteln lagen (und die, mangels irgendeiner Erklärung für das Vorhandensein von eingewickelten und eingetüteten Körperteilen womöglich in jenem entscheidenden Augenblick von einer nicht unerheblichen Beunruhigung bezüglich der psychischen Verfassung ihres Ehemanns befallen worden war – ich beschloss, ihr gegenüber das Thema nicht zu forcieren, auf gar keinen Fall) –, als ich mit solchen Problemen befasst dasaß und jeder Muskel meines Körpers von der ehrlichen Arbeit eines erfolgreichen Schaffenstages schmerzte und zuckte, da wurde mir klar, dass all die Hendersons dieser Welt sehr gut daran täten, auf der Hut zu sein, weil sich eines Tages die Einwohner dieser Stadt erheben würden, um den alten Werten von Erziehung und sozialer Fürsorge wieder Nachdruck zu verleihen, genau wie es Jim Kunkel sicherlich vorausgesehen hat, als er sein Leben dahingab, um ein Märtyrer vor Gott zu werden.

Und wer sonst als der Mann, dem der ehemalige Bürgermeister seine sterblichen Überreste anvertraute, wäre am besten geeignet, Jims Vermächtnis weiterzugeben? «Und du glaubst tatsächlich, dass du mit den Bio-Gruppen zurechtkommen würdest?», fragte ich Meredith, als wir endlich vor Terrinen randvoll mit Meeresgetier saßen.

«Klar.»

«Dann ist's ja gut.» Während ich meine Suppe löffelte, skizzierte ich den Plan für einen provisorischen Unterrichtsbetrieb, bei dem Meredith tatsächlich gleich anfangen und die von ihr erwähnten Bio-Gruppen der Fünften und Sechsten übernehmen konnte. Gleichzeitig wäre sie in der Lage, ihren bisherigen Aufgaben als Beratungs- und Vertrauenslehrerin nachzukommen. Geowissenschaften und Ozeanographie der ersten bis vierten Klasse würden dann an Doug fallen, der sich stets problemlos in neuen Stoff einarbeitete und ein begnadeter Lehrer und eine echte Stimmungskanone in den großen Pausen war. Schon seit Jahren wollte ich Ray Conover, den die Kinder meiner Ansicht nach bestimmt mögen würden, trotz seiner momentanen posttraumatischen Depression (wer weiß, vielleicht würde es Ray ja guttun, mit Kindern zu arbeiten; schließlich hatten er und Miriam niemals eigene) darum bitten, eine Exkursion zum Midnight Pass zu leiten, um Einsiedlerkrebse zu fangen. Und wenn Simone Kunsterziehung behielt, Marty Mathe unterrichtete, Allan den Förderkurs Lesen machte und ich mir meine übliche Bürde auflud plus ein paar Extrastunden in Staatsbürgerkunde und Politik, damit die Kinder das Funktionieren des Staatsapparats sozusagen von der Basis aus verfolgen konnten … wer weiß, vielleicht konnten wir dann sogar ein kommunales Projekt anpacken, irgendetwas Konkretes und Aktuelles – ich dachte an eine *Kampagne zur Wahl des Bürgermeisters*, sagte aber nichts –, jedenfalls hätten wir dann einen gut umsetzbaren Lehrplan mit Schwerpunkt auf der individuellen Förderung und obendrein eine Menge SKAs (Spontan-Kreative Aktivitäten), die, wie ich meiner Frau ins Gedächtnis zurückrief, als unterrichtsmethodische Hilfsmittel gemeinhin ungeheuer unterschätzt werden. «Und jetzt kommt das Beste: Wir machen alles hier bei uns im Haus.»

«Du spinnst ja.»

«Deine Mutter könnten wir Hauswirtschaft unterrichten lassen.»

«O Gott!»

«Mal im Ernst: Wir haben die Schlafzimmer oben, das Arbeitszimmer unterm Dach, das Wohnzimmer und die Essecke, die Veranda als Kunstatelier, die Küche und zwei Badezimmer. Wir haben den alten Tandy-Computer für die Klassendatei und die Anwesenheitslisten. Es ist ein Kompromiss; dies ist nicht die beste aller möglichen Welten, aber die Welt ist auch nicht die beste aller möglichen Welten, oder? Die Kinder, Meredith, denk an die Kinder», sagte ich, während ich dasaß und mir vorstellte, wie es in genau dieser Küche von Jungen und Mädchen wimmelte, die mit bunten Textmarkern Wahlplakate aus Zeichenkarton beschrifteten, auf denen in Leuchtfarben gefordert wurde:

WÄHLT UNSEREN LEHRER ZUM BÜRGERMEISTER, DENN ER IST DER BESTE.

Meredith sagte: «Mist, ich habe ganz vergessen, dass Jerry Henderson anrief, als ich uns was zu essen machte. Du sollst zurückrufen. Tut mir leid, ich wollte es aufschreiben. Er sagte, es sei dringend. Ich wusste gar nicht, dass Jerry und du Freunde seid.»

«Sind wir auch nicht.»

«Er nannte dich seinen guten Kumpel Pete. Er sagte, ich soll seinem guten Kumpel Pete ausrichten, dass er eine gute Nachricht für ihn hat. Hast du eine Ahnung, was das bedeuten könnte?»

«Nee.»

«Sag mir Bescheid, sobald du es herausgefunden hast, denn ich könnte mal wieder eine gute Nachricht gebrauchen.»

Was auch genau meine Empfindung war, als zu fortgeschrittener Abendstunde, während sich Meredith droben fürs Bett zurechtmachte und draußen die Nacht immer schwärzer wurde, Henderson erneut anrief, um mir, namens der Bürgerschaft, persönlich für den großartigen Dienst zu danken, den ich der Gemeinde in unserer jüngsten Stunde der Not in der Dune Road erwiesen hätte. Er schnaufte ins Telefon: «Pete, das war eine umwerfende Idee, Kunkel an diesen vier Autos festzubinden. Nur ein Gelehrter Ihres Kalibers konnte auf so etwas kommen. Ich möchte Ihnen daher sagen, dass alle Ihr fachmännisches Engagement in dieser Angelegenheit zu schätzen wussten.»

Die Verbindung war gut; Jerry klang ganz nah. Er wohnte praktisch gleich nebenan, in einem weitläufig hingeklotzten Tudor-Schandfleck an der Ecke von Osprey Avenue und Manatee Street. Wenn ich manchmal nachts noch eine Runde drehte, bog ich immer um die Ecke und betrachtete mir Jerrys protziges Ziegeldach auf falschen Granitmauern, was als Ganzes aussah wie die Schlosszinnen einer Ritterburg in einem Freizeitpark; und ich dachte immer an Jerrys und Ritas tote Tochter Linda.

Jerry sagte: «Pete, die Kameraden haben einen Vorschlag ausgearbeitet, und zwar steht auf dem Fliegerhorst Freedom Field eine potenziell erstklassige Anlage für schulische Zwecke zur Verfügung, mit Asphaltboden und in guter Nordlage, wenn ihr die Tore aufmacht und euch von den gelegentlichen Überflügen nicht stören lasst.»

«Auf dem Freedom Field? Ein Flugzeughangar?»

«Pete, das sind knapp zweitausend Quadratmeter Fläche, mit einer lichten Höhe von dreizehn Metern. Perfekt für Basketball oder Hallentennis, wenn ihr Linien auf den Boden malt und Netze spannt. Sagen Sie mal, was wollen Sie denn im sportlichen Bereich auf der Elementarstufe so anbieten?»

«Im sportlichen Bereich? Warten Sie mal: Kickball, Schnurball, Besenhockey, Tauziehen. Die Kinder spielen auch gern Klau-den-Speck.»

«Klau-den-Speck.»

«Das ist ein taktisches Mannschaftsspiel, bei dem Geschicklichkeit und Schläue des Einzelnen belohnt werden.»

«Ein Mannschaftsspiel also?»

«Ganz recht.»

«Das ist gut. Wie ich schon sagte, dort haben Sie Unterrichtsraum und Sportflächen effizient miteinander verbunden.» Von irgendwoher am Ende von Jerrys Leitung hörte ich so etwas wie Geplätscher. Ich sagte: «Das ist sehr großzügig, Jerry, ein Flugzeughangar», und er entgegnete: «Sie wären verrückt, wenn Sie nicht zugreifen würden.» Worauf erneutes Plätschern einsetzte und Jerry fortfuhr: «Pete, ich bin gerade mit dem Versuch beschäftigt, bei uns einen verstopften Ausguss frei zu kriegen. Das Wasser steht bereits den ganzen Tag und will einfach nicht abfließen.»

«Haben Sie es schon mit einer Spirale versucht?»

«Nein.»

«Sie sollten es mal mit einer Spirale versuchen.» Ich betrachtete die dunklen Partikel von Speiseresten, die in meinem eigenen Spülbecken reglos auf dem Wasser schwammen, das hoch bis zum Rand der Arbeitsplatte stand. Hatten denn alle in dieser Gegend Schwierigkeiten mit dem Abfluss? Staute sich bei allen das Abwasser zurück? Hatten wir ein kommunales Problem?

Draußen war es eine stille Nacht. Kein Wind wehte und drückte die Blätter der Bäume gegen Fensterscheiben oder Mauerwerk; kein Vogelruf erschallte. Droben hörte ich Dielen knarren, als Meredith vom Bad ins Schlafzimmer ging, und ich hörte das Gluckern von Jerrys verstopftem Ausguss und seinen geräuschvollen Atem, als er mich fragte: «Sie haben nicht zufällig eines von diesen Spiraldingern, Pete, oder?»

«Doch, hab ich. Wollen Sie es sich ausleihen?» Was redete ich da bloß? Jerry sagte: «Das wäre prima. Sie sind mein Retter in der Not. Ich komm mal vorbei und hol es mir. Bin gleich da.»

Jetzt hatte ich es geschafft. Ein Mann, dem ich nicht trauen konnte, holte sich von mir ein Werkzeug, das ich selbst brauchte.

Schnell versteckte ich den Sauger in der Speisekammer, kratzte die Reste des Abendessens von den Tellern in den Müll, versenkte die abgekratzten Teller in der Spüle (wobei fettiges Wasser über den Beckenrand und auf meine nackten Füße schwappte), quetschte Spülmittel aus der Flasche hinein, rührte das Wasser mit der Hand auf, damit sich Schaum bildete; und nachdem ich diese groteske Geschirr-Einweich-Nummer in Szene gesetzt hatte, deren Sinn darin bestand, die Wahrheit meines eigenen verstopften Ausgusses vor dem in Kürze besuchsweise vorbeikommenden Rotarier zu verbergen, mit dem ich Bande von gemeinsam Durchgestandenem lieber nicht zu knüpfen wagte, auch wenn diese ganz banaler klempnermäßiger Natur wären (und dem gegenüber ich mir auch lieber nicht die Blöße geben wollte, die in dem sichtbaren Beweis bestanden hätte, dass mein eigener Ausguss verstopft war und Stinkendes und Verfaultes den Blicken preisgab) – nachdem ich also diesen Spülbeckenunfug inszeniert hatte, ging ich in den Keller hinunter. Dort hielt ich kurz inne, um meine aus Balsaholz und Polystyrolschaum in Ausstellungsqualität und im Maßstab 1:32 als Querschnitt gefertigte Rekonstruktion einer portugiesischen Verhörkammer (um 1600) zu bewundern, komplett bestückt mit Streckbank, Miniatur-Hand- und Beinschellen, nachgebildet aus mit Farbspray umlackierten Modeschmuck-Halsreifen und -Verschlüssen, dazu Wattebäuschchen von Q-tips, die Albinoratten darstellten. Besonders effektvoll waren die Partien von grau bemalter ‹Kerker›-Mauer, fabriziert aus Hartstyroporstücken von Schwimmbrettern und dann mit einem

Lötkolben so versengt, dass man, en miniature, die Zapfenverbindungen der Holzbalken zu sehen glaubte. Ich merkte mir, dass ich noch einmal in den Keller gehen musste, um mit dem Pinsel Details nachzuarbeiten sowie ein paar Accessoires (abstrahierte ‹Hühnerknochen›) unterzubringen – meines Erachtens die zwei Gütesiegel für jedes gelungene maßstabsgetreue Modell dieser Art –, und arbeitete mich dann in dem stinkenden Keller mühsam weiter vor bis zu dem großen Blechschrank, der die Werkzeuge beherbergte. Im Werkzeugschrank entdeckte ich zu meiner Überraschung nicht eine, sondern zwei Rohrreinigungsspiralen, aufgerollt, mit identischen Nylonschnüren zusammengebunden und an Haken aufgehängt. Die eine ließ ich hängen und nahm ihre Schwester mit nach oben, und eine Sekunde später klopfte Jerry schon, und ich öffnete die Tür und sagte: «Hallo, da ist Ihre Spirale. Möchten Sie eine Tasse Kaffee?»

«Klar.»

Ich setzte Wasser auf, stellte Tassen hin und lud Jerry mit einer Handbewegung ein: «Nehmen Sie doch Platz.» Was Jerry auch tat. Er nahm am Küchentisch Platz und sagte: «Hübsche Grube, Pete.»

«Danke.» Ich regte an, sich Merediths Speerspitzen doch aus der Nähe zu betrachten. Dann sagte ich ihm, dass unsere Grube, ungeachtet Merediths hervorragender Feinarbeit, nichts im Vergleich zu der seinigen sei; dass sein Wallgraben, konstruktionstechnisch betrachtet, insgesamt einen starken Eindruck hinterlasse; dass sein Designkonzept die allgemeine thematische Aussage seines Anwesens, des Hauses und des Grundstücks und so weiter, unterstreiche. Ich fuhr fort und hob hervor, dass die Zugbrücke in ihren Einzelteilen von exzellenter Handwerkskunst zeuge und dass man heutzutage nur selten jener Zimmermannstechnik begegne, bei der Balken noch mit Holznägeln verbunden würden. Ich fragte Jerry: «Sagen Sie, sehen Sie eigentlich Probleme in Bezug auf die Mokassinschlangen? Ich meine damit, ob Sie glauben, dass die vielleicht herauskriechen und dann was weiß ich anstellen?»

Das Wasser kochte. Wie hatte ich es nur fertiggebracht, diesem Mann, der todgiftige Vipern in einem Wohngebiet aussetzte, Einlass in mein Haus zu gewähren? Ich hörte, wie er geräuschvoll durch den Mund ausatmete, als er mit Nachdruck verkündete: «Es wurden entsprechende Vorsichtsmaßnahmen ergriffen.»

«Selbstverständlich. Natürlich. Milch und Zucker?»

«Gern.»

«Koffeinfrei okay?»

«Klar.»

Mit dem Messlöffel füllte ich gemahlenen Kaffee aus der Tüte in den Filter, nahm Milch aus dem Kühlschrank und sagte: «Es passieren die komischsten Sachen. Ich bin hinunter in den Keller gegangen, um die Spirale zu holen, und plötzlich waren zwei da. Was sagt man dazu? Zwei Spiralen. Ich wusste, dass ich eine habe, ich erinnere mich nämlich noch, wie ich sie gekauft habe. Aber keine zwei. So was Eigenartiges. Zwei Spiralen.»

«Habe ich das richtig verstanden: Sie dachten, Sie hätten eine Spirale, aber dann waren es zwei?»

«Richtig.»

«Das ist *wirklich* eigenartig.»

Der Kessel pfiff. Ich goss kochendes Wasser in den Filter und dachte über die Freedom-Field-Frage nach. Insbesondere über die Klugheit, dieses schwierige Thema in meiner eigenen Küche aufs Tapet zu bringen. In diesem alten Haus hörte man jedes Wort, und Meredith schlief vielleicht doch nicht tief und fest, und Jerrys Vorschlag mit dem Flugzeughangar könnte, so versponnen er auch war, meiner Frau gefallen. Wozu dieses Risiko eingehen? Nein, mein Konzept einer ‹Privatschule› im Haus des Lehrers war eindeutig der richtige Weg. Also war es besser, zum Thema Freedom Field den Mund zu halten. Der Kaffee tröpfelte vor sich hin, und ich sagte dümmlich: «Wie auch immer, falls ich jetzt eine Rohrverstopfung kriege, während die eine Spirale bei Ihnen ist, gibt's trotzdem keine Probleme, weil ich ja die andere habe.»

«Das ist wahr.»

«Das wär ein schöner Zufall, was?»

«Ich neige zu der Ansicht, Pete, dass es so etwas wie Zufall gar nicht gibt. Da bin ich derselben Meinung wie einige der Burschen im Rotary Club, die behaupten, dass es im Kosmos nur so von Mysterien wimmelt, die für uns in unserem Wachzustand unsichtbar sind, von Welten innerhalb von Welten, und dass unsere Aufgabe in diesem Leben darin besteht, unser inneres Auge zu öffnen, die Realität in ihrer Totalität zu erfassen und die Millionen von Ebenen des universellen Bewusstseins bereitwillig anzunehmen.»

Für mich war dies das erste Indiz für den nichtsäkularen Charakter des örtlichen Kapitels von Rotary International. Es beunruhigte mich. Ich nahm einen Schluck Kaffee und lauschte Jerrys Rede: «Am Freitag sponsern wir den Lunch bei einem theriomorphen Workshop im Holiday Inn. Warum kommen Sie nicht mit Ihrer Frau als meine Gäste?»

«Oh, Mann, in Ordnung.»

«Das wird der Rotary Lunch des Jahres, Ihr informatives

und unterhaltsames Referat über Überredungstechniken der mittelalterlichen Inquisition nicht mitgezählt. Sie müssen unbedingt kommen. Und – eh – Pete –»

«Ja?

«Zum Essen gibt es, was jeder so mitbringt, also, falls es Ihnen möglich wäre, einen Salat zu spendieren, wenn es Ihnen nichts ausmacht?»

«Einen Salat.» Warum sagte ich nicht schlicht nein? Jerry bot an: «Oder einen Nachtisch. Nachtisch oder Salat, was eben einfacher ist. Wäre das möglich?»

«Klar, einen Salat.»

Ein schöner gemischter grüner Salat mit frischen Cocktailtomaten, dazu reichlich Salatgurke, roter und grüner Pfeffer, Basilikum, Brunnenkresse, Fenchel und noch viele Blätter von anderen Sachen. Meredith und ich setzten uns gemeinsam mit einer Schar rotgesichtiger *Rotarians* und ihren wohlgekleideten Frauen (‹*Rotary Anns*›) an die Bankettische des Hotels und hörten einen Anthropologie-Gastprofessor vom Junior College sagen: «Suchen Sie sich ein Lebewesen aus, irgendein Tier, einen Fisch, einen Vogel, ein Raubtier. Konzentrieren Sie sich auf das Aussehen des Tieres. Ist es groß? Klein? Niedlich? Frisst es andere Tiere? Welche Farbe hat das Fell? Falls das Tier ein Vogel ist: Welche Farbe hat sein Gefieder? Welches Lied singt er?»

«So ein Quatsch», flüsterte ich Meredith zu.

«Du bist schuld, dass wir hier sind. Wart doch erst mal ab.»

Der Anthropologe sagte: «Warum stellen wir uns nicht alle eine Minute lang solch ein Tier vor? Okay, hat jeder eins?»

«Ja», «nein», «Moment noch», war zu hören. Meredith flüsterte: «Was für eins hast du?»

«Ich weiß nicht, was hast du?»

«Quastenflosser.»

«Den prähistorischen Fisch?»

«Ich brauche einen Freiwilligen», verkündete der Professor. Meredith hob die Hand, und der Mann auf dem Podium sagte: «Ja, dort hinten. Nennen Sie uns Ihren Namen und den Namen des Tieres, zu dem Sie heute werden wollen.»

«Meredith Robinson. Quastenflosser. Das ist eine Art Fisch, die die Wissenschaft für ausgestorben hielt, bis man ein Exemplar vor der Küste Afrikas gefangen hat.»

«Ausgezeichnet. Kommen Sie nach vorn. Nehmen Sie hier Platz. Kann jemand die Beleuchtung dämpfen?» Ich beobachtete, wie diese Rotarier-Typen meine Frau beobachteten. Bill Nixon, Tom Thompson, Abraham de Leon, Dick Morton, Terry Heinemann, Robert Isaac – die gewohnten Gesichter, plus ein paar zusätzliche. Jerry und seine Frau Rita saßen ganz vorne. Der Professor sagte schmeichelnd und einlullend: «Schließen Sie die Augen, atmen Sie tief durch und erzählen Sie uns vom Quastenflosser. Alle anderen: Bitte ebenfalls tief durchatmen, und wir wollen uns dabei unsere eigenen Tiere vorstellen. Bitte, Meredith, beginnen Sie.»

«Also, er ist eineinhalb Meter lang, dunkelblaugrau und hat knochige, abstehende Flossen und starke Kiefer mit furchteinflößenden Zähnen. Seine Art ist siebzig Millionen Jahre alt. Er bewegt sich langsam und lebt in dunklen Gewässern.» Der Professor nickte. Einige aus der Zuhörerschaft rutschten auf ihren Stühlen ein wenig nach vorn. Meredith sagte: «Nachts schwimmt er verkehrt herum, den Kopf zum Meeresgrund gerichtet, und hüpft auf und ab.»

«Eine Fresstechnik?»

«Kann sein.»

«Wie ist das Wasser?» Ich sah, dass Meredith den Kopf auf die Brust sinken ließ, als sie leise antwortete: «Kalt.»

«Spüren Sie der Kälte nach. Atmen Sie diese Kälte ein. Inhalieren Sie dieses Wasser. Was fühlen Sie jetzt?»

«Farben.»

«Farben?»

«Blau, Schwarz, Indigo.»

Der Anthropologe verließ die Bühne und begab sich zwischen die Zuhörertische, auf denen Teller standen, die übersät waren mit den abgezausten Skeletten von pochiertem Schnappbarsch (dem Fischgang des Lunchs, gestiftet von Jerry und Rita). Er sammelte von mehreren Tellern kleine weiße Gräten ein, trug sie zur Bühne und streute sie in einem Kreis um den Stuhl meiner Frau. Er brachte einen tragbaren Kassettenrekorder zum Vorschein und legte ein Band ein, woraufhin dumpfe Trommelrhythmen ertönten. Er begleitete die Trommeln mit eigenem Singsang: «Rings um dich ist Meer, und darin bist du, Quastenflosser, und hüpfst über den Meeresboden, wo der einsame Krebs auf Felsen ruht, auf denen keine Molluske lebt. Blaue Tintenfische treiben in der schwarzen Strömung, die der Laternenfisch erhellt. Der ungesellige Hai stattet einen Besuch ab, doch das beunruhigt dich nicht. Du bist das letzte der Urtiere. Sei du selbst und schwimm dahin!»

Ich sah zu, wie Merediths Kopf und Schultern sich langsam zu bewegen begannen. Rita Henderson umklammerte den Arm ihres Gatten. Männer, die ich kannte, und solche, die ich nicht kannte, saßen reglos bei ihren Frauen und starrten auf die Füße meiner Frau, die über den grätenbestreuten Hotelteppich tanzten wie Grundfische auf dem

Meeresboden. Der Gastprofessor kommandierte: «Steh auf, Quastenflosser. Tobe dich aus in der blauen Kälte.»

Und Meredith stand auf. Sie hüpfte innerhalb ihres geschlossenen Fischgrätkreises von einem Fuß auf den anderen, hängenden Kopfes und mit schlotternden Armen, streckte spitzfingrig die Hände von sich, zerteilte die Luft mit Schwimmbewegungen und geriet immer mehr ins Schwitzen. Im Publikum wiegten sich Menschen im wummernden Rhythmus der Trommeln vom Band. Überall pendelten Köpfe und stampften Füße. Abraham de Leon war besonders hingerissen: Die Kinnlade fiel ihm herab, die Zunge wackelte hin und her, und am ganzen Leib zitterte er merklich. Ich konnte mir nicht vorstellen, welche Art von Tier er gerade war. Und erst Tom Thompson! Im Gegensatz zu Abe zitterte Tom nicht, sondern bebte. Er hopste so heftig auf seinem Stuhl herum, dass andere Gäste ihn anstarrten und sich bemüßigt fühlten, missbilligend zu hüsteln, doch Tom hatte sich vollständig in sich selbst versenkt und nahm keine Notiz. Und bald schüttelte sich der ganze Raum zum Klang der Trommeln, die immer lauter dröhnten, und der Stimme des Dozenten, die jetzt laut rief: «Einzellige Protozoen, Insekten, kleine Vögel und Wildgänse; Warmblüter und schläfrige Reptilien; Krustentiere, Fische, Meeressäuger – alle schließen sich Meredith dem Quastenflosser an, auf, ihr Geschöpfe, tanzt, was ihr seid!» Rotarier und ihre Ehefrauen erhoben sich taumelnd von ihren Sitzen, torkelten durch den Saal nach vorn, bildeten einen Kreis um meine Frau und tanzten eine animalische Conga, an der ich mich als Einziger nicht beteiligte. Ich blieb an meinem Tisch sitzen. Ich hatte mir nicht einmal ein Tier ausgesucht.

Der Gastprofessor kam zu mir und sagte: «Verzeihung, gehört sie zu Ihnen?»

«Ja.»

«In manchen Gesellschaften werden ganz bestimmte Personen ausgewählt, um in wechselnde Bewusstseinszustände einzudringen und das Reich des Übersinnlichen rituell zu erkunden. Die meisten von denen, die jetzt die Conga tanzen, stellen sich nur vor, sie wären Tiere. Sie aber ist wirklich zu ihrem Tier *geworden*. Ich habe das schon zuvor erlebt. Es geschieht selten. Sie hat die Gabe dazu. Sie ist ein Naturtalent.»

«Tatsächlich?»

«Ich würde mich gern ausführlicher mit ihr beschäftigen, ihre Rhythmik kontrollieren, die Einstiegsfaktoren analysieren und sie in der Systematik des Ausstiegs trainieren. Bei Anfängern kann es leicht geschehen, dass sie sich zwischen den verschiedenen Welten verirren und dann, in seltenen Fällen, psychotische Episoden durchleiden. Der Umgang mit Trance ist etwas, worauf uns unsere Kultur nicht vorbereitet.»

Indessen aus der Congaschlange: Gegrunze und Geheule, das Gestampfe vieler Füße übertönend. Meredith tanzte in der Mitte des Wirbels. Der Professor sagte: «Sie lernt gerade schwimmen.»

«Da habe ich gerade schwimmen gelernt», sagte Meredith später. Schwitzende Geschäftsleute und deren Ehefrauen umringten uns. Alle Augen waren auf meine Frau gerichtet, die der Menge schilderte: «Das Wasser hat mich getragen. Ich konnte mich selbst als Fisch akzeptieren und den Schmerz des Lebens spüren. Ich brauchte keine Bestätigung von außen, dass ich es wert war, geliebt zu werden.»

Und abends zu Hause erzählte sie mir: «Als Mensch brauchte ich immer jemanden, der mich hielt, aber als Fisch schwamm ich munter aus eigener Kraft und konnte mich selbst halten. Im Moment schwimme ich ein bisschen aus eigener Kraft, aber ich muss auch gehalten werden, weil ich mich innerlich so schwer fühle. Mir fehlen die Freunde, die ich im Ozean gefunden habe.»

Wir lagen im Bett und hatten uns zugedeckt. In den Händen hielten wir beide eine Tasse mit warmer Milch und Honig.

«Freunde?»

«Andere Quastenflosser. Eigentlich sind sie mehr als Freunde. Einer war meine Mutter, und einer war mein Vater, und ich hatte Schwärme von Brüdern und Schwestern. Ich kannte sie, und sie kannten mich. Sie wollten gar nicht wissen, woher ich kam, weil ich schon immer dort mit ihnen zusammen war. Wie ich es jetzt auch bin. Sogar wenn ich neben dir liege, hier, in unserem Haus, in unserem Bett, bin ich dort drunten im kalten Wasser, schwimme mit dem Kopf nach unten, streife im Vorbeigleiten einen anderen Quastenflosser, lasse ihn meine Gegenwart spüren und spüre die seine, bevor ich mich aufmache zu einer tiefen Stelle und nach etwas Kostbarem suche.»

«Nach etwas Kostbarem?»

«Nach einem Stein oder einem Korallenstück. Nach etwas Glattem, etwas Glänzendem, etwas Schwarzem.»

Ihre Atemzüge wurden langsam und tief, ihre Brüste hoben und senkten sich. Vor unserem Fenster produzierten Laubheuschrecken Schabegeräusche im pollenübersäten Mangobaum. Als der Wind einen Ast gegen das Haus rieb, klang es wie das Kratzen einer Klaue. Eine kleine Weile verstrich. Ich gab meiner schlafenden Frau ein Küsschen auf die Wange, warf dann die Bettdecke zurück, stand auf und zog mich an, tappte nach unten in die vom Nachtlicht beleuchtete Küche, wo ich einen koffeinfreien Pulverkaffee trank und einen Blick in die Gefriertruhe auf die verpackten Lebensmittel warf, über denen die Verdunstungskälte waberte und die sich zuhauf auf den versammelten Überresten von Jim Kunkel stapelten.

Ich fuhr mit der Hand unter die Tupperdosen und verschweißten Gefrierbeutel. Ich stieß auf einen kalten Baseball, der das Herz gewesen sein musste, dann auf einen kleinen Gegenstand, der wahrscheinlich eine Drüse war, und daneben auf etwas Größeres. Die Leber? Ich ergriff die übergroße Packung und zerrte sie heraus. Es war nicht Jims Leber, es war sein Fuß – ein stattliches Stück Fleisch, mindestens Schuhgröße 46 oder 47. Er fühlte sich gut an in der Hand. Er hatte ein beträchtliches Gewicht. Ich warf ihn in die Luft, und er drehte sich sauber um sich selbst und fiel in meine Hand zurück. Sehr hübsch. Zwar kam mir der Fuß, der ja kein inneres Organ war, nicht so *gewichtig* vor wie Jims gefrorenes Herz, die Leber, die Adrenalindrüsen, das Lungengewebe und die Genitalien. Tatsächlich kommt dem Fuß als solchem in Sagen und Mythen ein gewisser Stellenwert zu; er hat psychohistorisches Gewicht. In unserer Kultur ist der Fuß als Symbol nicht ohne Bedeutung. Nichtsdestoweniger war, in jener Sekunde (Stunden nur nach Merediths initiatorischer ichthyomorpher Trance-Erfahrung mit ihren Schlaflosigkeit bewirkenden Folgeerscheinungen bezüglich Selbstidentität und Eheverträglichkeit – «Es ist wie Sex, Pete. Wenn du erst einmal in diesen anderen Körper eingedrungen bist, bleibst du immer in ihm, sogar wenn du nicht in ihm bist. Ich bin kein Quastenflosser, ich bin ein Mensch, und ich bin hier, und da bin ich, und das bin ich. Ich bin Meredith. Aber ich bin auch ein Quastenflosser.»

«Kann ich einer werden, kann ich mit dir kommen?»

«Das ist genau das Problem, Pete. Man muss bereits dort sein, und du warst es nicht. Tut mir leid, Schatz.») – in jener Sekunde also war, wie schon gesagt, Jims gefrorener Fuß für mich das perfekte Objekt für eine erste feierliche Bestattungsexkursion. Ich konnte mir den korrekten Ablauf ohne Zeitdruck zurechtlegen. Ich konnte den Beisetzungsvorgang – Graben, Versenken in die Erde und Absingen sakraler Texte – viel lockerer mit einem Fuß als vermutlich mit, sagen wir, einem Herzen angehen. Ja. Der Fuß bot mir die günstige Gelegenheit, mich mit dem rituellen Aspekt von Nachtbegräbnissen anzufreunden. Danach konnte ich mit Jims gefrorener Hand und den (symbolisch gesprochen) eher schwierigen inneren Teilen fortfahren. Mit den Eingeweiden.

Ich hatte vor, den von einem leichten Gefrierbrand versehrten Fuß einfach in einen Rucksack zu schmeißen und dann so lange durch das Ortsgebiet zu streifen, bis ich auf eine für die Bestattung geeignete Stelle stieß.

Ich verließ das Haus gegen Mitternacht und schlich auf leisen Sohlen die Einfahrt bis zur Straße hinunter. Ich trug Turnschuhe, Sportsocken, Safarishorts, ein T-Shirt und den leuchtend violetten Rucksack, in dem sich Jims kalter, harter Fuß, ein Gartenspatel, eine Schachtel Kerzen und Streichhölzer zum Anzünden, *Das Ägyptische Totenbuch* aus der Bücherei und ein paar Feigenriegel für den Hunger zwischendurch befanden. Die Finsternis in jener Nacht war vollkommen; Wolken verdeckten Mond und Sterne; das einzige Licht kam von den Straßenlampen und versah alles mit einem weißen Überzug: die nassen Blätter der Büsche am Wegrand, die geparkten, blitzenden Autos und die Straße selbst, wo ich ganz allein über knirschenden Schotter ging.

Bei der Wisteria Street bog ich links in Richtung Stadt ab. Ich kam an einem unbebauten Grundstück vorbei, das für mein Vorhaben nicht in Frage kam wegen des Maschendrahtzauns, über den ich hätte klettern müssen, und weil man aus mehreren hellen Fenstern der umliegenden Häuser diese verwahrloste, überwucherte Örtlichkeit problemlos einsehen konnte. Bald darauf kam ich zur Handelskammer. Hier bog ich nach rechts ab in die Water Street, in der Merediths Mutter wohnt. Kein Licht in Helens Bungalow. Ich huschte am Oldsmobile von Merediths Mutter vorbei und lief weiter bis ans Ende der Water Street, die dann in die Osprey Avenue einmündet. Würde ich rechts in die Osprey einbiegen, käme ich bei Jerry Henderson vorbei. Ich ging nach links. Vom Meer wehte eine Brise die Straße herauf. Die Osprey Avenue führt, nach ungefähr eineinhalb Kilometern, direkt an den Ozean, aber ich wollte nicht zum Ozean. Mich verlangte nach dunkler Erde für diese allererste Implantation und nicht nach körnigem, nassem und von Winkerkrabben überlaufenem Sand. Folglich verließ ich an der nächsten Kreuzung die Osprey Avenue, bog scharf nach rechts ab und ging die Straße am Pompano Place entlang. Hier häuften sich die aufwendig gestalteten Fallgruben; jeder Hausbesitzer an dieser einigermaßen wohlhabenden Zufahrtsstraße hatte sich eine eingerichtet. Und Mauern gab es auch, die Pompano Place einschlossen: solide, hohe Konstruktionen aus Hohlziegeln, Korallenfels und Holzpalisaden, mit Stacheldraht und Aufklebern bestückt, die vor Alarmanlagen warnten.

Am Ende der Straße befand sich das Zuhause eines ehemaligen Schülers, eines Knaben namens Ben Webster, der sich vor Jahren mit einer naturkundlichen Hausarbeit über ‹Jährliche Küstenerosion infolge globaler Temperaturschwankungen und daraus resultierender Abschmelzung der Polkappen und einhergehendem Anstieg der Meeresspiegel› hervorgetan hatte.

Kein Lichtschein drang vom palmenumgebenen und elektrozaunumgürteten Haus der Websters nach draußen. Ich ging daran vorbei und betrat jenes moorige Balsambaum-Waldgebiet, das als Turtle Pond Park bekannt ist.

Aber lassen Sie mich kurz innehalten. Gewähren Sie mir eine Minute, bevor ich zu schildern beginne, was in jener Nacht mit dem Fuß, den Kerzen und dem Buch geschah, um über all die Dinge nachzudenken, die mich bis an diesen Punkt gebracht hatten, bis zu dieser nächtlichen Unternehmung. Denn genau das tat ich auch in ebenjener Nacht, als ich vor dem dunklen Eingang zu dem undurchdringlich erscheinenden, aber öffentlich zugänglichen Sumpfgebiet stand: Ich hielt einen Augenblick inne, verharrte an der steinernen Einlasspforte, welche die westliche Begrenzung des Parks darstellt, damit sich meine Augen an die urweltliche Dunkelheit gewöhnen konnten, die unter dem Laubdach des Dschungels herrschte, aber auch um über die Bedeutsamkeit der Dinge zu sinnieren und, wenn möglich, in der mich umfangenden, bedrückenden Finsternis ein paar Erkenntnisse über das Bewusstsein des Individuums zu gewinnen. Genau darüber grübelte ich seit jener Nacht, in der der Ex-Bürgermeister zu Tode gekommen war. Und nun, da ich direkt vor dem Eingang zum Turtle Pond Park stand und mich anschickte, hineinzugehen und das Versprechen einzulösen, das ich leichtfertig jenem Todgeweihten gegeben hatte, stieß ich tief in meinem Herzen auf eine warme Empfindung von Verbundenheit: mit Jim Kunkel und seinen und meinen und unser aller Vorfahren bis zurück zu den ersten Entdeckungsreisenden im Reich der Psyche in den vorchristlichen Fruchtbarkeitskulten am Nil, im Donaubecken, in Asien und Afrika. Diese Verbundenheit äußerte sich zunächst kaum wahrnehmbar als eine prickelnde Variante wohlwollender Würdigung meiner zwischenmenschlichen Beziehungen, meiner Ambitionen und Aktionen, die nicht nur mein eigenes Schicksal bestimmten, sondern auch die Geschicke von Menschen, die meiner Aufmerksamkeit und meines Mitgefühls bedurften: Meredith, die Kinder der dritten Klasse, die Bürger unserer Stadt, die eventuell eines Tages ihre Wahlstimmen zugunsten eines Bürgermeisters Pete Robinson abgeben würden. Der Fuß, der immer mehr auftaute, mit erstaunlicher Geschwindigkeit übrigens, und meine Feigenriegel durchweichte, was ich allerdings erst später bemerkte, der Fuß also schien unvermittelt symbolisch befrachtet mit all unseren Sehnsüchten und Träumen, mit den kollektiven Träumen eines Gemeinwesens. Und so schien es, als sollte eigentlich nicht Jim Kunkels Fuß bestattet werden – um Jims Fuß ging es gar nicht –, sondern ein Gefäß aus Fleisch und Blut, das in sich die Hoffnungen der Menschheit – Jims, meine, die von allen und jedem – auf eine bessere, klügere Welt barg, die aus dem mit Blut und Knochen fruchtbar gemachten Erdreich wachsen könnte. Solcherart waren meine Gedanken. Und so wird man sich leicht meinen Verdruss vorstellen können, als ich gerade in dem Moment, in dem ich die Steinschwelle zu dem finsteren und nebligen Park überschritt, die heisere Stimme meines einstigen Musterschülers, die von Ben Webster höchstpersönlich, vernahm, der mich in gut hörbarem Flüsterton anrief: «He, Mr. Robinson, sind Sie das? Was tun Sie hier? Gehen Sie da weg. Sie treten sonst auf eine Mine.»

«Hallo?»

«Hier drüben», kam es von jenseits des Gebüschs.

Ich setzte behutsam den Fuß auf den Boden. «Ben, es ist doch schon spät. Was treibst du denn da mitten in der Nacht?»

«Nun machen Sie mal halblang, Mr. Robinson. Ich bin ja kein Kind mehr.» Er trug einen Dschungelkampfanzug, Kampfstiefel und ein schwarzes Barett. Das Gesicht hatte er mit Holzkohle eingerieben. Einen Pistolenhalfter trug er ebenfalls. Er sagte: «Bleiben Sie geduckt, verhalten Sie sich leise, folgen Sie mir», und trat dann im Entengang den Rückzug in die Sicherheit des tiefen Waldes an. Ich ging in die Hocke. Ben war ganz eindeutig mit der sumpfigen Topographie dieses hübsch mit Elefantenohrfarn und bartenflechtigen Tillandsien durchsetzten Geländes vertraut. Er übernahm die Führung auf einem leicht begehbaren Pfad unter umrisshaft erkennbaren und weit herabhängenden schwarzen Ästen. Seine Schritte verursachten keinerlei Geräusch; die meinen dagegen hallten natürlich nur so wider. Ich sagte: «Tut mir leid, in solchen Dingen bin ich nicht besonders gut», und Ben flüsterte zurück: «Geben Sie acht, wohin Sie treten, Mr. Robinson. Sie kriegen den Dreh schon noch raus. Passen Sie auf, hier ist eine große Wurzel.»

«Ben, sagtest du etwas von Minen?»

«Landminen. Dieser Idiot von einem Mr. Benson hat sie

verlegt. Ein paar haben wir aufgespürt, aber uns fehlt die technische Ausrüstung, um sie zu entschärfen oder zu räumen.»

«Uns?»

«Mir und Dad.»

«Wie geht's deinem Dad?» Ich kannte Chuck Webster von den Elternbeiratssitzungen. Vor Jahren, als der kleine Ben die Grundschule besucht hatte, war Chuck Webster ein liebenswürdiger und engagierter Teilnehmer bei unseren alle zwei Monate stattfindenden Tagen der offenen Tür gewesen, wo es um die Lerninhalte der Kernfächer und um Fragen der Kleiderordnung ging. Seine Beiträge waren von der Lehrerschaft stets geschätzt worden, die spürte, dass Chuck Webster den verschiedenartigsten und oftmals kontrovers debattierten Lernzielsetzungen im Bereich der Grundschulbildung mit einer Aufgeschlossenheit begegnete, wie sie in der Schar der pädagogischen Laien nicht häufig anzutreffen ist, wie zum Beispiel bei dem ganzen Problembereich ‹Sozialisation oder Individuation: Was wollen wir fördern?› mit den daraus sich ergebenden unterrichtlichen Dilemmas rund um Streitpunkte wie dem der angemessenen Benotung von ‹langsamen› und ‹schnellen› Lerntypen oder dem der rechten Belohnung von Leistungsverhalten, oder ob interdisziplinäre Lehr- und Lernkonzepte unterstützt werden sollten etc. Ben sagte: «Dad geht's gut, denk ich mal. Warum fragen Sie ihn nicht selbst?»

«Freund oder Feind?», ließ sich eine männliche Stimme aus dem Dunkel vernehmen.

«Ich bin's, Dad», flüsterte Ben zurück.

Chuck Webster trat aus seiner Deckung. Er trug dunkles, militärisches Nachtkampf-Feldzeug genau wie sein Sohn.

Zusätzlich hatte sich der ältere Webster ein halbautomatisches Sturmgewehr über die Schulter gehängt. Zwar sah er furchterregend aus hinter seinem schmissigen, dünnen Oberlippenbart, doch klang er zugänglich, ja nachbarschaftlich, als er sagte: «Na, so was – wenn das nicht Pete Robinson ist? Was treibt denn Sie in den Park, Pete?»

«Ach, nichts weiter.» Mir war augenblicklich bewusst, wie dämlich eine solche Erklärung innerhalb einer von Misstrauen beherrschten Kampfarena, in der wir uns zweifelsfrei befanden, selbst für offenkundig nicht feindselig gesinnte Ohren klang. Ich sagte: «Und – ist irgendwas im Busch?»

«Sie können von Glück reden, dass Sie nicht ein Bein oder Ihren Fuß verloren haben, Pete. Zum Glück war Ben in der Nähe.»

Wir standen auf einer Lichtung. Eine Eule schrie. Die Nacht schien mir für die Jahreszeit zu warm zu sein.

«Pete, wir haben daheim noch überzählige Schutzausrüstungen, womit wir Sie problemlos ausstatten könnten. Es wäre doch schade, wenn Ihnen irgendetwas zustoßen würde. Sie sind ein wertvoller Aktivposten in dieser Gemeinde. Sie müssen unserer Jugend beibringen, eine bessere Welt zu schaffen, als wir sie geschaffen haben, stimmt's?»

«Stimmt, Chuck.»

«Eigentlich hat Mr. Robinson immer eine Menge Unterrichtszeit auf Vorträge über Krieg und Töten und Folter und so Sachen verwendet, Dad», sagte Ben Webster.

«Dein Lehrer hat sicher bloß die tragische und wundervolle Geschichte menschlicher Konflikte beleuchten wollen. Trifft doch zu, Pete, oder?»

«So ähnlich.»

Chuck zeigte durch die Bäume. «Heute Nacht haben

wir im Turtle Pond Park ein Scharmützel nach dem andern, Pete.»

Tatsächlich konnte ich in einiger Entfernung undeutliche menschliche Gestalten entdecken, die sich fortbewegten. Ich verspürte einen Moment lang Gewissensbisse – eine rasch vorübergehende, eine flüchtige psychische Regung, die mehrere Realitäten ins Bewusstsein rief: die des Fußes; die meiner wachsenden Schuldgefühle und meiner zunehmenden Beschämung angesichts meines Versagens am Abend von Jims Tod, als ich nicht die Kraft aufgebracht hatte einzuschreiten, dem allgemeinen Ruf nach Rache Einhalt zu gebieten und stattdessen gütige Gerechtigkeit walten zu lassen; die traurige Tatsache von Merediths Quastenflosser-Träumen, ihr von Trommelklängen begleiteter Aufbruch zu spirituellen Meeren, wo ein gemeinsames Leben mit mir nicht vorgesehen war. Und die Schulsituation. Bens Gegenwart förderte alle Gefühle der Zerknirschung zutage, die ich die ganze Zeit unterdrückt hatte und die meine uneingeschränkte Bereitschaft betrafen, in meiner gemütlichen Küche herumzusitzen, auf dem Papier ‹Privatschule›-Projekte zu entwerfen, ihnen dann aber keine Taten folgen zu lassen. Chuck Webster hatte recht: Ich hatte einen Auftrag zu erfüllen. Und falls ich es jetzt auf die Reihe kriegte, das Privatschuleprojekt nämlich, wenn ich es jetzt auf die Reihe kriegte, dann hatten wir das gesamte neue Schuljahr praktisch unter Dach und Fach.

Ich kniete mich neben Ben nieder, der gerade durch eine Infrarotbrille ein Minibataillon vorgeblich arglistiger Nachbarn beobachtete, die in Reihe einen schmalen Fußweg entlanghuschten, der den südlichen Sektor des Parks durchschnitt.

«He, Ben, hättest du nicht Lust, in der Zukunft dieser Stadt ganz groß mitzumischen?»

«Ich?»

«Deine Naturkunde-Hausarbeit über den Anstieg der Meeresspiegel ist mir bis heute als eines der hervorragendsten Beispiele für Forschungsarbeiten von Drittklässlern im Gedächtnis geblieben, die mir jemals in meiner Laufbahn untergekommen sind. Du bist ein motivierter Denker, dem intellektuelle Gründlichkeit etwas bedeutet und der die Bedeutung von Wissen begreift. Ich wäre stolz, wenn du mir dabei helfen würdest, Schüler für die Schule anzuwerben, die ich zu eröffnen gedenke.»

«Schule?»

«Zugegeben, deine Qualifikationen sind mager. Du hast noch keine Oberstufenreife. In welcher Klasse wärst du jetzt eigentlich?»

«Zehnte.»

«Da hättest du's ja schon weit gebracht. Zudem verfügst du bereits über echte Lebenserfahrung. Das ist eine Menge wert. Mit anderen Worten: Dein Bildungsstand entspricht praktisch der Hochschulreife.»

«Okay.»

«Damit kämst du für eine Anstellung im Erziehungswesen in Betracht.»

«Super.»

«Ich brauche deine Sozialversicherungsnummer. Ich muss auch einen Blick auf deine Geburtsurkunde werfen. Wir bezahlen dich zunächst einmal mit einem anständigen Stundensatz, über dessen Höhe wir uns später unterhalten.»

Wir gaben uns die Hand, und Ben flüsterte quer über die

Lichtung: «Dad, stell dir vor, ich habe einen Job!» Doch sein Vater war nirgendwo zu sehen.

Ben hetzte über die Lichtung. Er suchte die Umgebung mit der Nachtsichtbrille ab. Mit dringlicher, gedämpfter Stimme rief er: «Dad, Dad.»

Nächtliche Schatten sprenkelten Unterholz und Waldboden; die ganze Welt wurde zu einer Herausforderung für die Sinneswahrnehmung. Ich konnte mit Gewissheit nur Ben ausmachen sowie einige nahe Äste und den Nickelglanz des Laufes seiner gezogenen Pistole, als der Junge ganz nahe zu mir herkam und flüsterte: «Danke für die berufliche Chance, Mr. Robinson, aber Dad und ich haben einen Eid abgelegt: Falls er zu Schaden kommt, muss ich die dafür verantwortliche Person stellen und ihr eine Kugel ins Herz jagen.»

Die zuvor auf dem südlichen Weg umherstreifenden schwarzen Schatten hatten sich inzwischen dem Blick entzogen. Ich versuchte, den Ernst der Lage zu überspielen. «Hör zu, dein Vater ist wahrscheinlich nur mal schnell auf Spähtrupp gegangen.»

Angst schwang in der Stimme des Jungen mit, als er sagte: «Dad würde nie ins Feld ziehen, ohne mir Bescheid zu geben.»

Er trat in den Wald hinein. «Ich kann hier nicht länger rumhängen. Dad ist in Schwierigkeiten. Also, bis später.»

«He, warte doch, Ben. Was läuft da eigentlich zwischen euch und den Bensons ab?»

Doch es war zu spät, er war bereits im Unterholz verschwunden und hatte mich allein zurückgelassen, ohne mich über die offenkundige Verstimmung zwischen den beiden Familien aufzuklären.

Ich stand unter den gespenstischen Bäumen. Die Nacht

war still. Ich legte meinen Rucksack ab, griff hinein und fischte den Gartenspatel heraus. Über mir rissen die Wolken auf und ließen einige wenige Sterne zum Vorschein kommen. An und für sich war die Lichtung eine ideale Begräbnisstätte; sie erfüllte alle Voraussetzungen. Durfte ich es vernünftigerweise riskieren, Erde auszuheben, Kerzen anzuzünden und Beschwörungsformeln in einer Umgebung zu rezitieren, welche wahrscheinlich gleich von Stammessippen überrannt werden würde, die Waffen aus ihren Privatarsenalen schwangen? Ja. Die Situation hatte durchaus etwas Stimmiges. Meine Absicht war: symbolisch Zeugnis abzulegen vom Vorgang der Erneuerung, indem ich Teile von Jim als, im wahrsten Sinne des Wortes, Verkörperungen transformierten Lebens benutzte, was im vorliegenden Falle ‹der Fuß› als solcher war, der über den Boden schreitet und uns warnend hinweist auf unterschiedliche Beschaffenheiten, Temperaturen, Sinneseindrücke. Die Bestattung von Jims Fuß im Besonderen würde einerseits die Pein einer physischen Existenz auf Erden akzentuieren, zugleich aber von der Sterblichkeit jener Haushalte mittleren bis höheren Einkommens künden, die gegenwärtig um die Oberherrschaft über den Turtle Pond Park rangen.

Und schon kniete ich nieder. Überall lagen Zweige und Blätter und Steine herum. Ich schichtete sie zu einem Haufen auf. Die so geräumte und gesäuberte Fläche präsentierte sich eben und hart gegenüber der gerundeten Klinge des Spatels, welche sich, unter geräuschvollem Knirschen, in den Boden bohrte. Ich krümmte mich zusammen und beugte mich weit vornüber, um mit meinem Körper das sandige Kratzen von Metall gegen Erde zu dämpfen. Ich grub mit aller Vorsicht. Kieselsteine drückten sich in meine Knie. Binnen kurzem schmerzten mir Rücken und Nacken. Im Park herrschte in jener Nacht große Spannung, eine Spannung, die ganz natürlich mit bewaffneten Auseinandersetzungen einhergeht, die in der Nähe stattfinden. Schweiß rann mir in die Augen; ich richtete mich auf und hob die Hand, um das salzige Brennen wegzuwischen, und dachte über Chuck Websters unheimliches Verschwinden nach. Er hatte keine sieben Meter weit weg von jener Stelle gestanden, an der Ben und ich unsere geschäftliche Besprechung abgehalten hatten. Ganz plötzlich war er wie vom Erdboden verschluckt. Dergleichen sollte in einem kommunalen Erholungsgebiet eigentlich nicht vorkommen.

Ich legte den Spatel zur Seite und kramte im Rucksack herum, holte *Das Ägyptische Totenbuch* heraus und deponierte es neben der Begräbnisstelle. Der plastikumwickelte Fuß war glitschig. Während ich ihn in der Hand hielt, ihn nun über das flache Loch in der Erde hielt (mit den Fingern den Rist streichelnd, den Daumen gegen den Knöchel gedrückt), durchfuhr mich, zum zweiten Mal in jener Nacht, ein Schauder der Zuneigung zu jenem Mann, dem der Fuß einst gehört hatte, und da wusste ich, dass ich das Richtige tat, indem ich Jims Fuß in den zur Festung ausgebauten Park brachte. Diese kleine Lichtung war, genau wie Jims eigener und fein säuberlich geschnittener Rasen in jener finsteren Nacht seines Hinscheidens, eine heilige Stätte.

Ich legte den Fuß neben dem Grab ab. Eine salzige Meeresbrise verbog das Geäst der Bäume zu Arabesken und verwandelte die Welt in eine Kirche. Ich zündete eine Kerze an, schlug aufs Geratewohl eine Seite des Buches auf und las laut die Stelle:

«‹Ich bin ein leuchtendes Wesen, ein Bewohner des

Lichts, erschaffen und zum Leben erweckt aus den Gliedmaßen des Gottes.›»

Nicht schlecht. Doch was sollte das eigentlich bedeuten? Dies herauszufinden, lag jenseits meiner Möglichkeiten; ich konnte nur spekulieren. Ich bin ja kein Ägyptologe. Meine früheren Studien in Vergleichender Religionswissenschaft beschränkten sich auf Abarten des Christentums im Mittelalter, wie sie im deutschsprachigen Raum und in den Mittelmeerländern während gleichartig verlaufender Perioden staatlich gebilligter Hexenjagd und der Verfolgung von Ketzern weit verbreitet gewesen waren, in denen kirchliche Sophisterei das Schicksal von ungebildeten, eingeschüchterten und geknechteten Bevölkerungsschichten bestimmte. Die Inquisition ist ein archetypisches Modell nichtsäkularen Terrors; sie ist eine Schablone für gesellschaftlich anerkannte und verankerte Gräuel, die eine Konstante in der jüngeren Menschheitsgeschichte bilden. Als Jim noch lebte, das heißt, bevor der ehemalige Bürgermeister ohne Vorwarnung oder spätere Begründung jene schultergestützten Stinger-Raketen – (Wie kam einer wie Kunkel eigentlich in den Besitz einer solchen Feuerkraft? Ganz eindeutig bringt ein hohes Amt Vergünstigungen mit sich.) – in den Fontänenteich des Botanischen Gartens feuerte und dadurch mannigfaches Leid über die Bürger brachte, also etwa eine Woche, bevor dies geschah, hielt ich bei einem Lunch der Rotarier mein Standardreferat genau zu diesem Thema: ‹Die Barbarei früherer Zeiten, oder: Wie uralte Ängste Organisationsprinzipien und Moralvorstellungen des modernen Lebens durchdringen.›

Jener Vortrag, so wurde mir nun klar, während ich die zischende Geburtstagskerze in der einen und das Handbuch archaischer Bestattungszeremonien in der anderen Hand hielt – jener Vortrag war gewissermaßen das erste Glied einer Kette von Ereignissen gewesen, in deren Folge ich nun hier gelandet war, um esoterische nächtliche Rituale zu zelebrieren.

Hätte ich irgendetwas von alldem voraussehen können an diesem Spätsommerfreitag im Holiday Inn?

Es war eine bis auf den letzten Platz besetzte Veranstaltung gewesen. Jerry und Rita Henderson saßen ganz vorne. Bill und Barbara Nixon lehnten sich an einem Nachbartisch träge in ihren Sitzen zurück. Ich sah, wie sich Abraham de Leon Kuchenkrümel aus dem Bart zupfte. Tom Thompson schüttete tassenweise Kaffee in sich hinein. Und dann war da Jim Kunkel selber, sah einerseits wie ein ehrwürdiger und sonnengebräunter Patriarch aus, gleichzeitig aber auch leicht hinfällig in seinem Aufzug aus gelben Hosen, ebensolchem Golfhemd und auf Hochglanz polierten weißen Schuhen. Damals hatte der alte Ex-Bürgermeister nur noch ein paar Tage zu leben, aber wer wusste das schon? Alle Anwesenden schienen leicht benommen zu sein wegen der Mengen vorzüglich pochierten Starraugenfisches, die sie verdrückt hatten. Es war ein anstrengendes Publikum. Ich nippte an meinem Glas Wasser, räusperte mich, neigte mich dicht zum Mikrophon und sagte: «Sie sehen also, dass diese furchtbaren Diener Gottes, die Inquisitoren, mit extremer Unnachsichtigkeit so genannte Ketzer verfolgten, von denen viele nichts weiter als kleine Kriminelle oder politische Aufwiegler waren, keinesfalls aber religiöse Aktivisten. Unnachsichtigkeit im Namen von Rechtgläubigkeit – die alte Leier. Was im Fall der Inquisition interessant ist – und dies ist ein Phänomen, das bis in unser modernes Zeitalter immer wieder an den unterschiedlichsten Schauplätzen demonstriert wurde –, ist die Leichtigkeit, mit der sich heilige Texte als Mittel der Unterdrückung gebrauchen lassen.»

Meredith lächelte mir ganz hinten in dem großen Bankettsaal aufmunternd zu. Ich trat zu der tragbaren Tafel hinter dem Rednerpult, nahm ein Stück Kreide und begann, meine Ausführungen durch Skizzen zu veranschaulichen. «Okay, hier also die Folterbank, eine harmlos aussehende Streckvorrichtung, mechanisch primitiv, eingesetzt in der alltäglichen Routinearbeit der Züchtigung und Aussageerzwingung. Die unmittelbare gesellschaftliche Wirkung der Folterbank dürfte wohl gleichzeitig eine psychische und physische gewesen sein. Solange die Behörden auf ein solches Werkzeug zurückgreifen konnten, mit dem Recht, sich seiner nach Belieben zu bedienen, was bedeutete: bei der geringsten Provokation, so lange lebte die Laiengemeinschaft verständlicherweise in einem Dauerzustand unterschwelliger Panik.» Ich zückte die Kreide und brachte malerische Details an: «Winde», «Auflage», «Lederriemen» und so fort. Die Zuhörer rutschten auf ihren Sitzen umher und beugten sich nach vorn, um besser sehen zu können. Jerry Henderson starrte mit höchster Aufmerksamkeit zur Tafel. Bill Nixon wurde munter und richtete sich auf. Der Wert von Bildern als unterrichtliches Hilfsmittel kann gar nicht hoch genug angesetzt werden. Wenn ich früher dieses ‹Inquisitionsreferat›, inhaltlich fast identisch, wenn auch in wesentlich elementarerer Form, vor meinen Drittklässlern, einem ewig schwer zufriedenzustellenden Haufen, hielt, dann reagierten sie, genau wie die hier im Holiday Inn zum Freitagslunch versammelten Erwachsenen, stets, und wie auf Kommando, uneingeschränkt fasziniert, sobald ich zur

Tafel schritt, die Kreide nahm und ihnen makellos schöne Illustrationen der Innenausstattung von Kerkern aufmalte. Urplötzlich wurde es dann mucksmäuschenstill im Klassenzimmer. Keine platzenden Kaugummiblasen, keine umherfliegenden Papierkügelchen, kein Hin- und Hergeschiebe von Zettelchen. Die wissbegierigen Fragen der Kinder entsprangen einem tiefverwurzelten Interesse an historischen Artefakten.

«Haben die Folterer die Leute lange auf dem Ding liegen lassen?»

«Ist man dadurch größer geworden?»

«Konnte man entzweigerissen werden?»

Ich spürte den Drang meines erwachsenen Publikums, das nun gleichfalls Zusatzfragen stellen wollte, während ich beiläufig die Kreide in die Ablageschale fallen ließ und ans Rednerpult zurückkehrte. Ich sah, wie sich Rita Henderson ein paar Fussel von ihrer violetten Bluse zupfte. Jerry legte eine Serviette immer wieder aufs Neue zusammen. Jim Kunkel kaute auf einem Zahnstocher herum. Ich ließ all diese Menschen über die Vergangenheit nachsinnen. «In jenen Tagen war man so lange schuldig, bis man seine Unschuld bewiesen hatte.» Ich trank noch einen Schluck Wasser. Köpfe wackelten hin und her, eine Gabel kratzte über einen Teller, Eiswürfel klirrten.

«Jemand 'ne Frage?»

Jim hob die Hand. «Pete, würdest du sagen, dass die Vergangenheit in der Gegenwart fortlebt?»

«Unbedingt. Brutalität gehört doch schon lange zu unserem Alltag, Jim.»

«So isses», sagte er. Danach meldete sich Barbara Nixon – übrigens mitnichten eine hässliche Frau – zu Wort. «Mr. Robinson, wollen Sie behaupten, dass unsere Kultur grausam ist?»

«Etwas in dieser Richtung.»

«Da kann ich Ihnen nicht zustimmen. Wir sind hier alles anständige Leute. Wir haben noch ein Herz für unsere Mitmenschen.»

«Jetzt halt bloß die Luft an», wurde sie von Jim angeraunzt.

Alle blickten interessiert zum Ex-Bürgermeister hin.

«Wie bitte?», kam es aus Bills Mund.

«In dieser Stadt gibt es keine Liebe», lautete Jims knappe Antwort.

Bill forderte ihn auf: «Ich glaube, Sie sollten sich bei meiner Frau entschuldigen.»

Barbara stieß ihren Ehemann mit dem Ellbogen an. «Lass gut sein, Schatz, er ist doch bloß ein närrischer alter Mann.» Worauf Jim erwiderte, entweder an beide Nixons in ihrer Gesamtheit gerichtet oder nur an einen der anwesenden Träger dieses Namens, oder gar – wer weiß das schon – pauschal an den ganzen Saal: «Leckt's mich am Arsch.»

Woraufhin Jerry sich einschaltete und diplomatisch fragte: «Was ich noch wissen wollte, Pete, ist Folgendes: Konnte man auf diesen Folterbänken entzweigerissen werden?»

«Wahrscheinlich nicht. Allerdings gab es sehr wohl Methoden, die eine solche Art der Bestrafung zuwege brachten.»

«Strecken und Vierteilen», sagte der Ex-Bürgermeister. Im Saal machte sich eine unbehagliche Stimmung breit. Ich dozierte weiter: «Genau. Der Angeschuldigte wird an Händen und Füßen gefesselt und an vier robuste Lasttiere angeschirrt, die anschließend von Viehknechten angetrieben werden, sodass sie in verschiedene Richtungen gehen oder traben.»

«Das ist ein mitreißendes Bild», sagte Rita Henderson. Abraham de Leon, über den gemunkelt wurde, er habe zwischendurch immer wieder einmal ein Techtelmechtel mit der Frau seines Freundes Jerry, fügte mit nonchalanter Miene hinzu: «Ja.»

Von allen Seiten wurde beifällig genickt. Ich vertiefte die Thematik: «Es ist ein Bild, das nicht nur körperliche Zerreißproben anspricht, sondern auch gefühlsmäßige. Wir sagen heute: ‹Ich bin hin und her gerissen›, oder sprechen von ‹Zerrissenheit›, wenn wir unsere Ratlosigkeit bei komplizierten Entscheidungen beschreiben wollen. Es gab aber einmal eine Zeit, in der Menschen, die allgemein anerkannte Wahrheiten in Frage stellten, von Ochsen oder Pferden buchstäblich zerrissen wurden. Die Psyche des modernen Menschen wird dagegen, im übertragenen Sinne, zerrissen von seelischen Zwangslagen, die sich in dem Ringen um Befreiung von unbewussten Verboten und Tabus äußern, wie sie von einer Generation zur nächsten weitergegeben werden.»

«Sexuelle Tabus?», hakte Barbara Nixon nach. Bemerkte ich da ein Augenzwinkern bei ihr? Ich schaute nach hinten zu Meredith, die grinste. Bill Nixon grinste ebenfalls. Eventuell spöttisch. Barbara schien den schrägen Blick, der ihr von ihrem Mann zugeworfen wurde, nicht zu bemerken. Mit einem breiten Lächeln fragte sie: «Wollen Sie das damit ausdrücken, Mr. Robinson?»

Bevor ich antworten konnte, mischte sich Bill rüde ein: «Klar will er das.»

«Dich habe ich nicht gefragt, Schatz.»

Es folgte ein peinlicher Augenblick. Warum können sich Ehepaare in der Öffentlichkeit nicht benehmen? Ich sagte:

«Natürlich – sexuelle, spirituelle, intellektuelle, welche auch immer.»

«Wobei der Sinn der ist, dass wir nicht unsere wahren Gefühle erforschen oder den eigentlichen Kern unseres Wesens aufdecken sollen.» Ein Beitrag von Jim, der von seinem Stuhl aufgestanden war und ausdrucksvoll mit hoch erhobenem Glas gestikulierte. Kaltes Wasser schwappte über den schwankenden Glasesrand, spritzte auf den Teppich und bedrohte die Tischgäste ringsum, welche die Köpfe einzogen. Jerry Henderson mahnte Zurückhaltung an: «Sachte mit dem Wasser, Herr Bürgermeister», während sich eiskalte Flüssigkeit in kristallinem Bogen über Tom Thompsons bürstenschnittigen Kopf ergoss.

«He, pass doch auf», sagte Tom.

Jim stellte das Glas auf den Tisch zurück und brummte ein «'tschuldigung». Tom trocknete sich mit einer Serviette ab. Rita Henderson ergriff die Hand ihres Mannes, ja umklammerte sie. Und Barbara Nixon sah zu mir herauf, während ich nach hinten zu Meredith sah. Wir alle lauschten der altersschwachen Stimme des ehemaligen Bürgermeisters, der rundweg verkündete: «Wir sind allesamt Mörder hier.»

In diesem Augenblick gingen die breiten Metalltüren des Bankettsaals auf, und Bob und Betsy Isaac trugen Silbertabletts voller Kuchenstücke, großzügig mit Schlagsahne garniert, aus der Küche herein. «Ah, ooh», machten die Leute. Und so wurde Jims feierliche Feststellung unter allgemeinen Essensgeräuschen begraben. Zumindest für den Moment. Viele Male grübelte ich nach diesem Tag über Kunkels Worte nach. Während ich Jims auftauenden Fuß über das Grab hielt, fühlte ich mich wie bei einer prophetischen Inszenierung, und ich wusste, dass mein mitternächtliches Begräbnis nicht nur die Wiedergeburt und Wiederbelebung unseres Gemeinwesens bedeutete, sondern auch meine ganz persönliche Neuwerdung. Indem ich Jims Fuß zur letzten Ruhe bettete, tat ich einen wichtigen Schritt auf jenen Augenblick zu, in welchem ich den Amtstalar staatsbürgerlicher Führerschaft entgegennehmen würde, den des Bürgermeisters. Im Geiste sah ich die Slogans der Wahlplakate vor mir:

PETE ROBINSON FÜR DEN WELTFRIEDEN.

PETE ROBINSON, EIN SCHRITT ZUM PARADIES.

Das Fußgrab war einen halben Meter tief, was nicht der üblichen Tiefe entsprach, aber (vermutlich) tief genug war, um Tiere abzuhalten. Ich übergab den Fuß der Tiefe und Finsternis des Lochs. Ich beließ ihn so fest gefrierverpackt, wie er war; die verdrillte und verknotete Plastikfolie, nass von auslaufender Flüssigkeit, eignete sich wunderbar als behelfsmäßiges Grabtuch. Und *Das Ägyptische Totenbuch* legte ich endgültig beiseite. Seine Benutzung war deplatziert. Damit vereinnahmte ich doch nur den Text aus der einen Kultur und übertrug ihn unbesehen auf eine andere, bloß um einem privaten Protokoll Genüge zu leisten, oder? Viel besser war es, mein Bestattungsszenario mit einem spontan komponierten Gesang zu krönen.

Ich improvisierte: «Stolzer Fuß, niemals mehr wirst du wandern über Gras oder Straße oder Gehsteig. Einst trugst du einen Mann durch seinen Alltagstrott, trugst ihn durch sein Leben. Nun ist sein Werk vollbracht. Trage jetzt uns, die Lebenden, trage uns voran zur Erkenntnis der Wahrheit des Herzens.»

Und ich nahm eine Handvoll Erde, hielt sie über das Grab und ließ die schwarze Krume hinab auf den Fuß rieseln. Da befiel mich die unheimliche Ahnung, observiert zu werden. Als ob mich aus den Schatten hinter den Bäumen jemand beobachtete. Was musste sich ein Fremder wohl angesichts einer solchen Zeremonie denken? Gewiss begraben Menschen ab und zu irgendwelche Sachen. Verstorbene Haustiere beispielsweise. Ich ballte lose Erde in der Hand zusammen und rief laut: «Hallo?» Aber da waren nur Stille und der Geruch von Ozon, der frisch auf einem Lüftchen dahergeschwebt kam, und aus Westen Donnergrollen, dessen Echo über die Sumpfgebiete vor der Stadt herüberrollte. Wolken verfinsterten Mond und Sterne. Ich steckte einen Zweig in den Grabhügel. Er machte nicht viel her, war nur ein kryptisches Zeichen. Nichtsdestoweniger neigte ich den Kopf andachtsvoll darüber und hob zu sprechen an: «Hier ruht Jim Kunkels linker Fuß als Symbol für Durchsetzungsvermögen, Furchtlosigkeit, Ideenreichtum und Standfestigkeit. Bald wird er zu Staub werden. Doch Jims Geist wird auferstehen und uns beseelen, in unseren Häusern und Herzen Einzug halten und uns den Weg aus der Finsternis weisen.»

Regen fiel auf das Blätterdach des Waldes. Ich tastete nach dem entliehenen Buch, nach Spatel, Kerzen und dem violetten Rucksack. Ich räumte dornige Stängel aus dem Weg, trat vorsichtig auf herabgefallenes Laub, das unter meinem Fuß schwammig nachgab. Unverzüglich sanken die Sohlen meiner Keds tief in den schmatzenden Moorboden, Moorboden, der anscheinend vermint war. Man konnte unmöglich wissen, wo man hintreten durfte. Leise flüsterte ich: «Okay, du Fuß im Grab, ich habe das Meinige getan, jetzt tu du das Deinige und bringe mich hier heraus.»

Und tatsächlich sprach eine Stimme: «Pete.»

Ich sah auf und erblickte einen Mann mit wirrem Haar.

Er stand neben einem Baum. Seine Kleidung war schmutzig, Gesicht und Arme waren völlig verdreckt. Er gab eine kolossale Erscheinung ab. Er sagte: «Ich bin's, Pete, Ray. Ray Conover.»

«Ray?»

Der Mann kam näher, trat dicht an mich heran. «Du hättest mich nicht erkannt, stimmt's, Pete?»

«Eh – nein.»

Er hob die Arme und schüttelte heftig die Hände, um seinen Worten Nachdruck zu verleihen. «Leid und Schmerz machen dich zu einem anderen Menschen, Pete. Ich war einmal glücklich. Ich war es. Sieh mich an. Ich bin gealtert, die Zähne tun mir weh. Du – deine Welt ist heil. Zwar bist du heute Nacht hier draußen und treibst unbegreifliche Dinge. Aber morgen liegst du wieder in einem warmen Bett neben einem Menschen, den du liebst. So etwas habe ich nicht mehr. Mein Zuhause ist jetzt das hier.»

«Der Park? Du lebst im Park? Hier herrscht doch Krieg.»

«Ja, schon.» Wie freudlos der Mann klang. Wie vergrämt. Ich beschloss, offen zu ihm zu sein. Bestimmt, doch herzlichen Tones sagte ich: «Hör zu, Ray, ich würde mich gern ausführlich mit dir unterhalten, aber ich will auch aus diesem Wald herauskommen.»

«Klar, Pete. Kein Problem.»

Und so brachen wir auf, und der Regen platschte auf unsere Köpfe und auf den matschigen Boden unter unseren Füßen. Aus den Baumwipfeln schlängelten sich schmalblättrige Ranken herab. Ray und ich bahnten uns einen Weg durch ihr Gewirr, hielten uns an bizarr verdrehten Ästen fest, um das Gleichgewicht nicht zu verlieren, wichen den Wurzeln aus. Der Marsch durch diesen Wald war eine glitschige

Angelegenheit. Die Flora bedrängte uns von allen Seiten. Ich setzte meinen Fuß genau auf die Stelle, auf die Ray seinen gesetzt hatte, und bei jedem Schritt verkrampfte ich mich und wartete auf das Klicken eines getarnten Auslösers. Es war schrecklich. Ray sagte: «Ich habe beobachtet, was du dort gemacht hast, Pete. Die Beerdigung. Die Grabrede. Weshalb das alles, Pete?»

«Ich möchte eine bessere Welt.»

«Und deswegen hast du einen Fuß beerdigt.»

«Das war nicht bloß ein Fuß. Das war mehr. Viel mehr.»

Ich stolperte über eine Wurzel. Unter den gegebenen Umständen war dies entsetzlich. Ein paar Minuten später schlug in der Nähe ein Blitz ein und tauchte den Wald für Sekundenbruchteile in neonfarbenes Licht. Ich war mir sicher, dass dies das Ende war, warf mich in den Dreck und rollte mich ab, kam in einer Gruppe von Farnen jämmerlich auf dem Bauch liegend und alle viere von mir streckend zum Stillstand, verschränkte die Hände schützend genau so über dem Hinterkopf, wie es dem im Falle einer Bombendetonation erwünschten Reflex entspricht. Ray kam herüber, stellte sich über mich, sagte «Hoppela!» und half mir auf die Beine. Kiefernnadeln und verfaultes Laub klebten mir an Kleidern und auf der Haut. Ich war über und über mit Schlamm bedeckt. Ich wischte mich ab, so gut ich konnte, doch die Wirkung war eher die einer Körperbemalung. Ich fragte: «Also, Ray, was kannst du mir über diese Benson-Webster-Sache erzählen?»

«Nicht viel. Es ist die alte Geschichte. Jemand tut irgendwas, und dann tut jemand anderer irgendwas als Reaktion darauf. Danach entwickeln die Dinge eine Eigendynamik. Wer kann da noch sagen, worum es eigentlich geht? Die

Bensons kontrollieren jetzt das südliche Dreieck vom Lighthouse Point bis zum Bootshaus. Der Musikpavillon, der Goldfischteich und der japanische Tempel gehören den Websters. Da, wo wir gerade sind, ist neutrales Gebiet. Pass auf, hier kommt ein Baumstamm.»

«Danke.» Ich stieg darüber, und wir setzten unseren Weg fort. Ray informierte mich: «Andere Parkanwohner haben inzwischen Partei ergriffen. Die Lloyds sind für die Websters, die Glazers für die Bensons. Mittlerweile bilden sich auch Koalitionen.»

«Chuck Webster wurde gefangen genommen.»

«Jammerschade. Chuck ist ein guter Kerl. Hier kommt eine Senkgrube, Vorsicht. Weißt du noch, wie damals Mindy, die Tochter von Paul und Cindy Garrison, aus Jack Conleys Rifftour-Glasbodenboot gefallen ist, und keiner hat etwas bemerkt, bis sie alle durch den Glasboden sahen, dass Mindy auf die Schraube zutrieb, und wie dann Chuck ins Wasser gesprungen ist und sie rausgeholt und von Mund zu Mund beatmet hat? Ich habe das immer bewundert.»

Ray duckte sich unter einem Ast hindurch. Ich duckte mich ebenfalls. Er führte uns durch Dornengestrüpp und Farnkraut einen Pfad entlang, der uns zu einem schier undurchdringlichen schwarzen Blättervorhang brachte. «Da wären wir, mein Freund», sagte er, verließ den Wald und trat hinaus auf einen schmalen weißen Strand, auf den halbinselförmigen Ausläufer des Turtle Pond Park. Wir hatten uns von der Stadt wegbewegt, nicht auf sie zu. Die Wellen kamen ganz dicht an uns heran. Salzige Gerüche vermischten sich mit den vielschichtigen atmosphärischen Aromen, die in diesem Teil der Welt stürmisches Wetter begleiten, zu einem kühlen Parfüm, das Leid und Elend der Kindheit beschwor. Hier auf freier Fläche blies der Wind ungestüm, und es dauerte nicht lange, bis wir durchnässt waren. Ray brüllte: «Meine Welt gibt's nicht mehr, Pete. Es gibt auch keine Logik mehr. Kunkel war übergeschnappt; er hat Menschenleben auf dem Gewissen. Das von Miriam. Und das von anderen.»

«Ray, ich weiß, wie sehr du darunter leidest. Ich wünschte, es wäre nicht passiert, es hätte nicht passieren müssen. Jim wollte uns warnen. Er hat uns eine Botschaft geschickt.»

Ray fröstelte und klapperte mit den Zähnen. «So was kann ich schon überhaupt nicht akzeptieren.»

Ich griff in den Rucksack und holte *Das Ägyptische Totenbuch* heraus. «Hast du Feuer?» Ich grub eine Mulde in den Sand, riss ein paar Seiten aus dem Buch, zerknüllte sie und warf sie auf einen Haufen in die flache Feuerstelle. Ich kniete mich darüber, schirmte das Papier vor dem prasselnden Regen ab und sagte: «Ich gehe nur ungern so mit einem Buch um, besonders mit einem aus der Leihbücherei.» Ray sagte: «Ach, außer dir leiht sich das Ding doch sowieso kein Mensch mehr aus.» Er kauerte sich nieder und zündete eine Seite mit dem Butanfeuerzeug an. Als das Papier Feuer fing und die erste Flamme hochzüngelte, legte ich weitere Seiten nach. Ich riss immer mehr Text heraus. Gischt brach sich am Strand und rollte fast bis zu unseren Schuhen. Wir wärmten uns die Hände über brandstiftenden Hieroglyphen, die von der hochschießenden Hitze nach oben gerissen wurden und dann gewissermaßen feuchtfröhlich den Strand entlangtorkelten, und Ray vertraute mir an: «Ich will auch eine bessere Welt, Pete.»

«Dann hilf mir. Mach bei meiner Schule mit. Werde Lehrer.»

«Ich?»

«Du hast den Kindern allerhand zu bieten. Du kannst ein Aquarium einrichten. Mit ihnen durch die Gezeitenbecken waten. Mit ihnen am Riff schnorcheln. Die Bezahlung ist nicht großartig, aber der eigentliche Lohn lässt sich nicht mit Gold aufwiegen.» Ich spürte, während ich dies sagte, ein Gefühl innerer Gewissheit: dass die Privatschule mehr war als nur eine am Küchentisch ausgeheckte Schrulle. Indem ich den Ball meiner Visionen potenziellen Kollegen zuwarf – zuerst Ben, jetzt Ray –, machte ich aus einer bloßen Absicht etwas Greifbares, und ich wusste, dass die Schule, ob der wild lebende Biologe nun mitmachte oder nicht, Wirklichkeit werden würde. Ray spürte meine Begeisterung. «Ich könnte unterrichten?»

«Warum denn nicht?»

«Ich bin Forscher.»

«Du kennst doch die Materie, Ray. Sieh dich um. Der Ozean, der Himmel, dieses fürchterliche Wetter. Da geschieht dauernd etwas. Die Welt am Werk. Deine Welt.»

«Wunderbar, nicht wahr?»

Ich riss weitere Seiten heraus. Blitze fuhren auf das Wasser nieder. Ich zählte langsam bis zehn, bevor ich den Donner über den Wellen heranpoltern hörte, die neben uns gegen die von hochgespülten Abfällen verunreinigten Felsen klatschten. Das bedeutete, das Gewitter lag zehn Kilometer weit draußen auf dem Meer. Das hieß, dass es sich von uns entfernte. Als ob das wichtig gewesen wäre. Alles war klatschnass. Das Feuer war ein hoffnungsloses Unterfangen. Ich streckte meine Hände mit den hohlen Handflächen himmelwärts, um Regen aufzufangen, und brachte mit dem süßen Regenwasser ein Trankopfer dar. Auch Ray fing Regen mit den Händen auf und trank. Er rief laut: «Am Anfang aller Zeit war dieses Wasser.»

«Ray, hast du Hunger? Brich das Brot mit mir.»

Jetzt entdeckte ich den kontaminierten Zustand meiner Feigenriegel. Nicht, indem ich selbst einen aß, sondern indem ich Ray beobachtete, wie er einen aß. Er spuckte Feigenreste aus. Eine reichlich heikle Situation, darf ich versichern. Aber war sie nicht auch folgerichtig? Der leidtragende Hinterbliebene nimmt das Blut des Henkers seiner Frau in den Mund. Ray war nicht in der Lage, das Elegante dieser Ausgewogenheit zu erfassen, denn er geriet nun völlig aus dem Häuschen wegen des ekligen Geschmacks von Blut und Fäulnis, der mittels eines benetzten Feigenriegels in seinen Mund gelangt war, und belegte mich mit Ausdrücken, das heißt, er versuchte es jedenfalls und gab wirre Laute von sich, die ich nicht recht verstehen konnte, welche aber, der Klangfarbe und der Satzmelodie nach zu urteilen, eine schroffe Anklage enthielten. Danach erhob er sich und ging davon. Eigentlich glich es mehr einem Davonwanken; würgend wankte er den Strand entlang. Was konnte ich schon sagen? Sollte er doch gehen. Ich muss gestehen, dass ich Erleichterung verspürte, wieder allein zu sein. Aber es tat mir auch leid, dass unser Abend diesen betrüblichen Ausgang genommen hatte, denn, von dem Sauwetter mal abgesehen – war das Wetter nicht sogar ein unverzichtbarer Bestandteil des Abends gewesen? Hatte das Wetter nicht in gewisser Hinsicht den Verlauf des Abends *bestimmt*? –, also, Mistwetter mal beiseite: Unsere gemeinsame Stunde am Strand, in der wir die Welt beobachtet und uns den Elementargewalten ausgesetzt gefühlt hatten, war, wie Ray ja selbst behauptet hatte, wunderbar gewesen.

Mit dem Einsetzen der Morgendämmerung ließen Sturm und Gewitter nach. Es war fast ein Kilometer bis zum Midnight Pass und zur alten, buckligen Brücke, die bei Sportanglern so beliebt ist, die auf Barsch und Robalo fischen. Das Gehen auf Sand war ermüdend; ich ruhte mich auf dem Brückengeländer aus und ließ mich von der morgendlichen Hitze trocknen. Kein Mensch war heute beim Angeln – merkwürdig, wenn man bedachte, dass wir Sonnabend hatten. Vielleicht war es die falsche Tageszeit. Vielleicht hielten Klugheit oder Angst vor Gewittern die Bambusrutenangler daheim in den Betten fest. Ich selbst bin ja kein großer Angler. Ich marschierte den South-Main-Flutkanal entlang und suchte das schwarze Wasser nach den blinzelnden, schillernden Augendeckeln von halb untergetauchten Alligatoren ab. Die South Main Street kreuzt die palmengesäumte Osprey Avenue. Nach links durch die Osprey hat man noch anderthalb Kilometer bis zur Stadt. Meine Schuhe waren voller Sand; ich zog sie aus und schlug sie gegen einen Baum. Nach der *Tarpun Bank, Spar- und Darlehenskasse* überquerte ich ein unbewehrtes Grundstück – einige wenige gab es noch immer – und gelangte zwischen zwei Vogelbädern auf die Water Street. Drei Häuserblocks weiter lag die Southshore-Zweigstelle der Leihbücherei. Ich blieb auf der gegenüberliegenden Straßenseite stehen, um in die hohen Büsche zu gehen, wo ich, nachdem ich mich vergewissert hatte, dass mich niemand sehen konnte, schnell urinierte, dann den Reißverschluss hochzog und wieder hinaustrat, um das Anschlagbrett der Bücherei zu studieren, auf dem Literaturzirkel, Gartenpartys, Flohmärkte, Basare mit Selbstgebackenem (darunter einer, bei dem für das desolate Bibliothekswesen gesammelt wurde), Babysitterdienste, Papiermachéworkshops, Hausanstriche, Handfeuerwaffenseminare, Autoreparaturen und Rasenpflege angeboten wurden. Ein gedrucktes Flugblatt wies auf die große Bürgerversammlung am Abend draußen in Terry Heinemanns Clam Castle hin. Ein anderes Poster, geschmackvoll mit purpurfarbenem Leuchtstift von Hand beschriftet und mit ausgeschnittenen Pastellstiftzeichnungen populärer Figuren aus den Geschichtenbüchern geschmückt, die mit Gummilösung aufgeklebt waren, gab Einzelheiten der ‹Mutter-und-Kind-Vorlesestunde› der Bücherei am Samstagvormittag bekannt.

Es war sechs Uhr dreißig. Die Vorlesestunde sollte um halb acht beginnen. Mir wurde immer ganz warm ums Herz, wenn ich sah, dass Veranstaltungen wie diese angeboten wurden. Es war mir gelungen, vom *Ägyptischen Totenbuch* den Einband und einige Seiten des Inhaltsverzeichnisses zu retten; wenn ich noch ein wenig wartete, konnte ich beides auf dem Heimweg zurückgeben und gleich in der Bücherei bleiben, um diese unentbehrliche Einrichtung der Kinderfürsorge mit eigenen Augen und Ohren zu erleben. Ich überquerte die Straße und verbarg mich hinter einem Auto, das auf der Beifahrerseite einen Weitwinkelrückspiegel hatte, der den für meine Morgentoilette idealen Einstellwinkel aufwies. Mein Haar war verfilzt. Ich kämmte es mit den Fingern und benutzte Spucke als Festiger. Ohne ein ordentliches Bad konnte ich nicht viel ausrichten. Der Speichel entfernte zumindest eine etwas dickere Sandschicht, die mein Gesicht zu einer Fratzenmaske zugekleistert hatte; doch meine Fingernägel waren die eines Automechanikers und meine Arme die eines Ackerbauern.

Um sieben kam Rita Henderson, unsere ehrenamtliche Chefbibliothekarin, in ihrem Buick. Sie sperrte die Bücherei auf und ging hinein – für mich das Signal, mein Hemd in die Hose zu stopfen und aus meiner Deckung hervorzuschlurfen. Zunächst fürchtete ich mich davor, Rita unter die Augen zu treten. Also trieb ich mich eine Weile bei ‹Jugendliteratur 16–18› herum. Schließlich gehört es zu meinen Pflichten als Erzieher, mich über das, was Schulkinder so lesen, auf dem Laufenden zu halten. Ich muss sagen, dass ich schockiert war, wie viele der JL16–18-Bücher sich auf die eine oder andere Art mit dem Tod beschäftigten: mit dem Verlust von Geschwistern, von Eltern, von Freunden, von Haustieren; mit Krebs, Sucht, Krieg. Und erst die Romane! Ein Titel nach dem anderen handelte von Waisen.

«Huch – Pete Robinson, sind Sie das?»

«Ach, Rita, hi.» Zeit, sich dem Ausleihschalter zu nähern. Ich bemerkte, wie Rita den Blick hob, um eingehend mein Gesicht und meine Arme zu mustern, die von Laub, Regen, Gischt und Spucke ganz dreckig und fleckig waren. An Knien und Knöcheln hatte ich Kratzer davongetragen, getrocknetes Blut verfärbte Socken und Schuhe. Ich sah vielleicht aus! Ich verspürte jenes leichte Brennen, wenn einem heiß und der Kragen zu eng wird, weil man im Begriff steht, einer Autoritätsperson etwas vorzulügen, als ich sagte: «Hören Sie, Rita, mir ist da gerade ein kleines Malheur mit einem entliehenen Buch passiert.»

«Oje.»

«Ja, also – da ist es», sagte ich, holte dabei den kaputten Wälzer aus dem Rucksack und legte ihn behutsam auf den Schalter. Sie betrachtete dessen erschütternd schmutzigen Umschlag, der die verbogenen Buchdeckel und die aus dem Leim gegangenen, wasserfleckigen Seitenfragmente einhüllte. Der Buchrücken war gebrochen, Druckerschwärze hatte sich verschmiert – ein Bild des Jammers. Ich fuhr fort: «Also, ich war gerade beim morgendlichen Rasenmähen und Heckenschneiden. Ehrlich gesagt habe ich keine Ahnung, wie das Buch ins hohe Gras gelangt ist.»

«Sie haben es mit der Heckenschere so zugerichtet?»

«Eigentlich mit dem Rasenmäher. Ja, ich glaube, das heißt, jetzt bin ich mir sogar sicher: Es war der Rasenmäher.»

Sie warf mir einen Blick zu. «Hmn.»

«Ein Sitzmäher. Deswegen ist auch der Schaden so groß. Diese Dinger haben ja Monsterklingen.»

«Allerdings.»

Jetzt kamen nach und nach andere Besucher in die Bücherei, Mütter, die ihre Kinder zur Vorlesestunde brachten. Sie musterten mich von unten bis oben und blieben stehen. Sheila Moody war da mit ihrem Sohn Steven, einem sensiblen Knaben, der zwei Jahre zuvor den Kindergarten besucht hatte. Und die kleine Susy Jordan war da und wiegte in ihren Babyspeckarmen dieselbe ramponierte Plastikpuppe, die sie schon in der ersten Klasse mit sich herumgeschleppt hatte. Welch ein Herzchen. Ich rief Susys Mutter zu: «Guten Morgen, Jenny.» Und ich sagte: «Hallo, Steven. Hallo, Susy. He, gleich gibt's eine Geschichte, stimmt's?»

«Antworte dem Mann», wies Jenny Jordan ihre Tochter an.

«Ja.»

«Und welche Geschichte hören wir denn heute?»

«Weiß nicht.»

«Heute steht *Die Legende von Pocahontas* auf dem Programm», sagte Rita Henderson.

«Ah. Unser amerikanisches Kulturgut. Das ist schön.»

Rita informierte Mütter und Kinder: «Unser Mr. Robinson hatte vorhin Probleme mit seinem Rasen.» Tja – die allgemeine Skepsis war deutlich spürbar. Ich grinste mit Absicht besonders dümmlich und verkündete: «Bin über ein entliehenes Buch drübergerollt. Mit 'nem Sitzmäher. Im schnellsten Gang. Konnte nicht rechtzeitig anhalten. Zweige und Steine sind nur so durch die Gegend geflogen.» Ritas augenscheinliche Hinnahme meines ›Rasenmäher‹-Schwindels erfüllte mich mit Erleichterung und gab mir Kraft; sie verschaffte mir die Einbindung in eine größere Gemeinschaft, in die durch diese Familiengruppen repräsentierte Gemeinde. Ich strapazierte rücksichtslos die Rolle des gutmütigen Trottels von nebenan, indem ich vor der versammelten Schar prahlte: «Rasengeräte scheinen nicht so mein Fall zu sein. Sagen Sie, Rita: Sie haben nicht zufällig einen heißen Kaffee da, oder?»

«Hinten haben wir Kaffee und Donuts. Ich hole gleich was. Jetzt machen Sie sich weiter keine Gedanken wegen dem Buch. Unfälle passieren eben. Sie hatten Glück, dass Sie nicht die Hand oder einen Fuß verloren haben. Setzen Sie sich doch einfach irgendwohin und entspannen Sie sich ein bisschen.»

«Danke, sehr gerne.» Ich sah zu, wie Mütter und Kinder nacheinander in die Kinderbuch-Abteilung zogen. ‹Kinderbücher› ist mir die liebste von all den Unterabteilungen in der Bücherei. Zusammen mit ‹Geschichte› vielleicht. ‹Kinderbücher› ist mit knallbunten Fingermalereien voller Kleckse und Schmierer dekoriert und hat eine Sammlung von anthropomorphen Phantasiewesen, von den Kindern aus Plastilin geformt und mit Murmeln an Stelle der Augen im Kopf. ‹Kinderbücher› hat einen eigenen Katalog und eine halbkreisförmige Sitzgruppe, eine dieser bequemen, verschiebbaren Sofalandschaften im kindergerechten

Kleinformat und reichlich mit Kissen in Form ausgestopfter Tiere bestückt: mit Polarbären, Kätzchen, buntscheckigen Vögeln, Löwen und Tigern, einem Elefanten, einem Bison. Der Anblick der Kinder, wie sie jetzt in dieses Spielzeug-Bestiarium hopsten – er erfüllte mich einfach mit Freude. Ich ging gleich hinüber und ließ mich zwischen ihnen nieder, mit der kleinen Susy zu meiner Rechten und Steven und Brad zu meiner Linken. Susy schnappte sich eine Python, Steven knuddelte einen Bären, ich nahm den Bison. Andere Kinder schlossen den Kreis: ein Junge namens David und sein rothaariger kleiner Bruder Tim; ein pummeliges Mädchen mit verquollenem Gesicht namens Jane, das aussah, als hätte es vor kurzem geweint. Die meisten waren im Vorschulalter. Alle hielten sie Tiere umklammert und starrten mich mit großen Augen an. Ein Mädchen mit kastanienbraunem Haar im Alter von schätzungsweise fünf oder sechs, in einer mit Blumen bedruckten Latzhose und mit zweifarbigen Halbschuhen, auf deren Oberseiten freundlich lächelnde Schnauzergesichter aufgenäht waren, sagte: «Hi, Mister.»

«Hi.»

«Bist du ein Monster?»

«Sarah!», schimpfte ihre Mutter von einem Klappstuhl neben der ‹Weltliteratur›. Ich sagte zur Mutter: «Das ist schon okay», und dann fragte ich Sarah: «Schau ich denn aus wie ein Monster?»

«Ja.»

«Sie müssen entschuldigen», sagte Sarahs Mutter zu mir. Zu ihrer Tochter sagte sie in jenem honigsüßen Tonfall, der nach Anstandsunterricht klingt: «Nun sei kein ungezogenes Kind!»

Ich bemerkte, wie Jenny Jordan beim Ton dieser unnachsichtigen Mutterkollegin erbleichte. Ich zwinkerte Jenny zu (es tat gut, eine Verbündete zu haben) und erklärte dann geduldig: «Sarah, es gibt zwei Arten von Monstern. Die echten sind unheimlich und böse, und vor dieser Art muss man sich stets in Acht nehmen. Dann gibt es da noch eine zweite Art. Das sind eigentlich gar keine Monster, sondern vielleicht bloß Menschen, die einen garstigen Tag hatten.»

«Wie mein Papa?», fragte Sarah.

Wohl oder übel musste ich kichern. «Heh, heh. Diese Kinder.»

Zum Glück kam Rita mit den Erfrischungen herein. «Wie trinken Sie Ihren Kaffee, Mr. Robinson?»

«Schwarz.» Ich gab dem Bison einen Klaps, dass er auf den Rücken kippte, und stellte meinen Styroporbecher vorsichtig auf dessen Kunsthaarbauch. Rita wandte sich an die Versammelten: «Mr. Robinson ist mit einer Meerjungfrau verheiratet. Ist das nicht toll?»

«Oh», riefen die Mütter.

«Na ja», sagte ich.

«Nun seien Sie mal nicht so bescheiden, Mr. Robinson. Meredith ist ein einmaliger Mensch, und wir dürfen uns glücklich schätzen, sie in unserer Stadt zu haben.» Rita nahm einen großformatigen Band mit prachtvollen Illustrationen im Vierfarbendruck in die Hand, die amerikanische Ureinwohner bei einer Gewaltzeremonie darstellten. Sie hielt das Buch in die Höhe und zeigte ein schwarzhaariges Mädchen, das hilflos zusah, wie ein halbnackter Häuptling mit gefiedertem Stirnband einen Felsbrocken schwang, um ihn auf den Kopf eines gefesselten und wie ein Bündel verschnürten weißen Mannes fallen zu lassen. Rita erläuterte:

«Das ist Pocahontas, die schöne indianische Maid, und dieser Mann mit dem Felsbrocken ist ihr Vater Powhatan, und der Mann hier ist Captain Smith, der Mann, den Pocahontas insgeheim liebt, und jetzt hören wir uns ihre Geschichte an. Wollt ihr sie hören?»

«Ja!», schrien die Kinder im Chor. Welch ein Klang. Ich wünschte mir sehnlichst, Meredith wäre hier gewesen und hätte diesen Sturm der Begeisterung gehört. Meredith wachte vermutlich gerade erst auf. Ich malte mir aus, wie meine Frau verschlafen aus dem Bett stieg und zu ihrer allmorgendlichen Dusche ins Bad ging. Ich sah ihre braunen Hände die Hähne aufdrehen für warmes, aber nicht zu warmes Wasser. Ich stellte mir vor, wie sie sich einseifte und einschäumte und fühlte mich als ein vom Glück Begünstigter, hier in dieser Leihbücherei, die von Kindergeschrei widerhallte, weil ich mit einer Frau von solcher Schönheit und Intelligenz gesegnet war, die mein Leben mit mir teilte. Ich würde es mit meiner Arbeit eines Tages vielleicht zu politischem Ruhm bringen, und das wäre gut und schön. Sie jedoch war ein Geschenk des Himmels, das man nicht geringschätzen durfte. Diese Haut. Diese Haare. Diese Stimme.

Rita Henderson las vor: «‹Pocahontas aber war eine ganz besondere Prinzessin; sie war klug, hübsch und gewandt in allen Sportarten. Das Leben, das sie führte, war ein schlichtes. Die Tiere des Waldes waren ihre Freunde.›»

Die Vorschüler wiegten ihre unbeseelten Kuscheltiere in den Armen. Ich hielt meinen Bison und streichelte seine schlappen Ohren. Das Bild von Meredith unter der Dusche stieg wieder auf, stieg in meinem Geist und in meinem Herzen auf und elektrisierte und besänftigte mich zugleich. Rita fuhr fort: «‹Eines Tages kamen Reisende in Pocahontas'

Land. Es waren tapfere, kräftige Männer, welche mit ihren Schiffen über den Ozean segelten.›»

Sie hielt das Buch hoch und zeigte ein Aquarell mit einem vollständig aufgetakelten Kriegsschiff unter britischer Flagge, das auf den Wogen des Ozeans schaukelte. Sie drehte die Seite um, und da sah man das gleiche Schiff mit zusammengerollten Segeln, wie es in einer sonnenbeschienenen, topasfarbigen Bucht ankerte, die übersät war mit bunt bemalten Rindenkanus voller Krieger. Eine Küstenlinie war teilweise sichtbar; Dünen, Schneidegras und ein Kiefernwäldchen, in dem vielleicht Seevögel nisteten. Ein friedvoller Anblick. Rita las weiter: «‹Die Forscher hatten viele Geschenke dabei, darunter auch Bücher. Schon bald lernte Pocahontas lesen und schreiben. Und das nicht nur auf Englisch. Pocahontas konnte auch fließend Latein, Griechisch und Französisch. Zu jener Zeit kannten die Menschen die Klassiker noch.›»

Diese letzte Stelle klang eigentlich nicht nach einem Text aus einem Geschichtenbuch. Nein, Rita packte wohl einfach die günstige Gelegenheit für einen Seitenhieb gegen Analphabetentum und Unbildung beim Schopfe. Na gut, warum auch nicht? Ich beobachtete die kleine Sarah, wie sie mit dem Kopf wackelte und mit den Beinen strampelte; ihre hundegesichtigen Schnürschuhe schwangen über die weiche Kante des Sofasitzes hinaus und wieder zurück. Ein süßer Fratz, diese Sarah. Rötlich braunes Haar kringelte sich zum Hals hinab, pausbäckig war sie wie ein Cherub, Augen hatte sie von der Farbe des Wassers, auf dem Ritas malerisches Schiff so friedlich vor Anker lag – die blaugrünen Augen einer Herzensbrecherin. Ich weiß, dass es sich nicht gehört, Kleinkinder mit dem sexuellen Vokabular von

Erwachsenen zu beschreiben. Doch wenn man so viel mit Kindern zu tun hat wie ich, fällt es schwer, nicht daran zu denken, wie sie sich einmal entwickeln werden. Ich stellte mir Sarah mit langen Beinen und sonnengebräunt vor und mit feuchten Stellen an den Mundwinkeln, nicht vom Bäuerchenmachen, sondern vom Küssen.

Ritas Stimme unterbrach diese Träumerei: «Ist es nicht so, Mr. Robinson?»

«Wie bitte?»

«Ich habe gerade auf die Tugenden der Toleranz und des Respekts zwischen den unterschiedlichsten Gesellschaftsschichten hingewiesen.»

«Richtig. Ja. Ganz genau.» Worauf wollte sie bloß hinaus? Auf nichts. Sie war einfach nur sie selbst.

Ich trank einen Schluck Kaffee. Der Bauch des Bisons, auf dem der Becher geruht hatte, war feucht und warm. Ein wunderbares Gefühl. Den Kindern schienen Ritas getürkte Ausschmückungen zu gefallen (die, falls mich mein Gedächtnis nicht im Stich lässt, aus dem sogenannten ‹Kinderklassiker› *Heidi* stammten, nach meiner Ansicht einer der minderwertigeren pädagogischen Texte der Weltliteratur, eine alberne, seichte Hymne der Unmenschlichkeit gegenüber den körperlich Behinderten – das heißt gegenüber den behinderten Lesern, die eben *nicht* einfach von ihren Rollstühlen aufstehen und davongehen können wie Klara – und die unter dem Mäntelchen christlicher Rechtschaffenheit und zuckersüßer Manieren daherkommt) – jedenfalls schienen, wie ich schon sagte, den Kindern Ritas Ausschmückungen von Pocahontas' täglichen Märschen den abschüssigen Gebirgspfad hinunter zur blinden Großmutter, welcher sie dann aus dem Vergil vorlas, zu gefallen. Ich dachte weiter an die kleine Sarah mit dem kastanienbraunen Haar, und zwar an die ‹reife›, nicht an das Kind. Das Bild in meiner Phantasie war natürlich eine modifizierte Meredith. Manchmal, wenn mich meine Frau nackt und fest umarmte und ihre Brüste und ihren Bauch und die Vorderseiten ihrer Beine gegen meine Brust und meinen Bauch und die Vorderseiten meiner Beine drückte, tja, dann bemühten wir uns gar nicht erst, die Strähnen ihrer Haare wegzuschieben, die sich zwischen unsere Gesichter und in unsere Münder legten.

Die Knirpse auf dem Sofa gaben merkwürdige glucksende Laute von sich. Ab und zu machte eine Mutter «Schhhh». Rita las geduldig über all diese familiären Geräusche hinweg. «‹Aus aufrichtiger Liebe zu ihrem Captain setzte das Mädchen sogar ihr eigenes kostbares Leben aufs Spiel.›»

Ich stürzte den letzten Rest meines Kaffees hinunter. Zufällig weiß ich über die Pocahontas-Legende ein bisschen Bescheid, und Tatsache ist, dass es in gewissen akademischen Kreisen wohlbegründete Zweifel gibt hinsichtlich der Glaubwürdigkeit von Captain John Smiths ‹wahrem biographischem› Bericht seiner dramatischen Errettung durch die Hand der Tochter des Häuptlings der Chickahominy. Smith war ein notorischer Selbstbeweihräucherer und Arschkriecher gewesen, der im Verdacht stand, seine Reiseschilderungen (Beifall heischend in London veröffentlicht) geschönt zu haben, um bei Hofe Gunst und Einfluss zu erlangen. Trotzdem handelt es sich um eine gute Geschichte: ein aufreizendes Heidenkind, das dem Tod in den Arm fällt, um einen Protestanten zu retten. Warum also einem Haufen Kinder unter Berufung auf eine nur Eingeweihten vertraute Polemik alles verderben? Ich stellte den weichen weißen Styroporbecher auf den Fußboden, stand auf und flüsterte:

«Rita, danke für alles. Tut mir leid wegen des Buches. Schönen Gruß an Jerry.»

Sie unterbrach ihre Lesung. «Aber, Mr. Robinson, jetzt kommt doch erst der beste Teil.»

«Ich muss jetzt wirklich gehen. Zurück zum Rasen und so. Für die Mühseligen und Beladenen gibt's kein Ausruhen.»

Rita sagte: «Kinder, können wir alle Mr. Robinson ‹auf Wiedersehen› sagen?»

«Wiedersehen», sagten die Kinder.

«Wiedersehen», sagte ich zurück.

«Tschüs», ertönte der Chor der Mütter.

«Tschüs», erwiderte ich. «Tschüs.»

Dann hinaus zur Tür und hinein in den Morgen. Rechts in die Water Street und noch mal rechts in die Wisteria Street, schnellen Schrittes durch die feuchte Luft, die sich über hohe Palmen legte, welche keinen Schatten auf die Ziegeldächer in der Umgebung warfen, in der Hunde bellten. Hier draußen in der Welt schienen die Dinge normal zu sein. Man hörte, auch dies war irgendwie passend, das ferne, dumpfe Brummen von Gras kauenden Rasenmähern. Schwer zu sagen, wie viele Rasenmäher oder in welchen Straßen. Hier und da schossen Insekten vorbei, deren lumineszierende Flügel bunt in der Sonne glänzten. Ein Mann holte sich gerade die Zeitung von seiner mit Sandsäcken verbarrikadierten Veranda. Ich winkte ihm zu, und er winkte freundlich zurück. Ein Stück weiter in der Wisteria Street kam ein Mädchen in Shorts, rückenfreiem Top und mit wehenden Haaren auf einem Fahrrad vorbei. «Guten Morgen», rief die Barfüßige.

Als ich beim Haus anlangte, saß Meredith am Küchentisch, studierte das Morgenblatt, mampfte Toast und trank Tee.

Ihren indigoblauen Bademantel aus Baumwolle trug sie lose gegürtet, die Haare hingen nassgekämmt herunter. Ich lief zu ihr hin, stellte mich neben ihren Stuhl und ließ den Blick über die Vorderfront ihres Bademantels schweifen. Blumige Schampondüfte hingen in der Luft. Knallige Schlagzeilen sprangen mir vom blauen Resopaltisch vor dem Schoß meiner Frau entgegen: SPORTANGLER FÄNGT REKORD-MARLIN, «VERBLÜFFEND GROSSER» RIESENFISCH. Atemlos sagte ich:

«Gerade vorhin habe ich mir dich unter der Dusche vorgestellt, und wie ich sehe, musst du dich genau in dem Moment geduscht haben, in dem ich meine Vision hatte.»

«Ich dachte, du glaubst nicht an solches Zeug.» Sie warf den Kopf schräg nach hinten und betrachtete mein unrasiertes Gesicht. «Bist du letzte Nacht überhaupt ins Bett gekommen? Wo warst du? Und was ist das für ein Ding?»

Sie meinte den Bison, den ich gedankenlos mit nach Hause geschleppt hatte, unterm Arm, wie einen Fußball. Ich schmiss ihn in die Ecke, sagte zu Meredith: «Ich erklär's dir später, jetzt will ich mit dir schlafen», warf den Rucksack ab, zog mein Hemd aus und fuhr mit sandigen Händen über Merediths Arme und Schultern. Ich leckte Merediths Nacken, ich drückte sie, ich umarmte sie, ich griff nach unten und zog am Gürtel ihres Bademantels.

«Pete, warte. Wir haben jetzt keine Zeit dazu. Bob kommt gleich vorbei.»

«Bob?»

«Der vom Holiday Inn gestern. Wir haben uns verabredet. Er will mir helfen, wieder in Trance zu fallen. Bob sagt, es sei absolut wichtig, am ersten Impuls dranzubleiben und dem freigelegten Bewusstseinsstrom ins Unbewusste zu folgen. Er hat angeboten, mit mir Atemarbeit zu trainieren.»

«Was ist denn das?»

«Rhythmisches Atmen als Voraussetzung, um Gefühle emotionalen Wohlbefindens zu erzeugen. Es gehört zu einer risikolosen und entspannten Trance-Erfahrung. Tut mir leid, Schatz, ich muss mich jetzt anziehen. Verschieben wir den Sex auf später, ja?»

«Echt?»

«Ja.»

«Versprochen?»

«Ja.»

Später aber schwamm Meredith hektisch ins Reich der Archäologie davon. Es war zehn Uhr am Morgen eines heiteren neuen Tages. Sonnenschein ergoss sich ins Wohnzimmer, sodass meine Augen schmerzten. Bob, der Trance-Trainer, der ein Bursche von angenehmem Äußeren war, sofern man einen kurz und exakt gestutzten Schnurrbart um einen schmalen Mund attraktiv findet, Bob also lehnte sich auf unserem Wohnzimmersofa zurück und gab Anweisungen: «Ein, aus, ein, aus, locker, das Gefühl zulassen, ja, ruhig, schön so, tief jetzt, langsam ausströmen lassen.»

Meredith saß im Halblotussitz auf dem Vorleger. Sie trug ein Sommerkleid, das Schultern und Rücken freigab, und auf dem Mund einen schimmernden Hauch von Lippenstift. Jetzt hatte sie die Augen geschlossen, und ihre gebräunten Füße waren bloß. Ich beobachtete, wie ihre Zehen zuckten, und ich bemerkte, dass ihr Kopf metronomisch im gleichen Takt mit den zuckenden Zehen nickende Bewegungen ausführte, vor und zurück, vor und zurück. Sie sah aus, als hätte man ihr ein Opiat verabreicht. Ich machte es mir in dem großen Korbsessel neben ihr bequem. Bob hatte mir das Versprechen abgenommen, den Ablauf der Dinge nicht zu stören, eine überflüssige Forderung, wie ich fand, und eine impertinente obendrein, aber was konnte ich schon sagen? Ich lümmelte mich tief in meinen Sessel, legte die Füße auf den Couchtisch und trank meinen bitteren Kaffee. Ich hatte nicht gebadet, und meine Kleider rochen. Dröhnendes Getrommel donnerte aus den Stereoboxen beiderseits der verstaubten Bücherregale. Meredith wurde immer wieder von einem Zittern befallen; ihr Körper streckte sich und zuckte. Das mit anzusehen, war beängstigend. Bob richtete sich auf und beugte sich zu mir; seine Augen lagen sehr, sehr tief in seinem Gesicht, wie ich sah. In leisem, vertraulichem Ton erklärte der Professor: «Wir sind hier Zeugen einer menschlichen Degeneration von der Lungen- zurück zur Kiemenatmung. Dabei handelt es sich um einen Prozess psychischer Regression, bei dem durch den Trance-Novizen ein Zugriff auf den Gedächtnisspeicher der zellularen Ebene erfolgt, woraufhin er auf der DNA-Kette wie auf einer Welle zurückreitet in die Urzeit.»

«Aha.»

Merediths Mund öffnete und schloss sich; sie gab würgende Geräusche von sich; ihr Körper schwang hin und her. Je länger es andauerte, desto mehr deprimierte es mich. Die Vormittagssonne sengte unaufhörlich durch die Wohnzimmerfenster und beschien meine sich windende Frau, deren Bewegungen mir, in Anbetracht von Bobs Gegenwart, als ungehörig erschienen. Hier ging es um eheliche Intimität und Unverletzlichkeit des Wohnraums, namentlich dieses Zimmers, das mit Möbeln bestückt war, die ich und Meredith ausgesucht hatten, gemeinsam, für unser Leben.

Bob beugte sich auf dem Sofa nach vorn. Sein Gesicht schwebte dicht vor dem von Meredith. Mit einem Fuß klopfte er den Takt der Trommeln mit. Blumenduft erfüllte die Luft; eine Schale zum Trocknen ausgelegter Rosenblüten stand auf dem Regal über den Schallplatten, die Meredith und ich früher immer auflegten, damals, wenn wir uns auf dem Sofa liebten, als wir uns noch kein ordentliches Bett leisten konnten. Merediths Kleid hatte sich hochgeschoben, und vom richtigen Gesichtswinkel aus konnte man druntergucken, was mich nervös machte, da ich nicht wusste, wie viel Einblick Bob hatte. Er trug eine ausdruckslose Miene zur Schau. Meredith machte kleine, unregelmäßige Bewegungen, wodurch ihr die Haare übers Gesicht fielen und Augen und Mund bedeckten. Ich streckte die Hand aus, um ihr Kleid zu richten. Es war heiß im Wohnzimmer, und wir alle schwitzten. Merediths Kopf ruhte auf einem Kissen, das mit Fischen bestickt war. Bobs Stimme intonierte: «Tiefer, Mer», und sie zuckte.

Ich hätte ja aus dem Zimmer gehen können und hätte es vielleicht auch tun sollen. Ich hätte nach oben gehen, mich ausziehen und eine Weile unter die heiße Dusche stellen, danach mich abtrocknen und rasieren und mir die Zähne putzen und sie eventuell, je nach dem Maß meiner Geduld, sogar mit Zahnseide reinigen können. Oder ich hätte nach unten in den Keller gehen und an meinem Miniaturkerker herumbasteln können. Da gab es noch unendlich viel malerische Feinarbeit zu verrichten wie die peinlich genaue Ausgestaltung von Kleinigkeiten mit einem feinen Künstlerpinsel. Mir schwebte vor, die Folterbank-Installation geringfügig, doch in entscheidenden Punkten zu verbessern und auch andere, eher konstruktionstechnische Details unterzubringen, wozu ich Balsa oder eines von den prächtigen tropischen Harthölzern verwenden wollte, Balsambaum oder – falls mir der Sinn danach stand und die Schärfe meiner X-acto-Klinge für einen glatten Schnitt ausreichte – das weichere, gefügige Holz des Mangobaums. Und zusätzlich spielte ich seit einiger Zeit im Geist ein paar Möglichkeiten durch, wie man die Szenerie durch Figuren beleben könnte: etwa mit einem kapuzenverhüllten Inquisitor, gefertigt aus einem umgearbeiteten Spielzeugsoldaten, wie er gestikuliert und pathetisch Glaubensartikel vorträgt und dabei mit einem illuminierten Manuskript einem in Kreuzigungshaltung an die Styropormauer gehefteten Märtyrer vor der Nase herumfuchtelt.

Ich brauche wohl nicht zu erwähnen, dass ich nicht in den Keller hinabstieg. Ich wich meinem Schatz nicht von der Seite.

Ich stellte meine Tasse mit dem kalten Kaffee ab, schloss die Augen und hörte, wie Bob sagte: «Wage den Sprung in die Finsternis. Öffne dein inneres Auge. Sieh hinein in die Windung deiner Spiralkette …»

Ich atmete ein und wieder aus. Mein Herz pochte, und mein Kopf war schwer. Meine Sehnsucht nach Meredith war fürchterlich.

«Fertig machen zum Sprung!», kommandierte die Stimme des Professors der Anthropologie.

Gefolgt von: «Such dein Tier!»

Was sich anschließend abspielte, das möchte ich lieber nicht näher ausführen. Jedenfalls nicht im Moment.

Es ist allzu schmerzlich, allzu beschämend.

Außerdem muss ich jetzt das Protokoll der Bürgerversammlung tippen. Ich habe es wohl schon früher erwähnt – diese ganzen Sachen mit dem freiwilligen Minenräumen im Turtle Pond Park, der Finanzierung der Leihbücherei etc. Es gehört zu meiner Aufgabe als Städtischer Schriftführer, dergleichen offizielle kommunale Angelegenheiten der Gebietskörperschaft zu protokollieren und ins Reine zu schreiben.

Warum nur habe ich mich unaufgefordert für dieses widerwärtige Amt gemeldet? Die Antwort ist simpel: um mein Image in der Öffentlichkeit aufzupolieren. Für Sekretärinnenarbeit hege ich keinerlei Ehrgeiz. Damit lässt sich einigermaßen erklären – obwohl ich weiß, dass dies so gut wie nichts entschuldigt –, damit also, mit diesem eindeutigen Mangel an Begeisterung für das Mittelmäßige im Leben, lässt sich einigermaßen erklären, warum ich mit dem Protokoll so enorm im Verzug bin. Ich hätte es schon vor Ewigkeiten vorlegen müssen.

Vielleicht komme ich ein bisschen später auf den Samstagvormittag mit Meredith und Bob im Wohnzimmer zurück. Jetzt brauche ich aber erst einmal eine Verschnaufpause, und nach meiner persönlichen Erfahrung ist Arbeit das einzig Wahre, um Kummer und Schmerz zu vergessen.

Das Protokoll hier auf meinem Schreibtisch stellt eine echte Herausforderung dar. Meine Notizen sind nicht nur hastig hingeschmiert, sie sind auch verschmiert; die Tinte ist zu ineinanderlaufenden psychedelischen Mustern verwischt. Irgendein Idiot muss versehentlich ein Glas Wasser oder Bier darauf abgestellt haben. Möglicherweise darf ich mir jetzt bei den unleserlichen Passagen etwas aus den Fingern saugen. Zudem sind viele Seiten zerrissen, was irgendwie passend ist angesichts der Tatsache, dass es sich hier um die Aufzeichnungen eines turbulenten Abends handelt. Damit meine ich natürlich die große Bürgerversammlung in Terry Heinemanns Clam Castle draußen am Ende der Fountain

Lane, dort, wo sie aufhört und in den städtischen Strandparkplatz übergeht.

Es begann alles ganz harmlos. Es war Samstagabend, der Abend nach meiner Bestattungsexkursion mit dem Fuß. Weitere Teile von Jim warteten zu Hause in der Gefriertruhe. Ich war erschöpft und voller Lebensüberdruss und Verzweiflung. Im Clam Castle drängten sich die Steuerzahler: Jerry, Bill, Abe, Tom, Robert, Betsy, Dick und viele andere Vertreter der Geschäftswelt, einige meiner ehemaligen Lehrerkollegen mit eingeschlossen wie Man, Simone, Doug; und dazu alle Ehepartner sowie ein paar Kinder, die so alt waren, dass man ihnen zumuten konnte, sich während angeregten Diskussionen ruhig zu verhalten; und Merediths Mutter Helen, der der Status quo grundsätzlich nicht passte und die immer wieder gern laut wurde; und, selbstverständlich, Terry, dessen generöses Iss-so-viel-du-kannst-zum-Extratiefpreis-Angebot der Hauptgrund dafür war, dass wir uns im Clam Castle versammelten. Terry ging von Tisch zu Tisch und notierte die Bestellungen: Venusmuscheln in der geöffneten Schale, Muschelrollen, Cola oder Limo und Kaffee. Auf der Tagesordnung standen bei jener Abendversammlung: die oben schon erwähnten Punkte (Bürgerzwist im Turtle Pond Park, das dem Untergang geweihte Leihbüchereiwesen – was ist zu tun?) sowie verschiedene Vorschläge bezüglich Genehmigungsverfahren und Bauvorschriften für Fallgruben, Burg-, Wasser- und Schützengräben, Erdwälle, Krater, Rinnen, Kanäle, Wellenbrecher, Verschanzungen, Zinnen, Pavillons, Bastionen, Bollwerke, Brüstungen und für alle weiteren akropolisähnlichen An- und Erweiterungsbauten bei Privathäusern, Garagen und Allzweckschuppen in Wohngebieten. Es war noch nicht viel Zeit verstrichen seit dem Tod des ehemaligen Bürgermeisters, zwei Wochen, und obwohl niemand im Ort viel über Jim Kunkel sprach, zumindest nicht öffentlich, nicht laut, so hing eben der Geist dieses Mannes, sein Andenken, doch bedrückend in der meeresfruchtigen Luft.

Ich hatte mir einen Teller Venusmuscheln bestellt. Meredith stand drüben bei der nicht angeschlossenen Musikbox, einem riesigen toten Ungetüm. Sie sah wunderschön aus, wie sie sich so an die massiven Seiten des Gehäuses lehnte und mit ihrer Mutter plauderte. Helen Mooney hatte einen zitronengelben Hosenanzug an; ihr Stahlwollehaar trug sie in einem Knoten. Die Mutter erschien richtig klein neben ihrer Tochter. Ich klickte meinen Kugelschreiber an und legte meinen Notizblock auf dem großen hölzernen Picknicktisch mit der rot karierten Vinyldecke zurecht. Die Beleuchtung des Restaurants, imitierte Gaslaternen à la ‹Hafenmole›, brannte schwach, aber auf den Tischen standen Kerzen, und mildes Kerzenlicht beschien die Seiten meines Notizblocks und die Gesichter meiner Tischnachbarn: Jerry, Rita, Barbara Nixon. Barbara sah unglücklich und sexy aus, wobei die letztgenannte Eigenschaft der gewagten Art und Weise zuzuschreiben war, in der ihr Kleid von den Schultern fiel und exquisite Bikinistreifen freigab. Sie aß, wie Rita, Meeresfrüchtesalat. Der Meeresfrüchtesalat in Terrys Clam Castle ist recht gut und besteht nicht bloß aus Salatblättern mit ein paar gekochten Shrimps. Ich fragte mich langsam selbst, ob ich nicht ebenfalls einen Meeresfrüchtesalat hätte nehmen sollen anstelle der Venusmuscheln, die nicht lange vorhalten. Ich blickte mich nach Terry beziehungsweise Claire um, Terrys unnahbare, grantige Bedienung, um eine Bestellung aufzugeben, sah, dass Meredith mir zuwinkte, und winkte zurück. Doch als Meredith weiterhin winkte, begriff ich, dass sie überhaupt nicht mir zuwinkte, sondern Bob begrüßte, der soeben eingetroffen war und sich einen Platz am Tisch neben mir, an Bill Nixons Tisch, sicherte. Warum eigentlich saßen Bill und Barbara nicht beieinander? Ob sie sich gerade stritten? Nixon aß den gleichen Teller Muscheln wie ich. Ich sah ihm zu, wie er eine Zitrone darüber ausdrückte – und zwar eine ganze Zitrone, nicht nur einen Schnitz. Abraham de Leons Stimme dröhnte aufgeräumt aus der Gegend der Herrentoilette herüber. Was Abe wohl heute Abend essen würde? Das komplette Menü wahrscheinlich. Jerry neben mir hatte seine Muschelrolle schon zur Hälfte geschafft. Jerrys Muschelrolle sah köstlich aus und duftete auch so, und ich beschloss, dass dies, Muschelrolle in reichlich Tartartunke, meine nächste Bestellung sein würde, sofern es mir überhaupt gelang, Terry oder Claire auf mich aufmerksam zu machen.

Jerry zerkaute vernehmlich einen tiefgefrorenen Bissen und schlang ihn hinunter. Er trank schlürfend einen Schluck Kaffee, erhob sich und richtete das Wort an die Versammlung: «Okay, Leute, beginnen wir mit der Tagesordnung.»

Allmählich wurde es still im Saal. Jerry sagte: «Vor uns liegen viele Punkte von allgemeinem Interesse. Ich schlage vor, die Formalitäten beiseitezulassen und gleich zur Sache zu kommen.»

«Wird unterstützt!», rief Tom.

«Wer dafür ist, sagt ja.»

«Ja», rief die Gruppe zurück. «Jemand dagegen?», erkundigte sich Jerry. Das Plenum schwieg. Jerry fuhr fort: «Es können nun Anträge bei der Versammlungsleitung eingereicht werden», woraufhin sich Tom Thompson von seinem

Hocker an der Bar erhob und sprach: «Ich bin der Ansicht, dass die heute Abend anstehenden Punkte in vielerlei Hinsicht miteinander zusammenhängen, und schlage also vor, man möge sie gebündelt diskutieren, als einen einzigen Tagesordnungspunkt, und nicht getrennt.»

«Hmn», sagte Jerry. Diese Anregung sorgte eine Weile für nachdenkliches Gemurmel. Es handelte sich um einen klugen Vorschlag, den zu würdigen es einer gewissen Subtilität des Denkens bedurfte, weshalb der Vorschlag an sich erstaunlich war, da er von Tom kam. Jerry, im offensichtlichen Bemühen, Kompliziertheiten zu vermeiden, erklärte: «Die Versammlungsleitung weiß den Antrag des Herrn Redners zu würdigen und wird ihn später in entsprechender Weise in Betracht ziehen. Ja, dort hinten, bitte?», an eine rothaarige Frau gerichtet, die die Tracht einer Krankenschwester trug. Sie hieß Mary Brown, gehörte zum Stammpersonal der Unfallstation, war geschieden und Mutter von zwei Kindern. Mary Brown stand auf und trug aus einer Kanzleikladde vor: «Ich spreche stellvertretend für eine Gruppe von Müttern, deren Unterschriften hier unter einer Petition stehen» – sie schwenkte ihre Kladde –, «in der wir fordern, dass etwas unternommen wird bezüglich dieser Gräben und Gruben et cetera, die in unserer Stadt so beliebt geworden sind seit einiger Zeit. Nicht nur sind solche nachträglichen Grundstücksveränderungen unansehnlich, sie stellen auch eine gewisse Gefahr für Kinder und Haustiere dar. Ich darf hier einmal eine unvollständige Auflistung von fallgrubenbezogenen Verletzungen verlesen, die im vergangenen Monat im Anhinga Memorial Hospital behandelt wurden: Harley Geer, sieben Jahre alt, ausgedehnte Schnittwunden an Beinen, Armen und im Gesicht, als er einem Ball bis auf den Nachbarrasen nachlief, der von einem Graben voller Fensterglasscherben eingefriedet war. Sheila Wells, vierzehn Jahre alt, Beinaheverlust eines Fußes, nachdem sie in ein großes Loch voll eiserner Tierfallen gestolpert war, viele davon verrostet. Drew Smith, siebzehn Jahre alt –»

«Eh – ich denke, wir sind einigermaßen im Bilde, worum es geht. Angesichts der Tatsache, dass heute eine Anzahl Kinder unter uns weilt, schlage ich vor, von einer weiteren Aufzählung spezifischer Fälle Abstand zu nehmen.» Jerry ließ den Blick durch den Saal schweifen. Welch elegantes taktisches Manöver von Seiten des Versammlungsleiters. Indem er der Krankenhausangestellten mit dem Verweis auf die Unverdorbenheit der anwesenden Kinder das Wort abschnitt, vereinnahmte Henderson ihren Standpunkt gleich mit, ließ die Petition ins Leere laufen und stellte die Antragstellerin als schrille Querulantin hin.

Natürlich war es Merediths Mutter, die Einspruch erhob. «Antrag zur Geschäftsordnung: Die Rednerin soll zu Ende reden dürfen. Lass darüber abstimmen», kommandierte Helen Mooney von ihrem Posten bei der Musikbox.

Jerry seufzte theatralisch auf. «Es liegt ein Antrag aus dem Plenum vor. Will ihn jemand unterstützen?»

«Hier», rief eine Frau, die ich nicht sehen konnte. Ich beugte mich zu Barbara Nixon hinüber und flüsterte: «Wer war das?» Barbara zuckte die Achseln: «Muss ich passen», und Jerry tönte: «All jene, die in Gegenwart Minderjähriger die vollständige Aufzählung der Rednerin von allen Verletzungen und Schädigungen hören wollen, rufen ‹hier›.»

«Hier», murmelten ein paar unentschlossene Stimmen.

«Dagegen?»

Die Gegenstimmen erdrückten die Jastimmen eindeutig.

Mary Brown hielt ihre Kladde fest umklammert und presste sie an die Brust, während Henderson sagte: «Bitte, so fahren Sie doch fort.» Der Bediensteten des Gesundheitswesens blieb nichts anderes übrig, als in ihren gelben Kanzleibogen zu blättern und sich für einen Neubeginn zu munitionieren: «Also, jedenfalls, wir haben jetzt diese Petition, und wir wollen, dass etwas unternommen wird, und zwar auf dem Verordnungsweg, weil diese Gruben ganz eindeutig gefährlich sind, wo sowieso kein Mensch weiß, wozu man solche Dinger überhaupt braucht oder warum irgendjemand, der noch ganz bei Trost ist ...» In diesem Stil mühte sie sich eine Zeitlang ab; tatsächlich klang sie den Tränen nahe. Ich warf einen Blick zu Meredith und ihrer Mutter hinüber. Beide sahen mit missbilligenden Mienen in meine Richtung. Was erwarteten sie eigentlich von mir? Ich war doch nur der Protokollführer.

Als die Krankenschwester fertig war, fasste Jerry zusammen: «Herzlichen Dank für diese erhellende und bedenkenswerte Meinungsäußerung. Das Plenum hört nun eine Stellungnahme von Mr. William Nixon.»

Stuhlbeine schrammten über die Bodenbretter. Ich drehte mich um und sah Bill, der sich erhoben hatte und ein gutes Stück über seinen Teller mit leeren Muschelschalen hinausragte. Zwar war Bill kein großer Redner, doch spielte dies keine Rolle, da er sich einer durch und durch antiintellektuellen Diktion befleißigte. Mit seinen volkstümlichen Ansichten nahm er regelmäßig eine breite Gefolgschaft für sich ein. Heute legte Bill folgendermaßen los: «Neulich abends saß ich draußen auf der Veranda mit meiner Familie, und wir erfreuten uns gerade am Dämmergesang der Vögel. Na, was glaubt ihr wohl, was wir da aus der Ferne hörten? Großkalibriges halbautomatisches Gewehrfeuer hörten wir da. Ihr wisst schon, die machen dieses irgendwie schnelle, knallige Echo, so *ploing*-mäßig, aber gleichzeitig gemischt mit einem Ton wie Husten. Mein sechs Jahre alter Jeff fragte: ‹Daddy, sind das Kalaschnikows oder M-16?›»

Er legte eine Pause ein und trank einen Schluck Wasser. Wie es wohl war, wenn man diesen Typen zum Vater hatte? Grässlich. Mit Sicherheit herrschte bei ihm eisern Zucht und Ordnung. Ihn zum Vater zu haben, war bestimmt gleichbedeutend mit unduldsamer Drangsal unter dem Deckmantel väterlicher Fürsorge. Bill räusperte sich und erging sich in einer langatmigen Tirade über die Kunst des Zielscheibenschießens, über Eigenheimbesitz, über die Freuden der Gartenarbeit und über Rechtsstaatlichkeit. Sonderlich zusammenhängend war sein Gefasel nicht. Oder vielleicht sind es auch bloß meine Aufzeichnungen, die für mich keinen Sinn ergeben. Bills flammende Rede vor der Bürgerversammlung ist auf einer jener von einem Wasser- oder Colaglas entstellten Seiten so gut wie gänzlich untergegangen. Es ist nicht einmal auszuschließen, dass ich selbst meinen Eistee gedankenlos auf die Protokollnotizen stellte. Ich muss nämlich zugeben, dass ich Nixon keine besondere Aufmerksamkeit schenkte. Ich beobachtete stattdessen seine Frau, die Barbara. Eigentlich war es mir sogar recht schwergefallen, den Blick von ihr zu wenden. Ich glaube nicht, dass es ausschließlich mit Sex zu tun hatte. Bill wurde pathetisch und tobte: «Ich lehne es ab, mir von irgend so einem Tierfreund sagen zu lassen, ich soll einen Maschendrahtzaun um meinen rasengestützten Abwehrschacht ziehen, weil er oder sie Angst hat, dass sein oder ihr Hund oder Katze mal da hineinläuft.» Er gluckste vermutlich über dieses ironische

Bild einer Grube oder eines Grabens mit einem Zaun drum herum. Mehrere Männer und Frauen unter den Zuhörern gluckten mit. Bill blähte seinen Brustkorb und schloss: «Liebe Freunde, heute Abend ist der kleine Jeff mit dem Babysitter zu Hause, und lasst es mich euch sagen: Mir ist eine ganze Menge wohler bei dem Gedanken, dass da ein System vernetzter und elektronisch zündbarer Splitterbomben scharfgemacht und entsichert in der Kapuzinerkresse vor seinem Fenster liegt.»

Donnernder Applaus, gefolgt von Merediths Mutters quäkender Stimme, die laut schreiend Bill Kontra gab, der roten Gesichtes, leuchtenden Auges und mit weit ausholender Hand herumgestikulierte, und zwar zu Claire hinüber, die an ihrem Kellnerinnenplatz gleich neben der Theke eine Zigarette rauchte. Es war ein kleines Drama, das sich da abspielte: Bill, der Claire winkte, Claire, die einen Strom von Rauch senkrecht über ihre Oberlippe blies, Bill, der erneut winkte, Claire, die ihre Kippe in einem von Terrys originellen Muschelschalenaschenbechern ausdrückte, und so in einem fort. Schließlich gab Claire doch nach, griff sich ihren Bestellblock und schritt gemächlich zu Nixons Tisch, während aus der Gegend der Musikbox Helen Mooneys Stimme durch das Gejohle von Bills Anhängern trompetete: «Wovor genau haben Sie eigentlich Angst, Mr. Nixon?»

Tja – da konnte man eine Stecknadel fallen hören. Ich blickte kurz und verstohlen zu Bill hinüber, der mit seinen schielenden Augen in Helens Richtung glotzte. Es war eine offene Konfrontation. Nixon zog asthmatisch die Luft ein. Die Hände flach auf die Tischplatte gestützt, beugte er sich vor und sagte: «Ich habe vor gar nichts Angst.»

«Na toll.»

«Nun passen Sie mal auf. Ich bin mir nicht sicher, wo Sie der Schuh drückt. Aber wenn Sie etwas zu sagen haben, dann bin ich gern bereit, es mir anzuhören.»

«Ach, wirklich?»

«Hören Sie auf, uns zu vergackeiern! Wir sind hier, um kommunale Angelegenheiten zu besprechen! Kommunale Angelegenheiten sind das, was wir hier besprechen!» Bills Gesicht war eine Maske, die Bluthochdruck und höchste Anspannung widerspiegelte. Man konnte sehen, wie er darum rang, seine Emotionen unter Kontrolle zu halten. Merediths Mutter ihrerseits bewahrte die Fassung; sie stand mit verschränkten Armen da, den Kopf zur Seite geneigt; sie sah aus wie die Hauswirtschaftslehrerin, die sie einst gewesen war und die gerade nachdenklich ein verhaltensgestörtes Kind taxierte. Meredith schaute zu mir her und verdrehte die Augen. Wie liebte ich sie dafür! – für dieses Band verbindender Ironie. Ich senkte den Blick und tat, als nähme mich mein protokollarisches Geschreibsel voll in Anspruch. Auch Barbara Nixon starrte nach unten und ignorierte die Kontrahenten; sie stocherte mit der Gabel in ihrem Salat herum. Nach ein paar Sekunden bemerkte sie, dass ich sie beobachtete, und legte die Gabel aus der Hand.

Inzwischen war Claire an Bills Tisch angelangt und blätterte in ihrem erbsengrünen Bestellblock. Claire hielt ihren Stift in die Luft und erkundigte sich im liebenswürdigen und nachsichtigen Ton einer langmütigen Kellnerin: «Bitte?»

Es war Bob, nicht Bill, der antwortete. Der Anthropologe deutete in seine geöffnete Speisekarte und sagte: «Ich hätte gern das Fischsuppengericht und als Beilage Maisfladen, bitte, und – eh – ein Bier vom Fass.»

Was Jerry die günstige Gelegenheit verschaffte, mit dem Programm fortzufahren, indem er dem Saal eröffnete: «Ich hielte es für angebracht, Tom Thompsons Worte von vorhin über den Zusammenhang aller Punkte in Erwägung zu ziehen, und in diesem Sinne schlage ich vor, wir gehen gleich weiter zum Problem des Leihbüchereiwesens. Ich erteile unserer ehrenamtlichen Bibliothekarin Rita Henderson das Wort.»

«Danke, Schatz. Die Situation ist die folgende: Die gegenwärtig zur Verfügung stehenden Geldmittel verbieten umfangreichere Neuerwerbungen, und aufwendige Programme wie die Vorlesestunde und das Büchermobil werden vermutlich eingestellt werden müssen. Ich habe einen Plan zur Zusammenlegung der Filialen mit unserer Hauptstelle in Southshore ausgearbeitet. Man könnte so die überzähligen Buchausgaben verkaufen, um das Geld für eines dieser magnetischen Ausleihgeräte zu beschaffen, denn meiner Meinung nach sollten wir eins haben.»

«Unbedingt», sagte Jerry und stellte gleich einen Antrag auf Bildung eines Ausschusses zur Unterstützung seiner Frau. Hände flogen in die Höhe, und ich kritzelte die Nominierungen auf mein Blatt: Barbara Nixon; Betsy Isaac; Simone, die Kunstlehrerin (die meine Stimme jederzeit bekommen würde); Ray Conover, augenscheinlich nicht anwesend; und Chuck Webster, gleichermaßen abwesend; dazu noch ein Haufen anderer brauchbarer und unbrauchbarer Kandidaten, darunter – ausgerechnet – Abraham de Leon, der sich selbst vorschlug. Jerry zog eine Grimasse, als Abe die Hand hob und sagte: «Ich.» War da vielleicht etwas im Busch zwischen Abe und Rita Henderson, und wusste oder vermutete Jerry etwas? Oder war der Versammlungsleiter bloß entsetzt – und wer könnte ihm das vorwerfen? – über diesen so unverhohlenen Mangel an Takt bei seinem Kumpel, der den eigenen Hut in den Ring warf? Wie auch immer: Abe war keinesfalls der Mann, den man sich irgendwo im Büchereiwesen als Verantwortlichen wünschte.

Jerry stellte den Antrag auf Schließung der Kandidatenliste. Doch zuvor meldete sich noch Helen Mooney zu Wort und erklärte: «Ich nominiere meine Tochter.»

«Bravo», riefen viele.

So geschah es, dass Meredith Mitglied einer Sonderkommission wurde mit der Befugnis, Veranstaltungen zu organisieren und Gelder zu verteilen. Sie erhielt mehr Stimmen als alle anderen Kandidaten. Ich war nicht unbedingt eifersüchtig. Schließlich bekleidete ich bereits ein kommunales Amt. Obwohl meines natürlich ein ehrenamtliches war, kein gewähltes. Ich fühlte mich, na ja, komisch – ein leichter Fall von bedrohter Revierhoheit, vermischt mit gesundem innerhäuslichem Konkurrenzgeist. Außerdem war ich stolz auf Merediths neue Popularität. Was bleibt da noch zu sagen? Eine Menge Leute waren eben von ihrer Fähigkeit, zum Fisch zu werden, fasziniert.

Zu den weiteren Ortsgrößen, die in das Sonderkommando gewählt wurden, gehörten Simone, Barbara und – wie das Glück so spielt – Abe, der gleich schrie: «Angenommen!», als sein Name aufgerufen wurde.

«Ruhe!», forderte die Leitung. Mir war es noch immer nicht gelungen, eine Muschelrolle zu ergattern, was vermutlich sein Gutes hatte, weil ein zusätzlicher Teller auf dem Tisch das Schreiben des Protokolls sehr erschwert hätte. Ich blätterte eine unbeschriebene Seite auf und krakelte Jerrys Ruf nach «einer zehnminütigen Unterbrechung» aufs Papier, «nach der wir uns wieder hier einfinden und über interfamiliäre Zwistigkeiten diskutieren und auch, sofern uns noch Zeit bleibt, über die Angelegenheit eines schulisch-hallensportlichen Mehrzweckkomplexes auf dem Gelände des Freedom Field und geleitet von unserem Herrn Schriftführer persönlich».

Zack, knallte das Hämmerchen des Vorsitzenden auf die Tischplatte. Plumps, sackte die Stimmung des Städtischen Schriftführers in den Keller. Welch schroffe Wendung der Dinge. Wann hatte ich je meine Zustimmung erteilt? Ich drehte mich um und wollte Henderson darauf ansprechen, doch dieser war bereits aufgestanden und gegangen. Ich entdeckte ihn über den Tresen gelehnt bei einer Schar von Rathausgestalten. War dies das Signal, mit dem Trinken zu beginnen? Jetzt schon? Ich hörte Rita rufen: «Die Mitglieder der Büchereisonderkommission bitte mal alle zur Eismaschine kommen!»

Ich saß allein am Tisch. Auf der anderen Seite des Saals lagen sich Barbara und Meredith in den Armen, klopften sich gegenseitig freundschaftlich auf Schulter und Rücken wie alte Freundinnen oder wie ein Liebespaar – wie Teamgefährtinnen! Barbara sagte irgendetwas, und Meredith lachte. Rita kreiste wie ein Asteroid um Abe herum. Abe sah wie ein Biker aus, von seinem Golfhemd einmal abgesehen. Hinter de Leon: das Meer, schwach und schwärzlich sichtbar durch ein dekoratives «Bullauge« neben der Tür zur Herrentoilette.

«Na, Pete Robinson.»

Es war meine Schwiegermutter. Ich erhob mich, und weil die Etikette es verlangte, umarmten wir uns. Helens borstiges Haar kitzelte in meinem Gesicht, und ich dachte schon, ich müsse niesen, als sie sagte: «Wie wunderbar – eine neue Schule. Für mich war das schon immer ein höchst befriedigendes Gefühl, dass sich meine Tochter einen Mann ausgesucht hat, der Erziehung und Bildung hochhält.»

«Unsere Kinder sind unsere Zukunft.»

«Das sind sie in der Tat. Sag mal, Schwiegersohn, hast du einen traditionellen Lehrplan im Sinn?»

«Eh – schon möglich. Lässt sich noch nicht sagen. Da müssen erst noch eine Menge Probleme geklärt werden und so.»

«Es ist höchste Zeit, dass wir wieder zu den soliden Werten elementarer Kenntnisse und allgemeinen menschlichen Anstands zurückkehren.»

«Ganz meine Meinung.»

«Wirklich? Wirklich? Ich glaube, dass das Böse in deinem Herzen ein Zuhause gefunden hat.»

Bevor ich «Wie bitte?» sagen konnte, kam Tom Thompson herüber und lächelte. «Hi, Leute.»

Woraufhin ich endlich nieste, nicht nur einmal, sondern mehrmals hintereinander, wodurch sich die Umstehenden veranlasst sahen, ihre Unterhaltungen zu unterbrechen und reihum «Gesundheit, Gesundheit» zu wünschen.

Ich muss gestehen, dass ich Tom irgendwie mag. Seine politischen Ansichten sind zwar hausbacken, doch das Herz hat er auf dem rechten Fleck.

Nehmen wir nur seine Ansprache, gleich nachdem die Pause vorüber war und die Sitzung weiterging: «Die Bensons und die Websters führen einen Privatkrieg auf öffentlichem Grund und Boden!»

«Das stimmt, genau das ist der Punkt!», bemerkten beifällige Stimmen. Tom war für seine Begeisterungsfähigkeit allgemein bekannt. Menschenansammlungen berauschten ihn. An jenem Abend gab er bei Terry eine denkwürdige Vorstellung, als er in die Saalmitte trat und mit erhobenen Armen rief: «Ich für meinen Teil bin willens, eine gewaltlose Geste des Protests und der Opferbereitschaft zu machen. Wer kommt mit zu einer Fußwanderung durch den Park, um diese Minen aufzuspüren und zu entschärfen?»

Keine Hand hob sich. Jerry sagte: «Eine noble Geste, Tom, aber ich glaube nicht, dass das so einfach sein wird.» Ich nieste wieder. «Sie haben sich wohl ein bisschen was eingefangen, wie?», flüsterte Barbara, und ich spürte ihren Atem an meinem Ohr. Wow. Ich stellte mir vor, wie sich ihr Mund anfühlen würde, seine Wärme. Und ich erkannte die Chance, mehrere akute Einzelprobleme auf einen Schlag zu lösen. Ich schnäuzte mich in eine übergroße Papierserviette, faltete die Serviette auf ein hosentaschengeeignetes Quadratmaß zusammen, steckte sie ein und sagte: «Okay. Eine Turtle-Pond-Park-Initiative ist wünschenswert. Ich halte es für angebracht, energische Schritte zu unternehmen in der Form, dass man die Hindernisse entfernt, die einer Nutznießung des Parks im Wege stehen, und habe deswegen einen Alternativvorschlag zu einer Wanderung, bei der ja die Gefahr ernsthafter Verletzungen bestünde. Wie wäre es, wenn wir diejenigen von Ritas großformatigen Nachschlagewerken, die in Bälde überflüssig werden, einfach in die Parklandschaft schleuderten? Enzyklopädien wie *World Book*, *Columbia* und *Britannica* könnten das nötige Gewicht haben, um die Zünder der Minen auszulösen.»

Danach gerieten die Dinge außer Kontrolle. Warum, so frage ich, muss es aufgrund einer einfachen Anregung gleich zu Entzweiung, Gezänk und schließlich zu vehementen Misshelligkeiten kommen? Ein simples Neinvotum – mehr braucht es gar nicht; da muss man doch nicht so Sachen schreien wie: «Du spinnst doch, Pete Robinson! Du scherst dich einen Dreck um die Bildung unserer Kinder!», welches der Wortlaut dessen war, was Helen mir zurief, und zwar mehrmals, sodass es schließlich Bill Nixon zu viel wurde und er aufstand, mühsam Kurs haltend quer durch den Saal walzte – beinahe ein Kind über den Haufen rannte, das gerade arglos zwischen den Tischen umherstreunte und ein Marmeladenglas voll Milch in der Hand hielt, die es prompt verschüttete – und hinüber zu Helen stürmte und ihr eine Ohrfeige gab. Zugegeben, Bills Vorgehensweise, Merediths Mutter einfach eine zu klatschen, als wäre sie eine Fliege, war unüberlegt. Bill erweckte nicht den Eindruck, als wollte er ihr wirklich etwas antun. Die Mutter des mit Milch begossenen Kindes kreischte auf: «Dieser Mann hat meinem Kind weh getan!» Was überhaupt nicht stimmte, da es sich schließlich nur um Milch handelte. Blut floss erst, nachdem Abe, wahrscheinlich entschlossen, als Friedenshüter aufzutreten, sich zwischen Helen und Bill gedrängt hatte. Abe empfahl seinem Freund: «Nun mal langsam, Meister.» Zu spät. Abes Nase bekam von Bills Hand eine verpasst. Wie gut, dass eine Krankenschwester im Saal war.

Und dass Meredith da war. Die Menge teilte sich und ließ sie durch. In die bernsteinfarbene Schummerbeleuchtung von Terry Heinemanns Clam Castle getaucht, stand sie da und mahnte: «Na, na, na, Jungs.»

Es war sehenswert, wie plötzlich alle verstummten und sich nach ihr umwandten. Sogar die kleinen Kinder hörten auf zu bläken.

Meredith hielt Abe eine Serviette hin, gab dann der Person zu ihrer Rechten ihre rechte Hand, jener zur Linken ihre linke. Sie sagte: «Jetzt reichen wir uns einmal alle eine Minute lang die Hände.»

Tja, und alle taten es. Mir war es irgendwie zuwider, Jerrys Hand zu halten, doch wurde dies mehr als nur wettgemacht durch Barbaras kalte Handfläche, die die meine drückte. Meredith sagte: «Gehen wir doch alle ins Freie und atmen wir die Nachtluft ein.»

Auf dem Parkplatz bildeten wir einen großen Kreis. Leute, die ich kannte, fassten sich bei den Händen mit solchen, die ich nicht kannte – eine geschlossene Kette unter dem Großen Bären. Ein leichtes Lüftchen trug würziges Meersalz in einem feinen, feuchten Nebel herüber, der von trägen Wellen aufstieg, die sich an der Mole brachen. Die Beobachtungsstände der Rettungsschwimmer türmten sich undeutlich auf. Im Bootshafen: vermurte Tagestörnsegler, bestückt mit Aluminiummasten und selbstgebauten Geschützen, mit schlagendem Takel- und Tauwerk, das Glockentöne von sich gab; und der tiefere, melancholische Ton der fernen Glockenboje, die unterm Mond schaukelte.

«Schaut den Mond an», sagte Meredith. Wir schauten ihn an. Gelb und groß hing er über dem Meer. Gelbes Mondlicht hüpfte vom weißen Sand aufs Wasser und überzog die flimmernden Wellenkämme silbergolden. Wenn man weiter hinaus sah, folgte das Auge einer leuchtenden Straße aus Mondschein, die über die Tiefen des Wassers bis zum Horizont führte. Meredith sagte: «Das Licht des Mondes bahnt sich einen leuchtenden Pfad hin zu jedem Einzelnen von uns. Wo immer wir auch stehen, der Pfad kommt übers Meer und findet uns. Geht nur den Strand hinauf oder hinunter, und er wird euch folgen.»

«Ja», sagten die Menschen im Kreis. Und: «Das stimmt.»

So wurde aus einem Anblick, der jedem von uns sein Leben lang vertraut war und den wir bislang als selbstverständlich hingenommen hatten, nämlich einfaches, reflektiertes Licht, etwas Wundersames.

Später, nach der Versammlung und als alle nach Hause gegangen waren, sagte Meredith zu mir: «Komm, wir gehen hinaus auf die Mole und ziehen uns aus, so wie früher. Hast du Lust?»

Und ob ich Lust hatte. Und ob ich mich mit meiner Mondscheinfrau auf den Felsen nackt ausziehen wollte. Aber ich muss auch berichten, dass ich nach dem, was sich an jenem Morgen im Wohnzimmer mit ihr und Bob und unter dem Dröhnen der Trommeln aus der Stereoanlage abgespielt hatte, nicht das Bedürfnis fühlte, ausgerechnet auf die Mole hinauszugehen.

Abgespielt hatte sich nämlich Folgendes: Es war heller Vormittag. Ich hatte eine makabre Nacht im Regen und ohne Schlaf durchlitten. Der Fuß war beerdigt, ich war groggy, und mein Kaffee war kalt. Ich will damit sagen, dass ich nicht ganz bei mir war, als ich zusammengesunken in dem großen Korbsessel lag und zusah, wie Meredith sich zum Rhythmus der Trommeln wiegte, unter dem Singsang von Bobs Atemanweisungen:

«Ruhig, ruhig, langsam, langsam.»

Merediths Augen waren geschlossen. Das Kleid hing ihr lose um Beine und Hüften. Ich beugte mich vor, um den Stoff zu richten. Sie atmete ein und aus. Ich bemerkte, dass sie mit den Zehen zuckte, und ich sah auch, dass sie mit dem Kopf nickte; und mein Kopf nickte ebenfalls, im gleichen Rhythmus mit dem ihren, als der Trance-Trainer kommandierte: «Fertig machen zum Sprung!»

Plötzlich war ich schwerelos. Die Welt fühlte sich still und kalt an. In meinem Korbsessel trieb ich dahin. Die Stimme des Professors hieß uns, unsere Tiere zu suchen, und ich sah hoch und erblickte einen silbrigen Fisch mit kastenförmigen Kiefern und runden Augen, die an den rechteckigen Seiten eines gewaltigen Kopfes angebracht waren.

Das Wohnzimmer gab es nicht mehr. Es war eine Welt in Blau. Der große Fisch entblößte strahlende Zähne. Ein großes Fischauge glotzte mich an. Wir schwebten einander direkt gegenüber. Ich öffnete mein Maul, und Luftblasen kamen heraus, als ich mich erkundigte: «Schatz, bist du das?»

Die Kiemen des Fischs entfalteten sich, um die Strömung aufzunehmen, und ich deutete dieses hauchige Flimmern der Schleimhäute als ein Ja. Seitwärts schwamm nun Meredith, der Quastenflosser. Ich verfolgte, wie sie die korpulente Länge ihres Torpedorumpfes in mein Blickfeld drehte und mit den Flossen fächelte. Dann schlossen sich die Kiemen leichthin über durchsichtigem, rosarotem Fleisch und dem schwach sichtbaren Weiß von Knochen. Kein heller Sonnenstrahl flutete herab und brachte Licht in diese obskuren Tiefen; nur ein diffuser Dämmerschein fiel in die ozeanische Dunkelheit, die voller Kreaturen und toter Dinge war: fiel auf meine urweltliche, lebensfroh dahintreibende Frau; auf mitternachtschwarze Riff- und Felsformationen hinter ihr und auf meine eigenen Hände, die eiskalt und schwerelos zu Meredith hinschwebten, um ihr zärtlich über das schöne, metallische Antlitz zu streichen, das ich, trotz dieser schuppigen Lippen, küssen wollte. Vielleicht verspürte auch sie den Magnetismus der Anziehung; sie bog ihren Leib, entblößte die Kiemen, wedelte mit dem Schwanz, schnellte immer wieder ein winziges Stück nach vorn und machte eindringliche Pickbewegungen – als wollte sie fressen. Ihre wuchtige Schnauze kniff mich in die Nase, aber sanft. Welch sonderbare Wonne. Ich paddelte zu diesem göttlichen Fischgesicht hin. «Komm, wir ficken», rief ich dem hübschen jungen Ding mit dem eindrucksvollen Gebiss zu. Sie machte eine kleine Rolle rückwärts. Ich streckte die Hand aus und wollte ihre stachelig aufgestellte Rückenflosse streicheln, von der ich forsch annahm, dass sie nicht nur in hydrodynamischer, sondern vielleicht auch in erotischer Hinsicht eine nützliche Funktion hatte. In dem Moment bemerkte ich, dass meine Hände keine Hände mehr waren; sie waren Hufe, von Fell überzogen. Sie galoppierten und stampften, wirbelten Sand auf und verscheuchten die Lebewesen auf dem Meeresgrund, die unter die flache Deckung des Riffs huschten. Über mir schwamm die Liebe meines Lebens im Kreis herum; ihr wachsamer Blick aus lidlosen Augen wich nicht von mir, und auch ich wandte den Blick keine Sekunde von ihr, während mich die Verwandlung heimsuchte und ich zu meinem Tier wurde und erkannte, dass ich in Wahrheit ein Bison war.

Meredith hingegen wirkte bestürzt. Das Problem war, dass ich mich im falschen ökologischen Habitat befand und gerade starb. Lehmiger Schlick zog mich nach unten, sog mich ein und verschlang mich, während mir die Fülle der wie Seetang von dem verfilzten braunen Büffelfell meines riesigen Brustkorbs aufschießenden Haare den Mund verstopfte und in die brennenden Augen trieb. Das Einzige, was ich sehen konnte, war nichts. Liebe und Grauen spornten mein klopfendes Herz an, und ich schrie «Meredith!», doch ich brachte keinen verständlichen Laut heraus; nur ein heiseres Brüllen drang durch die salzige Flut.

Eine Zeitlang kämpfte ich. Dann blieb nichts mehr zu tun. Ich atmete die Kälte ein. Schloss die Augen. Spürte Merediths kühle Lippen auf den meinen.

Jedweder Schmerz verschwand, und in meinem angsterfüllten Innern wurde es still und blau.

Ein wenig später machte ich die Augen auf. Ich befand mich im Wohnzimmer, lag flach auf dem Rücken und sah zur Decke hinauf. Bobs Gesicht schwamm in mein Blickfeld. Der Assistenz-Professor saß rittlings auf meinen Hüften in der sexuellen Stellung eines Menschen, der eine Rückenmassage verabreicht, nur dass es meine Vorder- und nicht meine Rückseite war, die die Massage erhielt. Direkt neben ihm war Meredith. Sie war kein Fisch. Sie kniete auf dem Boden, und ihr Körper erhob sich über mir. Hinter ihr: eierschalenfarbene Wände und eine ebensolche Decke, die klar erkennbare Risse aufwies, welche sie von den fleckigen Ecken aus wie Spinnweben überzogen, ein Messtischblatt aus Haarrissen, ein Dokument schleichender Wasserschäden, die schon beinahe die Deckenmitte erreicht hatten. War das Dach undicht?

Bobs Hände drückten auf mein Brustbein, drückten mich nieder in den Teppich, der wie ein Schwamm unter mir nachgab. Auf meiner Haut: ein kribbelnder Film aus warmem Schweiß. Ich spürte, wie mich Meredith mit der Hand berührte, wie sie mir mit Zeigefinger und Daumen die Nase zudrückte. Sie beugte sich über mich und senkte den Kopf. Aus dieser Perspektive betrachtet, also von unten, wirkte ihr Gesicht, während es sich dem meinen näherte, wie das von jemandem, der sich anschickt, direkt aus einem Bach zu trinken, von unterhalb der Wasseroberfläche gesehen: Da kam Merediths Mund, öffnete sich, gab Zunge und Zähne frei.

Da kamen die Lippen. Ich schmeckte Lippenstift, spürte, wie Merediths Haare sich wie ein Gefieder über mich breiteten und mir Stirn und Hals kitzelten, als sie ihren Mund auf den meinen presste.

«Einatmen!», kommandierte Bob, während Luft aus dem Körper meiner Frau in mich einströmte. Eine Weile praktizierten sie es so: Er drückte rhythmisch; sie blies; er ließ locker; sie hob den Kopf, um frischen Sauerstoff einzuatmen, ehe sie ihn wieder senkte und nach der Öffnung für den Luftaustausch suchte. Schließlich hob ich meine Hand vom Fußboden und legte sie auf Merediths Hinterkopf, als wollte ich sie zu mir dirigieren.

Sie tat einen tiefen Atemzug und sagte: «Puh.»

«Wir haben soeben eine Konvergenz erlebt», sagte Bob, kletterte endlich von mir herunter, um sich im Schneidersitz zu meinen Füßen niederzulassen. «In einem Oberseminar an der Uni wurde ein Typ einmal zur Amöbe und drang versehentlich als Parasit in den Gastrointestinaltrakt seiner Freundin ein. Sie musste Antibiotika nehmen, um ihn wieder loszuwerden.»

Ein Scherz? Eine dieser akademischen Possen? Bob, der versuchte, uns wieder in die Normalität zurückzuholen?

Meredith wiegte meinen Kopf im Schoß und erzählte mir: «Ich habe dich dort unten gesehen, Pete. Du wurdest zu einem prächtigen Präriebison von den Great Plains. Beinahe hättest du mir ins Gesicht getreten.»

«Entschuldigung.»

«Macht nichts. Du warst am Ertrinken.» Sie streichelte meinen Kopf. Es tat gut, ihre Finger zu spüren, die mir über die Kopfhaut fuhren und in dem ungewaschenen Haardickicht bedeutungslose Muster zeichneten. Sonnenschein fiel durch jedes Fenster, und die Luft roch nach Orangenblüten. Die Trommelkassette war schon längst zu Ende gelaufen. Es war Sonnabend, und ich war am Leben.

«Wie wär's mit einem Imbiss, Herrschaften?», sagte Meredith.

«Ich hätte nichts dagegen», antwortete Bob.

Merediths Hand ließ meinen Kopf los, und Bob half mir auf die Beine. Wir begaben uns – Meredith voraus, gefolgt von Bob, dann ich, matt und schwach – in die sonnige Küche. Es kam zu einem kurzen Moment des Bangens, als sich Meredith über die Gefriertruhe beugte und sogar darin zu wühlen begann, Packungen und Behälter sortierte und fragte: «Schatz, wo ist denn dieser Fischeintopf, den ich neulich gemacht habe?» Doch dann fand sie ihn, und bald nahmen wir Platz vor dampfenden Terrinen mit Kartoffeln, Sellerie und Muscheln in einer raffinierten, sämigen Brühe. Meredith saß zu meiner Rechten, und Bob saß zu meiner Linken; wir bildeten ein vom Tageslicht beschienenes Dreieck. Meredith und ich verharrten vornübergebeugt auf unseren Sitzen, aßen aber noch nicht. Stattdessen widmeten wir dem Anthropologen unsere volle Aufmerksamkeit, als dieser den unplanmäßigen morgendlichen Beinahetod durch Ertrinken erläuterte:

«Sie hatten keine stabilen Barrieren, Pete. Das dominante Tier in Ihnen brach sofort durch und besetzte Ihren wehrlosen Geist. Das ist ein großartiger Fischeintopf, Meredith. Ist die Brühe Ihre eigene Kreation?»

«Ja.»

«Schmeckt wunderbar» – und zerkrümelte dabei einen Kräcker, streute ihn in seine ausladende Porzellanschale, löffelte dann einen weißen, krümeligen Löffel voll – «vielleicht verraten Sie mir ja das Rezept. Natürlich nur, wenn es sich nicht um ein gehütetes Familiengeheimnis handelt.»

«Ich würde Ihnen das Rezept sehr gern geben.»

«Und ich würde es sehr gern haben. Ja, wirklich. Wie auch immer, Pete: Sie sitzen jetzt erst einmal gesund und munter auf dem Trockenen, und das ist die Hauptsache. Stimmt's, Meredith?»

«Stimmt.»

«Ich muss schon sagen, Pete, wenn Sie mir meine Offenheit nachsehen» – und hier langte Bob erneut kräftig zu, ehe er sich wieder mir widmete mit diesem typisch hohlen, starren Blick (Was hatte dieser Kerl wohl für ein Tier? Das Gilamonster?) – «Sie haben verdammtes Schwein, Mann.»

«Danke.» Aber weshalb? Weil ich mit Meredith verheiratet war? Weil ich noch lebte? «Das dominante Tier?», wollte ich von Bob erfahren.

«Ein animistisches Persona-Konstrukt, konkret manifestiert als Archetyp. Wir alle haben das in uns. Bedauerlicherweise verfing sich das Ihre in Merediths zerebrokabalistischer Sphäre.»

Er richtete seinen starren Blick auf Meredith. Frech, ja unverschämt musterte er sie von oben bis unten. Nach einer Weile verkündete er: «Ja, in ihr steckt sehr viel Kraft.»

Was sagt man zu so was? Da kann man nur etwas Falsches sagen. Ich senkte den Kopf und betrachtete meinen Löffel, wie er in der erkaltenden Brühe eine umlaufende Kielwelle aufrührte, das heißt, ich tändelte mit meinem Essen herum. Ich fühlte mich krank und minderwertig. Mein ganzer Bauch war ein einziges Geschwür vor lauter Kaffee und Panik. Wie hätte ich da etwas essen können? Was ich brauchte, war eine ausgedehnte Sitzung auf dem Klo. Als ich mir Bob anhörte, wie er meiner Frau seine Huldigungen darbrachte – «Im Ernst, Meredith, das ist jetzt die hundertprozentige Wahrheit, wenn ich Ihnen mitteile, dass ich noch niemals, noch niemals zuvor, innerhalb dieser oder einer anderen Kultur Zeuge eines derart gekonnten Umgangs mit einem kataleptischen Zustand und seinen psychischen Imperativen wurde» –, als ich mir das anhörte und mit ansah, wie Meredith nickte und lächelte und sagte: «Wirklich?» – da war mir, als brächte man mich mit einem Messer um.

Ich darf hier wohl sagen, dass es angesichts dieser Umstände nicht im mindesten überraschen kann, dass die Protokollmitschrift der Bürgerversammlung, die ich am selben Abend bei Kerzenlicht in Terry Heinemanns Clam Castle anfertigte, größtenteils unleserlich geriet.

Oder dass Merediths Vorschlag, sich auf der glitschigen und nassen Mole über den vom Meer hereinrollenden Brechern nackt auszuziehen, nichts für meine Nerven war.

«Nein, danke», gab ich ihr Bescheid. Es war spät geworden. Der städtische Strand war menschenleer, die Nacht finster. Jerry und Rita Henderson, und Abe und Tom und die Nixons, und Terry und Claire, alle waren sie heimgegangen. Wer weiß, wie spät es schon sein mochte. Meredith stand neben mir im weichen Sand. Ich war von Traurigkeit übermannt und von der Überzeugung, auf besonders eindrucksvolle Weise versagt zu haben. Indem ich nicht zum Quastenflosser wurde. Indem ich kein Quastenflosser *war*. Gründete sich denn unsere Beziehung (Ehe) nicht auf gegenseitige Anteilnahme und auf die Wertschätzung von Intimität und Loyalität? Hatte ich nicht dagegen verstoßen? Was konnte es Schlimmeres geben in einer engen sexuellen Beziehung, als plötzlich festzustellen, dass einer von beiden einer anderen Gattung zugehörte als der Gefährte?

«Wir sind wirklich verschieden», sagte ich in ruhigem, ansteigendem Tonfall, der die segensreichen Aspekte biologischer Verschiedenartigkeit – welche auch immer diese, ehemäßig betrachtet, sein mochten – anklingen lassen sollte.

«Hmn.»

«So schlecht ist das doch gar nicht.» Was für ein Unfug.

Wir standen da und sahen zu, wie die Wellen den Strand hinaufliefen und das schwarze Wasser in der Ferne den Horizont bildete. An jedem anderen Abend hätte ich Meredith vielleicht gefragt: «Was denkst du gerade?» An diesem Abend schien mir das eine verhängnisvolle Fragestrategie zu sein, insbesondere deshalb, weil ich mich von akuter Hydrophobie befallen fühlte; ich musste mich von den brechenden Wellen abwenden und mich auf die gelben Straßenlampen konzentrieren, die wie ausgebleichte Monde über dem Clam-Castle-Parkplatz hingen. Unser violetter Toyota erglänzte braun in ihrem Schein. Andere Autos, in den verschiedensten und ebenfalls leicht bräunlich getönten Schattierungen, waren weit weg von uns geparkt, aber kein Mensch war zu sehen. Nur diese vom Schein der Lampen überfluteten Autos, das dunkle Restaurant und ein grüner, von fischigen Abfällen überquellender Müllcontainer mit offener Klappe.

Es war schon längst Schlafenszeit. Die meisten braven Menschen waren in ihren Häusern, liebten sich oder schliefen, spülten ab oder hörten Musik oder standen auf und sahen nach einem kranken Kind, lasen, führten Telefongespräche, tranken. Wir stießen nur mit den Füßen in den Sand, dass er aufspritzte, mein Schatz und ich.

«Möchtest du nach Hause?», sagte ich, und wir gingen

zum Auto. Auf dem Heimweg fuhren wir an Häusern vorbei, die durch Sprengfallen gesichert waren und unter einem Pflanzenkleid aus fächerförmigen Blättern und grauen Tillandsien verborgen lagen. Ich dachte, während ich das Auto durch die gespenstischen Straßen lenkte, an Kinder. Es schien mir, als dächte die stumm neben mir sitzende Meredith ebenso über Kinder nach.

In jener Nacht kuschelten wir uns im Bett aneinander, doch war es ein melancholisches Kuscheln. Ich war mir nicht sicher, welchen Teil von ihr ich berühren sollte. Ich ließ meine Hand auf ihrer Hüfte liegen, sie rollte sich zu einer Kugel zusammen und schlief ein.

Ein paar Tage danach machte ich mich auf, allein und zu Fuß, um die Nachbarschaft nach potenziellen Kandidaten für die Privatschule zu durchkämmen.

Es war ein bewölkter Tag. Eine graue, undurchdringliche Wolkendecke schien an den Wipfeln der hohen Bäume und an den Dächern der Häuser festgenagelt zu sein. Wahlkampfslogans gingen mir durch den Kopf:

ZURÜCK ZUR SACHLICHKEIT MIT PETE.

EINE STIMME FÜR ROBINSON IST EINE STIMME FÜR DIE VERNUNFT.

GUTES BESIEGT BÖSES = DIE ROBINSON-LÖSUNG.

Das ist das Großartige an der Politik: Grundlage des Erfolgs ist schamlose Unbescheidenheit. Was an und für sich gar nicht so schlecht ist. Speziell diese Wahlplakatslogans sprachen jene morbide Depression an, die ich seit kurzem verspürte. War es denn ungebührlich vermessen, von einer allgemeinen Hoffnungslosigkeit der Bürger auszugehen, an einem so freudlosen Tag wie diesem?

Mein Plan sah vor, dass ich als Erstes drüben in der East

Manatee Street bei Dave und Jenny Jordan Station machte. Andere Häuser mit Kindern lagen zwar näher, doch Jenny Jordan war mir an jenem Morgen während der Mutter-und-Kind-Vorlesestunde so verständnisvoll und liebenswürdig vorgekommen. Es war sicherlich klug, das Schulprojekt zuerst einem wohlgesinnten Zuhörer aufzutischen, ehe man mit dieser Nummer vor fremdes Publikum trat. Außerdem war die kleine Susy mit ihren sieben, acht Jahren genau im richtigen Alter für die Schule. Wenn es mir gelang, Susy anzuwerben, die weithin als intelligentes und talentiertes Mädchen galt, dann konnte ich ihren Namen beiläufig bei den Eltern anderer Kinder fallenlassen und sie als Zugpferd benutzen.

Der bescheidene Fachwerkbau der Jordans, das fünfte Haus auf der rechten Seite nach der Kreuzung von East Manatee und Fountain Street, liegt gar nicht weit entfernt, einen Häuserblock vielleicht, von Jerry und Ritas burggrabenmäßig aufgemotzter Eckvilla. Während ich am Anwesen der Hendersons vorüberging, hielt ich sorgfältig Ausschau nach Schlangen. Was genau erwartete ich zu sehen? Vipern, die aus Wassernestern gekrochen kamen, um über unglückselige Fußgänger herzufallen? Nein, die gemeine Mokassinschlange ist eine lammfromme Kreatur, solange man sie nicht in ihrem Revier stört. Das Wasser in Jerrys Burggraben lag braun und ruhig da. Die Zugbrücke war hochgezogen, alles machte einen friedlichen Eindruck. Aus Jux warf ich einen Stein. Beim Aufklatschen entstanden kleine Wellen, die gegen die Spritzbetonböschung des Grabens schlugen, doch sonst geschah nichts, und so ging ich das triste, von winzigen violetten Wildblumen gesäumte Sträßchen entlang. Unterwegs begutachtete ich die Büsche und Blumenbeete unter dem Gesichtspunkt, ob sie eine brauchbare Begräbnisstätte für Jims Leber abgeben könnten, welche mir die passende Nachfolgerin für Jims Fuß zu sein schien, da sie, wenn man sie als das Organ betrachtete, das sie schließlich war, ein reiches Potenzial an multikultureller Symbolik von einer vollkommen anderen Kategorie in sich barg als Hand oder Fuß (weshalb dieser Logik zufolge die Genitalien, die ja Organ *und* Extremität waren, natürlicherweise den letzten Platz in der Abfolge der Beisetzungen einnehmen würden); und auch, weil die Leber verhältnismäßig groß war, wenn man bedachte, was für ein kleiner, alter, glatzköpfiger Kerl sie einst mit sich herumgetragen hatte, und somit ausgesprochen leicht von Meredith zu entdecken, dort in ihrem Versteck unter der Gastronomiepackung Fischstäbchen, tief unten im gefrorenen Herzen des eisigen Kastens.

Bemerkenswert war hier in der Manatee Street – keines der wohlhabenderen Sträßchen in der Stadt, obwohl auch alles andere als arm: solide Mittelklasse –, bemerkenswert also der Stolz auf handwerkliche Geschicklichkeit und Qualität, wie er in den diversen Befestigungsanlagen der Eigenheime augenscheinlich wurde. Dabei handelte es sich um wohldurchdachte, robuste Konstruktionen, errichtet von begabten und begeisterten Heimwerkern, die bereit waren, ihr Geld in allerbeste Materialien zu investieren. Typisches Beispiel: Dan Gleasons pfiffige Unterkunft ‹Rainbow Pillbox› in der East Manatee, Nummer 23. Gleason, der im hiesigen Jachthafen arbeitet und die Rümpfe der Freizeitkähne mit Fiberglas überzieht, oder dies wenigstens bis vor kurzem tat, hatte ebendiese industrielle Aerosoltechnik angewandt, um sein Haus mit einer weiß glänzenden, schlüpfrigen Kompositbeschichtung zu versehen und es in einen phantastischen, buckligen, fensterlosen Bunker mit einem verschraubbaren

Schiffslukendeckel als Eingangstür zu verwandeln. Auf dem höchsten Punkt des Daches, einer flachen Kuppel, spie ein Bündel gekoppelter Latex-Hochdruckgartenschläuche Wasser. Das Wasser ergoss sich kaskadenartig aus den Schlauchenden über das Dach und die Hartschalenwände hinab in PVC-Abflussrinnen, die gefällig in die Blumenbeete versenkt waren. Dieser unaufhörlich fließende Nassfilm verlieh dem gesamten Haus die strategische Unerklimmbarkeit einer Bananenschale, etwa wie bei einer Rundstrahlwasserrutsche in einem Freizeitpark. Das Wasser diente zudem als eine hervorragende Außenhautkühlung für das Haus und reduzierte damit zweifellos Dans Auslagen für die Klimatisierung um ein beträchtliches Sümmchen. Eine Sumpfpumpe führte das Wasser wieder dem Kreislauf zu. Manchmal ließ das Sonnenlicht, wenn es am frühen Morgen oder späten Nachmittag auf dem durchscheinenden Gebäude spielte, farbenprächtige, schimmernde Regenbogen erscheinen, als wären sie auf die Hauswände gemalt.

Schon seit langem hatte niemand mehr Dan oder seine Familie gesehen. Vermutlich machten sie es sich in ihrem Heim gemütlich und fühlten sich pudelwohl. Der Rasen sah frisch gemäht aus, Wasser floss übers Dach wie immer, alles schien in bester Ordnung. Ich setzte meinen Weg fort, vorbei am ‹Rainbow Pillbox›, vorbei an Bob und Linda Hamiltons lustigerweise ‹Beaver Dam› getauften Anwesen mit seinen zwei Schlafzimmern und danach vorbei an Ed und Jane Shapiros ‹Fort Ed and Jane› (alles andere als gelungen, dieses ‹Fort Ed and Jane›, ja, ein richtiger Schandfleck, der bestenfalls an einen von ein paar bekifften Teenagern aus Sperrholz zusammengenagelten Vereinshauskomplex mit versetzten Geschossen erinnerte), bis ich in der Manatee

Street schließlich vor der Nummer 57 stand, dem Heim der Jordans. Es war ein Haus, das sich, zumindest dem bloßen Auge, noch als Haus darbot. Was mir zu denken gab. Ich blieb einen Augenblick auf dem Gehsteig stehen, beguckte mir den Rasen und die kleinen Büsche beiderseits des Zufahrtsweges und suchte zwischen den allgegenwärtigen lila Blumen nach irgendetwas, das mir widerfahren konnte, sobald ich den Fuß von öffentlichem Grund auf privaten setzte. Doch hier gab es nichts außerhalb des Rahmens des Üblichen, nur Terrassenmöbel, die auf der Terrasse standen, und zwei Spielzeuglaster und andere verstreute Kinderspielsachen auf dem Gehweg. Ich stieg über einen Lastwagen. Dann über den anderen. An den Eingangsstufen parkte ein Big Wheel. Ich atmete meine Nervosität aus, bevor ich das neonfarbene Plastikdreirad anfasste und es vorsichtig aus dem Weg schob. Und an der Tür drückte ich nicht den Summer, der unter Umständen kurzgeschlossen war und Elektroschocks verabreichte, sondern klopfte.

«Ja, bitte?» Die Stimme von Jenny, die aus der Tiefe des Hauses erschallte. Ich hörte ihre näher kommenden Schritte und rief laut und fröhlich zurück:

«Ich bin's, Pete! Pete Robinson? Der von der Bücherei neulich?»

«Ach, hallo», und damit öffnete sie mir die Tür sperrangelweit, winkte mich in ein Wohnzimmer, das mit aufeinander abgestimmten Möbelstücken und weiteren Kinderspielsachen vollgestopft war und wie ein Wäschekorb roch. «Ich muss mich entschuldigen wegen der Unordnung hier im Haus. Ich habe die Kinder den ganzen Tag bei mir und kann mich auch nicht zerreißen.»

Sie hatte dieses abgehärmte Junge-Mutter-Aussehen.

Unordentliches blondes Haar, keine Schuhe an den Füßen, ein zerknittertes blaues Sonnenkleid, das von knochigen Schultern hing. Susy, ihre Siebenjährige, lugte hinter einer Flurecke hervor. Ich winkte ihr zu und sagte: «Hallo, ich wette, du erkennst mich nicht mehr, jetzt, wo ich geduscht und rasiert bin.»

Susy schnitt ein Gesicht. Ihre Mutter fragte sie: «Schnuckel, hast du dein Müsli aufgegessen?»

«Nein.» Gefolgt von einem: «Ja.»

«Dann iss es auf.»

«Okay», und sie verschwand mit dem erquickenden Geräusch kleiner Füße. Ich gratulierte Jenny: «Ein großartiges Kind.»

«Ja, nicht wahr? Wir haben eine Menge Spaß, ich und Susy. Brad steckt auch hier irgendwo in der Gegend. Er befindet sich noch immer in der arbeitsintensiven Phase.»

«Wie alt ist Brad?»

«Bald fünf. Möchten Sie sich nicht setzen? Vorsicht mit dem Zeug auf dem Sofa. Das gehört zu Brads Baukasten.»

Ich hob die betreffenden Trümmer auf, eine konstruktivistische Nachbildung, augenscheinlich die eines mobilen Raketenwerfers samt einziehbarem Flammenschutzschild, Lafettenrädern und allen Schikanen. «Hat Brad das gebaut?» Es schien unglaublich. «Mit Hilfe seiner Schwester», erklärte Jenny.

«Aha.»

«Haben Sie eigene Kinder, Mr. Robinson?» Sie strich ihr Kleid über dem Schoß glatt und beugte sich interessiert vor. Ihre nackten, eng nebeneinander auf den Boden gepressten Füße waren schmal und glatt und offenbarten einen hohen Rist und exzellente Zehen.

«Meredith und ich haben beschlossen zu warten. Wir sind beide Lehrer und geben uns von daher durchaus gern mit Kindern ab.»

«Zurzeit ist es so schrecklich mit den Schulen.» In diesem Moment gab es einen lauten Krach im hinteren Teil des Hauses. Jenny sprang auf, rief: «Engelchen?», und trabte den Flur entlang.

Ihre Abwesenheit erlaubte es mir, das Bücherregal einer Prüfung zu unterziehen. Das übliche Sortiment von Taschenbuchklassikern, dazu eine überraschende Anzahl gebundener Ausgaben mit moderner Belletristik. Nicht viele kaufen sich heute noch gebundene Ausgaben. Ich nahm ein paar Bücher heraus und stellte sie wieder zurück, als Jenny lächelnd ins Zimmer kam. «Möchten Sie vielleicht ein Tässchen Tee, Mr. Robinson? Gehen wir doch in die Küche; von dort kann ich die Monster im Auge behalten.»

«Nennen Sie mich Pete», schlug ich vor und folgte ihr in die warme Küche, in der es nach allerlei Essensdüften roch; die außerdem, wie alles in diesem Haus, nach den Kindern roch, denen man jetzt durch die Fliegengittertür zuschauen konnte, wie sie sich nackt draußen im Hinterhof in einem kleinen blauen aufblasbaren Schwimmbecken und im Schatten eines Baumes, der runde Früchte trug, mit Wasser bespritzten. Brad war blond und dick, Susy dunkel und dünn. Ihre Mutter hielt einen Teekessel unter den Wasserhahn. «Leider ist mein Abfluss verstopft. Sie kennen sich wohl auch nicht mit verstopften Abflüssen aus, Pete?»

«Hmn. Haben Sie es schon mit Chemie versucht?»

«Ich habe Rohr-Frei hineingeschüttet, aber bei dem Zeug habe ich kein gutes Gefühl. Es heißt, dass man nicht zu viel davon nehmen soll, aber wie viel ist zu viel? Linda Hamilton hier in der Straße hat Rohr-Frei genommen, und es hat ihr die Rohre durchgefressen.»

«Deren Abfluss ist auch verstopft?»

«Jawoll.»

Also war es doch ein kommunales Problem. Wie weit verbreitet? Und was konnte die Ursache sein? «Haben Sie eine Spirale?»

«Eine Spirale?»

«Das ist so ein Ding, das sich durch das Abflussrohr bohrt und alles aus dem Weg räumt, was drin ist. Ein langes Metallding, aber zusammenlegbar. Als mein Abfluss verstopft war, habe ich eine Spirale benutzt.»

«Ihr Abfluss war verstopft?»

«Ja.»

«Kürzlich?»

«Vor ein paar Tagen.»

«Unheimlich.»

Zusammen spähten wir in ihren Ausguss, ich über ihre Schulter, Blick nach unten. Noch nie, so glaube ich, noch nie seit meiner Heirat stand ich so kurz davor, mich, Vorderseite gegen Rücken, an eine Frau zu drücken, die nicht Meredith war. Ein Duft von Seife stieg von Jennys sommersprossigem Nacken auf. Die kleinen Härchen hinter ihren Ohren waren recht neckisch. Wir standen da und schnauften. Die Kinder spritzten im Planschbecken, und das Abwasser stand im Spülbecken. Der Teekessel pfiff, und ich trat den Rückzug zur Küchenmitte an, als Jenny in einem Ton, der schwer zu deuten war, ein wenig scharf, ein bisschen schroff, sagte: «Zerbrechen Sie sich nicht den Kopf. Dave wird sich darum kümmern, sobald er heimkommt.»

«Wann kommt Dave denn heim?» Was für eine blöde Frage. Sie klang nach einem Annäherungsversuch. Dabei sollte sie gar keiner sein, jedenfalls kein so direkter. «Ich meine, als was arbeitet Dave?»

«Als Verwaltungsangestellter im Junior College.»

«Ihr beide kennt nicht zufällig einen Gastprofessor der Anthropologie namens Bob, oder?»

«Bob Barrow?»

«So ein Hagerer, mit tiefliegenden Augen.»

«Klar kennen wir Bob.»

Ich trank einen Schluck Tee. Welcher Kurs war nun der richtige? Waren Barrow und die Jordans befreundet? Oder brachte Daves Tätigkeit die Jordans routinemäßig in Kontakt mit der Professorenschaft, womit es dann keine persönliche Angelegenheit wäre. Erst mal prüfen, woher der Wind wehte.

«Er scheint ein netter Mensch zu sein.»

«Bob ist ein Genie. Seine Theorien zur intrakranialen Hybridisierung sind bahnbrechend. Aber die Gemeinschaft der Psychowissenschaftler steht Leuten wie Bob sehr feindselig gegenüber. Für die stellt er eine Bedrohung dar. Deshalb lehrt er als Gastprof am JC und hat keinen ordentlichen Lehrstuhl an der Uni.»

Das Planschen der Kinder wurde immer ausgelassener. Wassertropfen ploppten vom Hahn ins Becken. Wir saßen am Küchentisch. Ich streckte die gespreizten Beine von mir und lehnte mich zurück. Jenny hielt ihre Teetasse auf Kinnhöhe dicht ans Gesicht und spendierte sich selbst eine Mini-Dampfmaske. Wir plauderten über dies und das. Jennys Brüste zeichneten sich unter dem Stoff ihres Kleides ab. Sie hatte anmutige Arme und schlanke Hände. Was sie wohl für ein Tier war? Ein Ozelot? Ein Seeotter? Auf keinen Fall ein Wiederkäuer. Ihr Atem blies Dampf vom Rand ihrer Tasse.

Ich behielt die umgängliche, träge Pose des unbekümmerten Alpharüden bei, hielt auf Distanz, während ich zugleich über die Sprache des Körpers subtil eine gelinde Anmaßung, eine sexuelle Aufgeschlossenheit zur Schau stellte. Und meinen Füßen gestattete ich es, sich unter dem Tisch den ihren zu nähern; ich war mir sicher, dass Jenny deren Anwesenheit neben ihrem Stuhl spürte. Ihre Ellbogen ruhten auf dem Tisch, ihr Gesicht schwebte frei im Raum. Ihre Stimme war weich und einladend. «Also, Mr. Robinson, ich meine Pete, was führt Sie zu uns?»

«Die Schule.»

«Die Schule?»

«Vorschule bis sechste Klasse einschließlich, Beginn nächste Woche, bei mir zu Hause.» Ich setzte meine Tasse ab, beugte mich vor und sah Jenny über den Tisch hinweg an. Unsere Gesichter waren nur ein paar Zentimeter voneinander entfernt. Ich erzählte ihr alles über die Schule, ausgenommen den politischen Teil, die Bürgermeisterwahlkampf-Strategie im Rahmen eines Unterstufen-Leistungskurses. Auch das Freedom Field erwähnte ich nicht. Ich hatte fest vor, dieses delikate Thema völlig auszuklammern. Ich sprach freimütig und ausführlich über Dinge wie moralische Unterweisung, Alexander Neill und alternative Erziehung, die republikanische Meinung zum straffreien Erziehungssystem, Pausenbrot und dergleichen. Es war eine hübsche Ansprache, die etwa zehn Minuten dauerte, und ich war selbst angenehm überrascht, weil ich sie weder vorbereitet noch geprobt hatte. Ich fasste zusammen: «Jenny, ich darf Ihnen versichern, es wird eine umwerfende Sache werden.»

«Was soll das Ganze kosten?»

«Das Schulgeld wird von der Zahl der Anmeldungen abhängen. Wir wollen erstklassigen Unterricht zu Spartarifen anbieten. Das bedeutet ein gezieltes Eingehen auf die individuellen Bedürfnisse jedes Kindes innerhalb einer freundlichen, traditionell gestalteten, familiären Umgebung. Das ist eben der Vorteil einer Privatschule im Haus des Lehrers.»

«Susy! Brad! Kommt mal herein!» Schlagartig rannten die zwei patschnassen, rosigen Kinder mit Geheul aus ihrem Bassin durch den Flur in die Küche. Das Fliegengitter knallte zu, und Tochter und Sohn platschten herein, triefend vor Wasser. Sie blieben stehen und stellten sich in den schmutzigen Pfützen, die sich zu ihren Füßen bildeten, vor uns hin.

Jenny neigte den Oberkörper vor, um auf Augenhöhe mit ihnen zu sprechen. «Susy, Brad: Was sollt ihr immer tun, bevor ihr nach dem Schwimmen ins Haus kommt?»

«Ehm – uns abtrocknen?», kam es von Susy, zweifelsohne kraft Alters und Intelligenz die Anführerin des Geschwisterpaars. Sie packte ihren Bruder am Arm und zog ihn grob zurück zur Gittertür.

«Wartet mal», rief ihre Mutter.

Ohne Brad loszulassen, machte Susy wieder kehrt, und ihre rasche, ungestüme Bewegung zwang Brad, im Halbkreis um sie herumzurennen wie ein brutal geführter Tanzpartner. Fast wäre er ausgerutscht und hingefallen. Jenny schimpfte: «Brad, pass doch auf, der Boden ist nass. Deswegen sollt ihr euch ja abtrocknen.»

Susy sagte: «Ich halte ihn schon, Mom. Ich lass ihn nicht hinfallen.» Es war einer dieser wunderbaren Augenblicke im Leben einer Familie, dieser Drang des älteren Kindes, zu umsorgen und zu beschützen.

«Leute, dieser Mann möchte euer Lehrer sein. Wie gefällt euch das?»

Ich war fassungslos. Wollte Jenny etwa die Schulbildung ihrer Kinder, fünf und sieben Jahre alt, wirklich diesen selbst überlassen? Die Kinder betrachteten mich mit ausdrucksloser Miene. Susy schnürte anscheinend Brad den Arm ab; sie hielt ihn im ‹Brennnesselgriff›. Ich lächelte mild, zwinkerte zauberisch, onkelhaft, spaßig-verschwörerisch, nickte und grinste unverbindlich, als Jenny ihre Sprösslinge drängte:

«Was meint ihr? Wollt ihr zu Mr. Robinson in den Unterricht?» Hier ging es ausschließlich um Vertrauen. Ich wurde begutachtet und beurteilt. Von kleinen Kindern. Auf den Gedanken, dass ich erst einmal die Kids für mich gewinnen musste, war ich nicht gekommen. Dabei ist es natürlich immer so. Eltern scheinen sich bereitwillig, ja fast blind diesen grotesken, abgöttischen Glauben an kindliche Hellsichtigkeit zu eigen zu machen, als hätten ihre noch ‹unverdorbenen› Sprösslinge Zugang zu tiefen Wahrheiten, der ihnen, den Eltern, mittlerweile verschlossen bleibt – aufgrund von Erwachsenheit, Zynismus, Kompromisslerei. ‹Das präsziente Kind› ist eines unserer hehrsten kulturellen Klischees.

Brad und Susy kamen mir nicht gerade wie zwei wissende Orakel vor. Eigentlich sahen sie ein bisschen beschränkt aus. Sogar Susy sah beschränkt aus. Sie sperrte den Mund auf, und das Haar stand ihr in nassen Spießen vom Kopf ab. Ich wollte ihr zu Hilfe kommen, ihr und Brad, und der Mutter sagen: Schieben Sie's doch nicht den Kindern zu. Sie müssen das entscheiden, Sie sind ihre Mutter.

Aber dann sprach Susy, in Silben so weich und leise, zu leise fast für unsere Ohren. «Okay.»

Einfach süß, ich hätte sie herzen mögen. Es war der offizielle Startschuss für die Privatschule. Anmeldungen: zwei.

«Wie werden Sie Ihre Schule nennen, Mr. Robinson?»

Gute Frage. «Das sehen wir erst, wenn sich das Ganze entwickelt. Eine Schule ist ein Ort des vorurteilslosen Hinterfragens der Funktionsweisen der Welt und der Wege des Geistes. Der Name der Schule, der passende Name sollte sich aus diesem Hinterfragen ergeben.»

Robinsons Ländliche Tagesschule? Die Robinson Akademie der Darstellenden Künste? Das Robinson Institut? Schließlich war es meine Idee, meine Philosophie. Es war *meine* Schule, in *meinem* Haus.

Insgesamt machte ich an diesem und am folgenden Tag sieben Anwerbungsbesuche, war bei allen erfolgreich und geriet nur einmal in Gefahr umzukommen, als bei Deborah und Carl Harris das automatische Garagentorkatapult eine Salve verkalkter Korallensplitter abfeuerte, die meinen Kopf um Zentimeter verfehlte.

Deborah Harris gurrte vom Haus her eine Entschuldigung: «Juhu, Pete, tut uns leid. Ich habe Carl *extra* noch gesagt, er soll das Ding abstellen. Er muss es vergessen haben.»

«Nichts passiert», sagte ich, während ich mich vom Harris'schen Rasen erhob und meine Kleidung säuberte. «Ein toller Apparat.»

«He, Pete.» Es war Carl Harris, der aus der dunklen Garage auftauchte und einen Rollgabelschlüssel in der Hand hielt. Der Mann war einmal zwanzig Tage lang in einem Gummifloß auf hoher See getrieben, ohne frisches Wasser, hatte mit bloßen Händen Fische gefangen und sich ausschließlich von deren Blut und Fleisch ernährt. VERMISSTER FREIZEITKAPITÄN LEBT! «QUALVOLLES» MARTYRIUM, lautete die Schlagzeile. Wenn man sich Carl jetzt anschaute, hätte man ihm etwas Derartiges nicht zugetraut.

Seine Haut war weiß; er hatte einen Wanst; plattfüßig kam er auf kurzen Säbelbeinen dahergetrottet. «Da hätte ich Ihnen ja fast eine verplättet, Pete. Ich experimentiere gerade mit einem neuen Kreiselsteuergerät zur pneumatischen Garagentoröffnung.»

Wir schüttelten uns die Hand, und ich sagte, nicht unhöflich: «Wie gut, dass Sie noch in der Experimentierphase sind.»

«Verdammt, Pete. Ich hatte keine Ahnung, dass Sie da draußen stehen. Bitte glauben Sie mir das. Bitte nehmen Sie meine Entschuldigung an.»

«Schon geschehen. War ja auch mein Fehler. Heutzutage müssen wir eben alle ein bisschen vorsichtiger sein.»

Danach war es leicht, Deborah und Carl zu einer Zusage für ihre zehnjährigen Zwillinge Matt und Larry zu bewegen. Ich verspürte keinerlei Gewissensbisse, dass ich mir die Zerknirschung des Ehepaars Harris zunutze machte; beinahe hätten sie mich ja tatsächlich umgebracht. Außerdem: Das Wichtigste war die Schulbildung der Kinder. «Okay. Der Unterricht beginnt nächsten Montag um acht. Den Busdienst haben wir noch nicht organisiert; somit sind einstweilen die Eltern für die Beförderung ihrer Kinder hin und zurück selbst verantwortlich, und außerdem seid ihr für die Schulverpflegung von Matt und Larry zuständig. Ich empfehle ein Sandwich, Negerküsse und ein Stück Obst. Ihr solltet euch vielleicht einen Vorrat an Viertellitertüten fettarmer Milch zulegen. Außerdem möchten wir, dass alle Schüler ein Lieblingsspielzeug mitbringen. Üblicherweise fange ich das Schuljahr mit einer allgemeinen Spielstunde an, um die Vorstellung zu verankern, dass Lernen Spaß macht.»

Deborah sagte: «Das Lieblingsspielzeug der Jungs sind

Pfeil und Bogen. Können sie die in den Unterricht mitbringen?»

«Was sind das für Pfeile? Haben sie Metallspitzen oder diese Sauggummiaufsätze?»

«Das sind Karbonstahlschäfte mit zweischneidigen Breitkopfspitzen und Spiralbefiederung. Damit kann man ein Haar wegrasieren», sagte Carl.

«Wisst ihr was? Mark und Larry sollen ihre Bogen und Köcher mitbringen, und wir schauen mal, ob wir nicht hinterm Haus so etwas wie eine Schießbahn mit einer Zielscheibe einrichten können.»

Genau das taten wir am darauf folgenden Sonntag. Wir, das heißt Meredith und ich, befestigten am Tangerinenbaum hinter dem Haus einen runden, eierschalenweiß angestrichenen Pappkarton mit einem einigermaßen runden Zentrum aus blasslila Farbkreide. Ich hielt die windige Zielscheibe an den Stamm und erkundigte mich: «Höher? Tiefer?»

«Höher.»

«So?»

«Noch weiter hinauf.»

«So?»

«Höher.» Sie kam her und hielt die Scheibe an den Baum, während ich vorsichtig Versenkkopfstifte einklopfte, die für Faserplatten oder Gips oder für das Aufhängen leichterer Bilder gedacht waren. Ich hatte die Nägel aus dem Werkzeugschrank im Keller geholt. Sie waren kurz, biegsam, untauglich.

«Pete, können wir kurz was besprechen? Wegen dieser Bio-Wahlkurse für die Fünft- und Sechstklässler, die ich abhalten soll? Weil es doch im Moment so aussieht, als kriegten wir gar keine Fünft- und Sechstklässler. Das heißt, wir haben Susy Jordan – die hat genug Grips für Bio, die hat genug Grips für Physik, da wette ich, aber wie du weißt, ist sie halt erst in der Zweiten. Ich dachte mir, das wäre für mich die Gelegenheit, Naturkunde gegen einen Wahlkurs in Religion zu tauschen.»

«Religion?» Das roch nach Scherereien, sich Religion auf der Elementarstufe vorzunehmen; doch was für Scherereien und für wen – dessen war ich mir nicht sicher. Die Nägel hatten sich inzwischen verbogen, als wären sie aus Wachs.

«Pete, ich weiß langsam nicht mehr, was oben und unten ist. Es könnte mir helfen, wenn ich einen Kurs über Glaubenskrisen halten würde», wobei sie sich auf die Unterlippe biss und mit einer Hand ein vor ihrem Gesicht schwebendes grünes Insekt fortscheuchte. Merediths abrupte Bewegung riss zwei nicht richtig eingeschlagene Nägel los, die in ihren ausgefransten Löchern wackelten und dann zu Boden fielen. Null Chance, dass diese Scheißpappzielscheibe einen einzigen Pfeiltreffer überstehen würde. Ich schmiss die restlichen Bilderstifte fort und ließ die Pappe wie eine Frisbeescheibe über die Grube segeln. Sie rotierte in einem Aufwärtsbogen davon und flog himmelwärts, zwei, drei, vier Meter. Dort oben hielt sie inne, vermittelte auf dem höchsten Punkt des Anstiegs eine Illusion von Stillstand, bevor sie abstürzte, um sich auf einem Dreieck aus Speerspitzen mit ozeanischen Motiven zur Ruhe zu legen.

«Na, gereizt?»

«Tut mir leid.»

«Irgendetwas nervt dich doch, Pete, oder?»

Ich umklammerte den Hammer. Die Sonne stand senkrecht über uns, und die Luft war kühl. Aus einiger Entfernung hörte man ein Geräusch von spritzendem Wasser – zweifellos die Kinsey-Kinder, die in ihrem seichten oberirdischen Vinylpool kunstvolle Klamauksprünge vollführten, Bomben und Taschenmesser und Bauchplatscher und dergleichen. Dieser Country-Club-Radau vorpubertärer Freizeitgestaltung mitten am Nachmittag erinnerte mich daran, eine Runde um den Block zu gehen und einen Höflichkeitsbesuch bei Delia und Hiram Kinsey zu machen, die höchstwahrscheinlich keine Einwände dagegen erheben würden, ihre Kinder einfach über zwei Hinterhöfe zur Schule zu schicken, vorausgesetzt, man erhielt von den McElroys das Durchgangsrecht, was sich als schwierig herausstellen konnte angesichts von Pat McElroys isolationistischer Grundüberzeugung, einer Haltung, die sich nur allzu deutlich in den drohenden Bekanntmachungen an den Bäumen und am Palisadenzaun widerspiegelte, der das Tausendquadratmetergrundstück der McElroys umschloss: VERSCHWINDEN SIE!

«Karen Kinsey ist zwölf. Das ist exakt das Alter für die sechste Klasse», stellte ich gegenüber Meredith geschäftsmäßig fest.

«Was soll das heißen? Dass ich Bio-Übungen für eine einzige Schülerin abhalten soll? Hör zu, Pete, mir fällt es sowieso schon schwer, mich mit dieser ganzen Schulidee anzufreunden. Ich weiß, dass du helfen willst. Ich glaube daran, dass du als Lehrer das Richtige tun willst. Ich glaube, dass du an den Wert schulischer Erziehung glaubst. Aber ich kriege das alles nicht mehr zusammen. Da hängen wir hier im Hof eine Zielscheibe fürs Bogenschießen an einen Baum, und einen Meter davon entfernt ist da ein Loch voller Spieße, und das ist es, was ich einfach nicht mehr zusammenkriege.»

«Was gibt es da zusammenzukriegen? Bogenschießen als Wahlkurs in Leibesertüchtigung. Komm schon, das wird super. Die Schießbahn ist weit genug vom Graben entfernt. Schau her, ich zeig's dir», und dabei ließ ich den Hammer fallen, marschierte zum Grubenrand und beugte mich vor, kniete mich vorsichtig in den weichen Dreck, die eine Hand auf dem Boden, um das Gleichgewicht zu halten, die andere ausgestreckt über den Spitzen von Merediths hübschen Bambusspeeren (ein Narwal und eine umgedrehte ‹Pop-Art›-Eistüte), um die abgestürzte Zielscheibe zu bergen; setzte dann, mit der Zielscheibe in der Hand, einen Fuß vor den anderen, Zehe an Ferse an Zehe, und schritt die Entfernung von der Grube zum Baum ab. «Also: Die Zielscheibe ist nicht, wie du sagtest, *einen* Meter von der Grube entfernt, sondern, na, schauen wir mal, hier, wie weit wird das sein? Gute zwei Meter? Ich kann nicht erkennen, wo das Problem ist.»

«Mir kommt es eben gefährlich vor.»

«Kinder, Meredith. Kinder. Was werden die schon machen? Und wenn du oder ich uns hier dazustellen und sie im sicheren Schießen unterweisen, dann ist das ein Pluspunkt, so wie ich das sehe.»

«Wieso?»

«Eine ordentliche Unterweisung vermittelt Respekt vor Waffen und trägt dazu bei, den sportlichen Gedanken zu verankern.»

«Warum glaubst du, dass du alles selbst tun musst, Pete? Dafür sind wir nicht zuständig. Das sind die Kinder anderer Leute, Pete. Es sind nicht unsere Kinder! Wir sind nicht für sie verantwortlich!»

Welch köstliche Verzweiflung. Aber weswegen genau?

Bin ich etwa herablassend gewesen? Habe ich doziert? Ich will gerne zugeben, dass ich da ein Problem habe und dazu neige, unnachgiebig zu werden bis zu dem Punkt, wo ich abweichende Meinungen nicht mehr gelten lasse. Damit dürfte eine Menge von Lehrern in ihrem Privatleben zu kämpfen haben, mit dieser unerbittlichen, nachdrücklichen Diktion, die angebracht ist, um den Schülern etwas einzubläuen, die aber bei guten Freunden oder Angehörigen so kränkend wirkt.

Meredith schüttelte den Kopf und warf mir einen Blick zu, den ich, im Geiste ehelicher Harmonie und akademischer Diplomatie, geflissentlich übersah. Ich sagte: «Meinst du, wir könnten einen überzähligen Satz an Enzyklopädien und Wörterbüchern aus einer der Büchereien bekommen? Schatz?»

«Ich kann ja Rita mal fragen, aber ich glaube, dass die ganzen großformatigen Bände schon an Abe gegangen sind.»

«An Abe?»

«Ihm und Jerry und den anderen Typen hat deine Idee, mit Büchern auf die Landminen im Park zu werfen, gefallen. Heute früh haben sie Abes Van damit beladen. Ich vergaß, es dir zu sagen. Die sind jetzt schon drüben.»

«Im Park?»

Jetzt galt es, keine Zeit zu verlieren. Ich griff nach Brieftasche und Schlüssel und sprang ins Auto und legte den Sicherheitsgurt an und stieß rückwärts aus der Einfahrt und brauste beschleunigt durch den mäßigen Einkaufsverkehr im Stadtzentrum. Auf der Water Street geriet ich in eine grüne Welle, die mich bis in die Hyacinth Street trug; es war, als machte Gott den Weg frei. Explosionen drangen aus der Richtung des Parks herüber, ein dumpfes Rumpeln von

Erschütterungen wie beim Einsatz von Dynamit auf Baustellen, die diesseits und jenseits der Hörbarkeitsgrenze harte und elastische Oberflächen verschiedener Objekte zum Vibrieren brachten: Lenkrad, Gaspedal, Kopfstütze, meinen Kopf. Unterwegs, auf der Main Street, registrierte ich ein knalliges Hinweisschild im Schaufenster von Dick Mortons Bekleidungsgeschäft:

GROSSER WOCHENEND-RÄUMUNGSVERKAUF!

JEDER HERRENARTIKEL ZUM HALBEN PREIS!

ALLES MUSS RAUS!,

und ich nahm mir vor, später vorbeizuschauen, um mich für den Schuljahresbeginn mit vernünftigen neuen Frackhemden und einer flotten Fliege auszustatten.

Im Park wirkte alles wild und düster. Selbstverständlich gibt es keine Autozufahrt auf das Gelände, und so parkte ich meinen Wagen auf der Straße davor, direkt hinter Abe de Leons Dodge und Tom Thompsons Mazda. Ich stellte den Motor ab, stieg aus und verriegelte die Wagentür, ging dann den Gehsteig entlang und suchte nach einer Lücke im Gebüsch, nach einem Zugang zum Wäldchen. Alles war still, noch nicht einmal ein Vogelruf ertönte. Vermutlich warteten sämtliche Waldtiere voller Anspannung darauf, dass die nächste Bombe hochging. Über meinem Kopf ließen gewundene Hartholzbäume ihre blätterschweren Zweige über das Ranken- und Dornengestrüpp hängen, das die Wanderwege und Naturlehrpfade des Parks blockierte, kleinere Pflanzen strangulierte und eine natürliche Barriere zwischen dem Fahrweg und dem Parkinnern bildete. Es war unmöglich, weiter als ein, zwei Meter in dieses wildwuchernde Laub- und Blätterwerk zu sehen. Schließlich fasste ich mir ein Herz und ging hinein, trat vorsichtig auf, blieb immer wieder stehen, um mich zu orientieren und Dornen zu entfernen, die an meiner Kleidung Fäden zogen, spröde, grüne Spitzen, die sich im Gewebe des Stoffes verhakten, es durchbohrten und die Haut aufrissen, dass sie blutete. Ob Ben Webster noch immer das Gehölz auf der Suche nach seinem verschwundenen Vater durchkämmte? Oder waren Sohn und Vater bereits wieder vereint und zu einer warmen Mahlzeit und bequemen Betten nach Hause gegangen? Und erst Ray! Die Vorstellung von einem intelligenten, ansehnlichen Burschen wie Conover, der in einem sumpfigen öffentlichen Waldstück Amok lief und sich dabei die Kleider zerfetzte, tat mir in der Seele weh.

Zu dumm, dass ich Jims Leber nicht mitgenommen hatte. Dies war genau der richtige Ort für sie. Die Leber filtert physische Verunreinigungen aus; sie ist ein gigantisches Sieb, eine lebende Falle für Unrat und virulente Materie. Dieses überall wachsende Gestrüpp, das einem den Durchgang verwehrte und ein Vorwärtskommen im Park mühsam und schmerzvoll machte, stellte eine bösartige Verunreinigung der Flora dar, indem es sich in einem einstmals makellosen Freizeitgelände für die ganze Familie breitmachte und es verseuchte. Vorbei die Zeit der Firmenpicknicks und -grillfeten, des Frisbeewerfens und der Touchfootballspiele unter blau-weißem Himmel. Nun tummelte sich hier eine Bürgerwehr, um Sprengladungen zu zünden, mittels Literatur. Und war nicht auch das – in einem weiteren, kulturellen Sinne – ein unreines Verhalten? Könnte somit nicht die rituelle Bestattung einer Leber – und sie brauchte noch nicht einmal bestattet zu werden; man könnte sie auspacken und tiefgefroren in eine Unkrautbrache werfen, als symbolisches, multifunktionales kulturelles Antitoxin/Herbizid –, könnte also der Wurf von Jims Leber in die Büsche nicht als Korrektiv wirken zu dem Hader und der Verwahrlosung, die diesen heiteren Ort der Muße inzwischen in eine Grotte des Todes verwandelten?

«Pete!»

Abe selbst war es, der aus der Tiefe der Deckung eines riesigen Gebüschs heraus brüllte:

«Hinlegen!»

Aus dem Himmel kam er herab, ein gewaltiger blauer Wälzer, eine dieser Kompaktausgaben des *Oxford English Dictionary*, überschlug sich in einer auslaufenden ballistischen Kurve der Länge nach mit seinen im Winde flatternden und reißenden Seiten, ein heranheulender Index von gedruckten und gebundenen lexikologischen Daten, die Hälfte einer ganzen Sprache, in seiner Gewichtigkeit durch Schwerkraft und Beschleunigung noch verstärkt. Ich warf mich auf eine Grasnarbe und bedeckte meinen Kopf, als das *OED* seine Flugbahn mit dem Aufschlag auf der Erde beendete.

Als ich die Augen aufmachte, sah ich, dass es der Band P–Z war. A–O lag nicht weit weg, und lose Seiten daraus waren auf dem Boden verstreut. Der Ergänzungsband war nirgendwo zu entdecken. Unter den Blättern begraben? Schon von einer Mine zerrissen? Noch in Feuerbereitschaft?

Da kamen bereits die Männer. Ganz vorne Abe, gefolgt von Bill Nixon und Tom Thompson und, als Nachhut, Jerry. Sie gingen im Gänsemarsch wie eine gespenstische vierköpfige Familie beim Ausflug. Sie trugen alle die gleichen leuchtend orangen Jägermützen und reflektierenden Packtuchwesten über Safarihemden in Tarnfarben. Jeder prahlte mit einer von Hand festgebundenen weißen Armbinde, die sie anscheinend aus einem Bettlaken gerissen hatten. Und tatsächlich trug Tom den Supplementband des *OED*. Außerdem trug er einen Rucksack. Bill hielt erwartungsgemäß eine Bierdose in der einen Hand und in der anderen – gänzlich untypisch für den Mann – ein *Webster's Dictionary*.

«Hi, Jungs», gefolgt von Händeschütteln reihum:

«Pete.»

«Tom.»

«Schulmeister, wie geht's?»

«Gut, Bill. Und selbst?»

«Ganz gut so weit.»

«Hallo, Jerry.»

«Herr Schriftführer, schön, Sie zu sehen.»

«Gleichfalls. Wie geht's Rita?»

«Rita geht's gut.»

«Grüßen Sie sie von mir.»

«Mach ich.»

«Hi, Abe.»

«Hätte dir vorhin fast eins drübergebraten, Pete.» Abe hielt mir einen Streifen des weißen Bettlakens hin. «Tu dir das um den Arm. Es kennzeichnet dich als neutrale Partei.»

Ich band mir die Armbinde um, während Jerry die Vorgehensweise erklärte: «Okay, zuerst wirft einer von uns sein Buch, und dann versuchen die anderen, mit ihrem möglichst nahe an das erste zu kommen, wie beim Hufeisenwerfen. Wir belegen jede Fläche, wo eine Mine vergraben sein könnte, mit unserem Feuer. Wenn wir ein Gebiet abgedeckt haben, sammeln wir die Bücher wieder ein und rücken in geschlossener Reihe vor. Langsam und sicher, keiner wird verletzt. Kapiert?»

Ich hatte meine Zweifel. «Ja, klar.»

Abe kroch zwischen den verstreuten Seiten A–O des *OED* herum, hielt eine gute Handvoll der aus dem Leim gegangenen Blätter hoch und sagte zu Tom: «Tom, mein Alter, der Band ist im Eimer.»

Tom stellte seinen Rucksack ab, griff hinein und holte *Crowell's Handbuch der klassischen Mythologie* heraus. Er gab es an Abe weiter, griff erneut hinein und holte diesmal einen *Roget's Thesaurus* heraus, den er in meine Richtung hielt. «Pete?»

«Ich könnte noch 'n Bier vertragen», sagte Bill.

Auch dieses befand sich im Rucksack. Ich übernahm den *Roget's Thesaurus* von Tom, der eine Runde Lauwarmes ausgab. Unisono zogen wir die Aufziehringe, und das Zischen und metallische Klicken hallte wie der Chorgesang sonderbarer Insekten durch die vogelfreie Waldstille. Wir setzten die Dosen an die Lippen und tranken. Für mich hatte das Bier einen wunderbaren Geschmack; es betäubte mir die Kehle und wärmte das Herz. Abe sagte: «Los, Pete, verhilf mal diesem Thesaurus zu 'nem Abflug.»

«Ich?»

«Zeig mal, was du im Arm hast.»

«Damit wird's nicht weit her sein, fürchte ich.»

«Hau ihn dort hinüber, Pete», schlug Bill vor und deutete mit seiner Bierdose vage irgendwohin.

War dies etwas, was ich billigerweise tun durfte? Ein Buch seiner potenziellen Vergessenheit anheimzuwerfen? Ich weiß, es war meine Idee gewesen, und ich war für all das verantwortlich. Aber im Grunde hatte ich nicht geglaubt, damals in der Bürgerversammlung im Clam Castle, dass daraus je so etwas entstehen würde. Es war eine dieser Ideen gewesen, die einfach in abgewandelter Form zur Anwendung hätten kommen sollen. Idealerweise würden wir jetzt irgend so was wie diese Minikugeln herumwerfen, wie man sie in bestimmten Bowlingbahnen vorfindet und die man in der hohlen Hand halten kann. Diese Bücher waren wertvoll. Der *Roget's* vielleicht nicht. Im Allgemeinen rate ich ja den Kindern von einem Synonymenwörterbuch ab, weil ich glaube, dass sie sich sonst ausschließlich darauf verlassen, anstatt ihren eigenen Wortschatz durch Auswendiglernen aufzubauen. Nach Abwägung aller Für und Wider: Der *Roget's Thesaurus* konnte davonfliegen.

«Wohin?», wollte ich wissen.

«Wohin du willst», antwortete Bill, hob beide Arme und breitete sie zu einer großartigen, allumfassenden Geste aus, die die ganze Welt vereinnahmte. Bill war ziemlich fertig. Er zerdrückte die Bierdose in seiner fleischigen Hand, warf sie auf den Waldboden und holte sich unverzüglich eine neue aus Toms Rucksack, als Jerry, diplomatisch wie immer, ergänzte: «Wir waren gerade südwärts unterwegs, Richtung Pavillon. Wie wär's dort hinüber, zu dieser großen alten Eiche, Pete?» Ich war mir nicht sicher, ob ich einen Thesaurus, und sei es eine gekürzte Ausgabe wie in diesem Fall, bis hinüber zu der Eiche werfen konnte.

«Halte das Buch so herum», sagte Abe. Der lange, bärtige Steuerberater fasste sein *Crowell's Handbuch* bei den Buchdeckeln, die Finger gespreizt für einen festen Griff, die Handinnenfläche über dem Außensteg statt über dem Buchrücken. «Wenn du es am Rücken packst, geht es auf, und du kriegst jede Menge Strömungswiderstand.» Abe täuschte rückwärts an, streckte den Arm schräg nach oben und spreizte sich in die Wurfpose eines professionellen Quarterbacks; er schleuderte den Band in die Luft, der sich emporschraubte, ohne aufzugehen oder zu flattern – die buchstäbliche Entsprechung eines vollkommenen Spiralflugs. Wie auf Kommando kauerten wir uns alle nieder, den Rücken einer möglichen Detonation zugewandt. Doch das *Handbuch der klassischen Mythologie* landete ohne besondere Vorkommnisse in sieben Metern Entfernung in einer Ansammlung von Wildblumen.

Ich war an der Reihe. Abes Wurf würde schwer zu überbieten sein. Ich trat einen Schritt zurück, suchte mir einen sicheren Stand und warf mit aller Kraft, die ich hatte. Das Lexikon der sinn- und sachverwandten Wörter klappte auf, verfing sich im Wind und fiel herab wie ein abgeschossener Vogel. Drei Meter.

«Netter Versuch, Pete. Sie kriegen den Dreh schon noch raus.» Jerry lächelte aufmunternd und warf sein Buch. Der Immobilienhändler schleuderte in abgewandelter Diskuswurftechnik, mit einer ganzen Beschleunigungsumdrehung aus der Hüfte heraus, ja, sogar mit dem männlichen Grunzlaut im Augenblick des Loslassens, und schickte das große blaue Lexikon auf eine überraschend weite Flugbahn – fast so weit wie Abes, viel hätte nicht mehr gefehlt –, bis es dumpf im Unkraut aufschlug. Als Nächster war Tom dran, der ebenfalls aus der Seite warf, wenn auch ohne Jerrys Grazie. Es war eindeutig, wer von beiden in der Leichtathletikmannschaft gewesen war. Trotzdem stellte Toms Wurf mit dem *OED*-Ergänzungsband einen Achtungserfolg dar, insbesondere im Vergleich zu Bills mit gestrecktem Arm über den Kopf ausgeführtem ‹Rasanzwurf›, welcher die *Raubvögel in Wort und Bild* wild in den Himmel jagte und in einen Haufen Aloepflanzen knallen ließ. «Scheißdreck», sagte Nixon, während Abe vortrat und mit einem weiteren schönen und mimisch ausgestalteten ‹Langwurf› ein Werk in hohem Bogen in die Bäume lupfte, als sei es die absolut leichteste Sache der Welt. Dann war wieder ich an der Reihe, diesmal mit einem gebundenen Jahrgang von Essay-Kurzfassungen aus der experimentellen Soziologie. Die Kurzfassungen waren unglaublich schwer. Ich sagte: «Tom, darf ich mal?», und fischte im Rucksack nach etwas Leichterem, weniger Dickem, und fand schließlich, nach vielem Ausprobieren von Größen und Stärken, *Biologische Aspekte der Geistesgestörtheit.* Toms Rucksack enthielt viele Bücher, und nach und nach schickten wir sie alle in den Dreck und ins Gras, wobei wir bei jedem einzelnen Kommentare losließen wie: «Kommt gut, kommt gut», oder: «Zu hoch, zu hoch», bevor wir uns duckten und auf das Rumsen einer Detonation warteten. Zwischen den Würfen klärte mich Jerry über die zuvor erzielten Volltreffer rund ums Bootshaus auf, über die verschiedenen Arten dezimierter Bäume und Sträucher, über Radien und Tiefen von Kraterlöchern und über Buchseiten, die wie Konfetti bei einer Parade umhergeflogen seien. Eine Sprengung, behauptete Jerry – und es wurde von den anderen bestätigt –, eine Sprengung habe ein tadelloses, exaktes Loch wie von einer Kanonenkugel genau in die Mitte des *Darwin-Lesebuchs* gerissen.

Jetzt erfolgte nicht *eine* Detonation. Wir gingen auf Zehenspitzen zu unseren zerfetzten Büchern, sammelten sie ein und warfen sie erneut.

Später, im Pavillon, ruhten wir uns auf gusseisernen Liegestühlen aus und tranken die letzten Biere. Die Liegestühle waren bretteben und hart wie Kirchenbänke, in ortsfester Kreisform angeordnet, die Beine mit Schraubenbolzen an Metallplatten befestigt, die in breiten, grauen Fußbodenbrettern versenkt waren. Ich saß Tom gegenüber, mit Jerry zu meiner Rechten und Bill und Abe zu meiner Linken. Ein Sortiment unlängst geworfener Bücher (die letzte Salve von Blindgängern vor den Pavillonstufen) und der Rucksack mit weiteren Büchern sowie den Bieren lagen in der Mitte des Runds, nahe unseren Füßen, in bequemer Reichweite. Bei dem Pavillon handelte es sich um ein offenes, luftig-ätherisches Achteck aus weiß gestrichenem Holz mit einem Kupferdach, rundum verschnörkelt durch ein Gesims mit Zuckerbäckerornamentik, das verschlungene Schattenmuster über den Boden und unsere Leiber warf. Hinter Toms Kopf erkannte ich ungepflegte Rasenpartien, gesäumt von großen Pinien, die mit lavendelfarben und weiß blühenden Schmarotzern und Epiphyten behangen waren. Ein rissiges Gipsvogelbad war vollständig zugewachsen, von Kriech- und Kletterpflanzen mit Beschlag belegt. Und es wimmelte von Insekten, die uns ins Gesicht flogen, umherschwirrten und sich auf den klebrigen Metalloberflächen abgestellter leerer Bierdosen niederließen.

«Es ist wirklich eine Freude, mit anzusehen, wie der *Riverside Shakespeare* bei einem langen Wurf dahingleitet», seufzte Tom.

«Der *Riverside Shakespeare* scheint regelrecht zu schweben», stimmte Abe zu und nahm einen Schluck aus seiner Dose. Was für ein Tier Abe wohl war? Ein pelziges und riesiges und wildes offensichtlich, doch mit einem sanften Potenzial sowie einem gutmütigen, liebenswürdigen Aussehen: ein Walross, ein Bär.

Bill sagte: «In puncto Flugdauer geht nichts über *Robert Frosts Gesammelte Gedichte.*» Bei dem Burschen war man ratlos. Bill Nixon konnte einer beliebigen Anzahl verschiedener

Unterarten des Tier- oder Pflanzenreiches angehören. Heute trug er ein schwammiges, unglückliches Gesicht zur Schau. So fläzig, wie er in seinem Pavillonstuhl hing und sein x-tes Bier umklammerte, gehörte er augenscheinlich in die Klasse der Pilze.

Jerry schlug nach einer Biene, von denen mehrere über unseren Köpfen kreisten. Tom sagte: «He, Jerry, mach die mal bloß nicht wild, okay?», stand auf und stellte seine Bierdose einen Meter weit weg auf den Boden. Er rief: «Hierher, Bienen. Hierher, Bienen.» Und tatsächlich setzten die Bienen zum Sinkflug an und versammelten sich summend auf dem silbrigen Metallrand der Büchse.

«Sehr brav gedacht, Tom», sagte Jerry. Dann: «Willst du wissen, welches Buch mir am besten gefallen hat?»

«Welches?», fragte Tom.

«Borderline-Störungen und pathologischer Narzissmus.»

«Der Kernberg?»

«Ja.»

Gemeinsam tranken wir, als hätte jemand einen Trinkspruch ausgebracht. Jerry führte weiter aus: «Ich bevorzuge ein gebundenes Buch mit dünnen Seiten, Fadenheftung, Leineneinband und mittelbreitem Rücken. Alles, was viele Bildtafeln hat, macht nur Probleme. Kunstbände zum Beispiel. Wenn du einen dieser Museumskataloge wirfst, dann denkst du, es reißt dir die Schulter aus dem Gelenk.»

«Das kommt von den Hochglanzseiten», sagte Tom.

Ich stimmte zu. «Die sind zum Kotzen.»

War mein flinkes Bestreben, mich auf Kosten der Bücher bei den Jungs anzubiedern, eine Schwäche? Oder war es etwas Vielschichtigeres, eine aufrichtige Neigung, gegenwärtige menschliche Gesellschaft, Kameradschaft und Gemeinschaft höher zu schätzen als die zweifelhaften Freuden gedruckter Geschichten? Jetzt am Abend war es entschieden kühl geworden. Das Klagelied eines Vogels stieg aus den graugrünen Bäumen empor. Die Stimmen der Männer waren volltönend, die Welt schien gut zu sein, es gab noch reichlich unversehrte Bücher auf dem Boden und im Rucksack. Was für eine Rolle spielte es, *welche* Bücher? Das Wesen einer Kultur findet sich in allen ihren Artefakten.

Unter dergleichen Überlegungen nahm ich eine verstohlene Bestandsaufnahme der diversen ramponierten Werke vor, die neben meinem Stuhl kunterbunt durcheinanderlagen. Mit Vergnügen registrierte ich zahlreiche Ausgaben von akademischen Verlagen, die neu absolut unerschwinglich gewesen wären. Ein Buch, Thieleman J. van Braghts schwer aufzutreibender Klassiker über die Leiden der Wiedertäufer, *Das Blutig Teatrum, oder: Märtyrer-Spiegel der Wehrlosen Christen, so nur Getauft haben nach dem Glauben und Bekenntnisse, und Litten und Starben für das Zeugnis Jesu willen, Ihres Erlösers, von Christi Zeit bis zum Jahre A. D.* 1660, schien mir ein ideales Geschenk für Meredith zu sein. Es würde ihr meine Liebe beweisen, weil es meine Begeisterung über ihr Engagement für Religion und das Seelenheil von Kindern demonstrieren würde.

Der *Märtyrer-Spiegel* ist ein großes, dickes Buch, mehr als elfhundert zweispaltige Seiten mit ‹Augenzeugenberichten› und Auszügen aus Gerichtsakten über strenge körperliche Züchtigungen, Bestrafungen und Hinrichtungen, enzyklopädisch detailliert und chronologisch angeordnet, viele versehen mit Stichen zur Illustration dramatischer Szenen wie ‹Vitalus Lebendig Begraben zu Ravenna›, ‹Phocas zu Tode Gebracht im Feuerofen›, ‹Zwei Junge Mädchen auf dem Wege zur Hinrichtung› und die ergreifende, genau beobachtete Szene ‹Georg Wanger im Kerker›, Letzteres einen Christenmenschen darstellend (mittleren Alters, männlich, verzweifelt), ausgestreckt auf einem Lager aus Stroh. Eine gedrückte Stimmung liegt über dem Ganzen. Im Vordergrund des Kupferstichs scheint ein übergroßes Krötenpaar in ehrfürchtiger Scheu zu dem werdenden Märtyrer aufzublicken, während sich nahe bei seinen Füßen, deren einer grob an eine Mauer gekettet ist, eine Giftschlange zum Zustoßen bereitmacht. Der untere Quadrant der Illustration wird von undeutlichen Umrissen eingerahmt, die einfach nur Unrat, aber auch Skelette und/oder Leichen darstellen können. Welch ein Bild. Ich bin noch nie auf den Gedanken gekommen, in meinem eigenen Kerker Reptilien mit einzubeziehen. Aber das war es! Es leuchtete wirklich ein. Wie viel Spaß würde ich später drunten im Keller haben, wenn ich Skizzen für ein paar Sumpfbewohner aus Badeseife im Maßstab 1:32 entwarf.

«Du bist vielleicht ein krankes Arschloch, Pete.» Es war Nixon, der sich vorbeugte, um den dicken Wälzer auf meinem Schoß zu begutachten. Er gluckste, ein drohendes, bieriges Glucksen. «Heh, heh.»

«Wahre Gelehrsamkeit kennt weder Gesundes noch Krankhaftes, Bill, sondern nur Achtung vor dem Menschheitserbe und Furchtlosigkeit angesichts des Elends in unser aller Herzen.»

Das brachte ihn zum Schweigen. Jerry sagte: «Pete, ich nehme an, Sie beziehen sich auf die dunklen Seiten menschlicher Natur. Ist dafür ‹Elend› wirklich der richtige Ausdruck?»

«Vielleicht nicht, Jer. Vielleicht einfach ‹Schmerz›.»

«Wie wär's mit – ahm – ‹Verzagtheit›?», schlug Tom vor.

«‹Herzschmerz›», sagte Abe.

«‹Qual›», fügte Jerry hinzu. Was ihm ein «Hmn» von Bill einbrachte, der selbst «‹Zorn›» beisteuerte.

Wir alle dachten eine Minute lang darüber nach, über den Zorn. Jerry bemerkte: «Zeugt von gutem Einblick, Bill.» Sowohl Tom als auch Abe taten ihr Einverständnis mit einem Kopfnicken kund, lächelten dabei und sagten, beinahe im Chor und mit aufrichtiger, wenn auch leicht dummsüffiger Begeisterung: «Yeah, unbedingt.»

Was offenbar einen Schlusspunkt setzte. Es war jener Punkt einer höflichen Konversation erreicht, an dem die Unterhaltung entweder ein Ende finden muss oder aber persönlich, selbstentblößend, tiefsinnig wird ... unser Stichwort, uns zu erheben und anzufangen, unsere Sachen einzusammeln. Tom sagte: «Werft mal die leeren Dosen in den Rucksack, Jungs. Ich nehme sie mit nach Hause und zersäge sie für meine Grube. Natürlich nur, wenn sie sonst keiner will.» Die anderen Jungs schüttelten verneinend den Kopf, und ich sagte: «He, ich könnte mich doch nützlich machen und diese Büchereiexemplare mitnehmen.»

Abe fragte mich: «Was willst du mit einem Haufen verstaubter alter Bücher, Pete?»

«Nichts. Als kleine Nachttischlektüre.»

«Solches Zeug? Vor dem *Einschlafen*?» Jerry spielte wohl auf den *Märtyrer-Spiegel* an.

Bill sagte: «Barbara und ich lesen immer gern noch ein wenig in einem Krimi, bevor wir das Licht ausmachen.»

«Immerhin, Bill», sagte ich und begann mit dem Stapeln – Wörterbücher und *Märtyrer-Spiegel* ganz unten, vermischte naturwissenschaftliche und psychologische Werke akademischer Natur in der Mitte, ein paar verdreckte Taschenbücher obenauf – «immerhin, Bill – es ist besser, irgendetwas zu lesen als gar nicht.»

Selbstverständlich ließ ich den Thesaurus zurück, den ich wirklich für verderblich halte.

Abend war's im Park, und das undurchdringliche Dickicht aus Bäumen und Büschen schien in gruselige, nächtliche Schatten getaucht. Von dieser Landschaft ließ sich wahrlich sagen: ein veritabler Dschungel. Wir brachen sogleich auf, im Gänsemarsch die Stufen des Pavillons hinab und hinein in den Urwald. Die Bücher in meinen Armen wogen schwer und türmten sich kopfhoch. Ich war gezwungen, um sie herum zu blicken, damit ich den Rücken meines Vordermanns Bill sehen konnte. Vor Bill kämpften sich Abe und Jerry durch hohes Gestrüpp. Tom marschierte weit voraus an der Spitze, als Vorhut. Der Treuhänder und Liegenschaftsanwalt war sichtbar als roter Rucksackstoff, hörbar als gedämpftes, melodisches Bierdosenscheppern aus dem Ranzen und als leise Stimme, welche die Reihe entlangwehte und, von Mann zu Mann weitergegeben, Sicherheitsbefehle erteilte: «Hindernis», oder: «Vorsichtig über diese Felsbrocken», oder: «Die Maiglöckchen links umgehen, ja?» Zwischendurch verrutschten die kostbaren Bücher und schoben sich ineinander; ihre dunklen und hellen Rücken streiften mein Gesicht, ja schlugen mir hinein; flüchtige, trockene Küsschen auf die Nase. Und die Arme schmerzten mir von dem elenden Gewicht des Papiers. Ein paar Schritte voraus trampelte Bill durch dorniges Gerank, das hinter ihm zurückschnellte, um mir auf die Handrücken zu schlagen oder sie zu zerkratzen – eine schmerzhafte, punktuelle Auspeitschung. Da wir gerade bei den Märtyrern sind: Meine Züchtigung bestand aus hundert Schlägen mit Grünzeug über Handgelenke und Unterarme wegen Bergung von Literatur aus der Wildnis. Wie erregend, diese beschwerliche Strecke zu Heim und Herd. Wie ich mich, den ganzen langen Weg über, nach Merediths Berührung sehnte. Begierde kam auf, ein dumpfes elektrisches Summen mit Sitz im Unterbauch, und verhalf mir zu einer ansatzweisen Erektion. Oder vielleicht rührte diese auch nur daher, dass all die schweren Bücher dauernd gegen meine Lenden drückten und stießen. Das Erotische konfiguriert sich auf mannigfaltige Weise, und wer will die stimulierende und, wie ich wohl hinzufügen darf, absolut unverzichtbare Funktion der Berichts- und Erzählliteratur für die sexuelle Phantasie bestreiten? Im Geiste sah ich uns ausgestreckt beieinanderliegen, mein Fischweib und mich, wie wir offenen Mundes in lieblicher Harmonie auf einem Meer von Büchern fickten, einige von ihnen aufgeschlagen (ich würde mich selbst mit dem Rücken auf den Büchern anbieten, um Meredith vor den scharfen Kanten der Einbände zu schützen), die feuchten Seiten geöffnet an Textstellen mit lebendigen Beschreibungen orgiastischer Todesklagen der Verbrannten, Gepfählten, Ertränkten und Geschundenen. Ich konnte es nicht erwarten, nach Hause zu kommen und Meredith meine Wunden zu zeigen, damit sie sie zärtlich-behutsam mit Salben und Mullbinden versorgen konnte, während ich ihr die Ereignisse dieses heldenhaften Tages mit den Stadtvätern schilderte, ihr erzählte vom ‹Tag des vergossenen Blutes und der erduldeten Schmerzen›, vom ‹Tag der Rettung der Schulbücher›. Das brachte mich auf eine hübsche Idee für eine Parole im Bürgermeisterwahlkampf:

PETE ROBINSON BLUTET FÜR DIE ZUKUNFT IHRER KINDER.

Ich nahm mir vor, dieses Juwel von einem Slogan gleich aufzuschreiben, sobald ich nach Hause kam, damit ich ihn nicht vergaß, wenn meine Hände erst einmal verheilt waren und nicht mehr schmerzten.

Bedauerlicherweise mussten die Tröstungen häuslichen Lebens warten. Denn als Tom Thompson schließlich jubilierend ausrief: «Jungs, wir haben's geschafft, wir haben es geschafft, hier ist die Straße», da vernahm ich zugleich, hinter meinem Rücken, eine zweite Stimme, ein vertrautes, knabenhaftes Flüstern, das leise auf einer Brise daherkam, die salzige Meeresdüfte über das leidgeprüfte Land trug.

«Mr. Robinson.»

Es war in der Tat mein ehemaliger Schüler Ben Webster. Er streifte also noch immer hier draußen in der Finsternis umher. Ich drehte mich kurz in die Richtung, aus der die Stimme des Knaben gekommen war, aber der Jung-Guerilla war nirgendwo zu sehen. Dabei hatte er ganz nahe geklungen. Ben hatte es inzwischen in der Technik des Tarnens und Täuschens im Dschungel ganz klar zu einiger Geschicklichkeit gebracht. Welch rasche Auffassungsgabe. Ich war stolz auf ihn.

Ich flüsterte zu den Bäumen hin: «Ben, warte hier auf mich», drehte mich um, begab mich hinaus auf die Straße und zu unseren Autos und zu einer Runde herzlicher Lebewohls für Jerry, Abe, Tom und Bill. Abe bot erneut an, die Bücher zurück zur Bücherei zu karren, da er doch mit dem geräumigen Van da sei und so weiter. Er war recht starrsinnig, fing immer wieder an: «Und du willst bestimmt nicht, dass ich sie hinbringe? Ich bin doch mit dem Van da. Ich fahre sowieso in die Richtung. Überhaupt kein Problem für mich. Wirklich, gar kein Problem. Bestimmt nicht? Bestimmt nicht?» Schließlich schnauzte Jerry ihn an: «Abe, lass doch Pete die Scheißbücher nehmen.» Einen Augenblick lang war das Verhältnis zwischen den beiden Freunden merklich angespannt; es war die Miniaturausgabe einer Konfrontation zwischen Alpha- und Betarüden, wenn auch in diesem Fall ohne einen sofort identifizierbaren Betarüden. Zwar fungiert Jerry zumeist als Rudelführer, doch ist Abe von kräftigem Wuchs und vermag schon rein körperlich einzuschüchtern, was bei einem solchen Kräftemessen immer eine Rolle spielt. Während ich beobachtete, wie die beiden Männer einander über das Dach von Toms metallicfarbenem Mazda hinweg anfunkelten, kam mir der Gedanke, dass Abes Angebot, die Bücher zurückzubringen, und sein Insistieren in dieser Sache vielleicht eher zur Tarnung eines Besuchs, ja eines Stelldicheins dienen sollten, nämlich mit Jerrys Frau Rita, und dass Jerry die kaschierte Absicht seines Freundes irgendwie durchschaute oder unterstellte.

Bill trat zu dem Mazda hin und bändigte die Bestien, indem er sagte: «He, Jungs, los, kommt mit zum Sandpiper's», welches der Name eines Lokals mit *Happy-hour*-Ausschank in der South Main Street ist. Es war ziemlich klar, dass der Mann ein Alkoholproblem hatte. Keiner seiner Kumpel schien dies zur Kenntnis zu nehmen oder sich daran zu stören. Sie alle reagierten auf Bills Vorschlag zum Weitertrinken mit herzhaftem: «Yeah, yeah», «Die erste Runde geht auf mich», «Okay, auf geht's.» Höchstwahrscheinlich missverstanden Bills Freunde seinen massiven Konsum als Ausdruck launiger Stimmungen, als persönliche Note, waren der Meinung, er könne ihn steuern, und sahen nicht das Zwanghafte daran. Armer Bill. Und arme Barbara. Kein Wunder, dass sie immer so geschafft aussah. Ob sie selbst trank? Oder durchlitt sie nur die Verheerungen, die ein Säufer in einer Ehe anrichtet? «Geht schon mal voraus.»

Einer nach dem anderen bestiegen die Männer ihre Fahrzeuge, warfen die Motoren an und störten die Stille der hereinbrechenden Nacht. Ich sah ihnen nach, bis die dunkelroten Rücklichter in der schmalen Straße zur Main Street hinunter immer schwächer wurden. Schließlich waren die Autos ganz verschwunden. Die Stille kehrte zurück. Es war jene geisterhafte Abendstunde, wenn sich kein Lüftchen mehr rührt und die Vögel sich zur Ruhe begeben und die Zeit stillzustehen scheint. Ich warf die Bücher in den Toyota, wischte meine blutenden Hände an der Hose ab und ging gemächlich wieder in den Wald.

Gleich hinter der ersten Baumreihe begrüßte mich Ben. Es ist erstaunlich, wie sehr sich das Äußere eines Menschen innerhalb einer Woche verändern kann. Der frühere Einserschüler schien zwanzig Pfund abgenommen zu haben und um gute zwanzig Jahre gealtert zu sein. Sein knochiges, unsauberes Gesicht war das eines Herumtreibers, seine Augen die eines Flüchtigen. Kümmerlicher pubertärer Bartwuchs färbte die verbitterten Wangen schwarz; die zerrissene Kleidung erzählte von aufreibenden Verfolgungsjagden durch die verwilderten Grünanlagen des Parks. Ben trug seinen Pistolengurt weit unter der Taille auf die verwegene Art eines dieser schnell ziehenden Revolverhelden aus der Kinofrühvorstellung. Er roch streng.

«Hallo, Ben.»

«Mr. Robinson», nickte er, bedeutete mir mit seiner Kopfbewegung zugleich, mit ihm in den Dschungel zu gehen, eine taktvolle soldatische Anweisung, seiner Gespenstergestalt zu folgen, die von dannen schlich, die nun ohne weitere Verzögerung lautlos über den Waldboden glitt, der mit Flechten bedeckt war und mit abgestorbenen Ästen und undefinierbaren schwarzen Formen, die beim Darauftreten breiig schmatzten wie schlüpfrig-lebendige Objekte. Wir rückten vor ins finstere Herz des Freizeit- und Erholungsparks, umgingen die offenen Flächen, mieden die relativ gut begehbaren Pfade in den Kiefernbeständen und bahnten uns stattdessen einen Weg durch naturbelassene Abschnitte. Es war ein dorniges Vorwärtskommen. Einmal machte ich zu meiner Rechten die schemenhafte, unbeleuchtete Vorderfront des Bootshauses aus. Wir passierten es in sicherem Abstand. Ben zufolge wurde der Turtle Pond regelmäßig von Patrouillen der feindlichen Bensons in Glasfaser-Tretbooten des Bootsverleihs kontrolliert. Diese Mitteilung betrübte mich. Meredith und ich hatten viele vergnügliche Stunden damit verbracht, eines der rosaroten oder blauen oder grünen Tretboote gemächlich über die stillen Wasser des Teichs zu steuern. Manchmal, weit draußen in der Mitte des Teichs und außer Sichtweite sowohl des Sandstrands als auch der Bootsanlegestelle, stoppten wir und warfen Anker, und Meredith nahm dann das Oberteil ihres Badeanzugs ab, legte sich im Bug des Bootes auf den Rücken und sonnte ihre schönen Brüste. Ach, Liebste.

«Achtung, Mr. Robinson.»

Wir waren von Picknicktischen und hüfthohen gemauerten Grillplätzen umgeben.

Ben zog die Luft durch die Nase ein. «Hier wurde gegrillt.»

Ich roch nichts. Unter Führung des jungen Webster suchten wir wie die Aasgeier das Picknickgelände ab. Vom Grill schlichen wir zum Tisch und dann weiter zum nächsten

Grill. Und stießen schließlich, tief in einer der rußigen verlassenen Feuerstellen, auf Trümmer von glimmender Kohle, auf die verstreuten Überreste orange leuchtender Glut unter weißer Asche, von der eine schwache Rauchfahne aufstieg. Ben beugte sich über den Grill und schnupperte an den schwarz verkrusteten Gitterstäben des Eisenrostes, zupfte hier und da mit schmutzigen Fingern. Er fand ein paar essbare Brocken und steckte sie sich in den Mund.

«Hähnchen», sagte er und stöberte weiter.

Ich ruhte mich an einem der Tische aus. Diese Parkexpeditionen waren mehr als anstrengend. Zum Teil rührte dies von der natürlichen Anspannung als Folge eines Marsches durch vermintes Waldgebiet und ohne Kartenmaterial; nach meiner Meinung kann man die Auswirkung von dergleichen überhaupt nicht überschätzen, was den emotionalen Stress angeht. Und dann ist da noch die rein körperliche Erschöpfung, eine Begleiterscheinung des ständigen *vorsichtigen Gehens*, was in meinem Falle ein Beträchtliches an unfreiwilliger Anspannung der Wade beim Aufsetzen des Fußes bedeutete (eine Anspannung eigentlich der gesamten Fuß-, Bein-, Hüft-, Rücken-, Schulter-, Hals- und Kopfpartie, mit anderen Worten: vermutlich des ganzen Körpers, obwohl die Wadenmuskeln, und die Achillessehnen im Besonderen, die eigentlichen Brennpunkte dieser nach allen Seiten hin ausstrahlenden Krämpfe, Schmerzen und Zuckungen zu sein schienen) sowie auch ein Beträchtliches an übermäßigem Anheben des Fußes, was ganze Schiffsladungen an Kalorien verbrauchte in der ebenfalls unfreiwilligen Bemühung, eine risikolose Fortbewegung (von welcher Art und in welche Richtung auch immer) über die grauenerregende Oberfläche der mondbeschienenen Erde zu gewährleisten.

Ben leckte jetzt die Oberseite des Grills ab. Feuchte Geräusche und der auf- und abhüpfende Kopf des armen Burschen über dem kohlschwarzen Metall. Es kam mich hart an, dabei zuzusehen.

«Ben?»

«Ja?»

«Bist du okay?»

«Klar, bestens, super», sagte er während des Leckens. Ich interpretierte das als ziemlich eindeutige Entfremdungssymptome bei jemandem, der unterernährt und den Unbilden der Witterung ausgesetzt war. Offenbar litt Ben unter Wahnvorstellungen. Trotzdem, das musste ich ihm lassen, machte er das Beste daraus; er jammerte nicht, er war ein Überlebenskünstler. Er richtete sich auf und wischte sich den Mund mit dem fettigen Handrücken, brachte seine Kleidung in Ordnung und sagte: «Dort oben ist etwas, was ich Ihnen zeigen möchte, Mr. Robinson.»

«Dann geh voraus», sagte ich, obwohl es schon spät war und ich nur noch nach Hause wollte. Mir knurrte selbst der Magen. Die Abendessenszeit war längst vorbei. Ich wollte heim und mir von Meredith eine hübsche warme Mahlzeit machen lassen. Einen Teller Fischstäbchen vielleicht, von denen in der Tiefe der Gefriertruhe.

Anstatt zum Abendessen nach Hause zu gehen – was das einzig Vernünftige gewesen wäre, wo noch dazu in weniger als zwölf Stunden der Beginn des Schulunterrichts angesetzt war – und hatte ich auch nur *angefangen*, meine Stunden vorzubereiten? –, anstatt also nach Hause zu gehen, solange die Nacht noch jung war, folgte ich Ben und verließ mit ihm das nun menschenleere Picknickgelände, folgte ihm einen öden Abhang hinauf, der von einem gespenstischen Spielplatz voller zugewucherter und kaputter Klettergerüste, Ringe, Schaukeln und Rutschen gekrönt war; dann am Spielplatz vorbei und die andere Seite des Hügels hinab und den steinigen Pfad entlang, der zum Japanischen Garten führte, einst eine der erleseneren Sehenswürdigkeiten des Turtle Pond Park. Ja, der Japanische Garten war die eigentliche Attraktion. Mit seinen sandfarbenen Kieselsteinwegen, dem goldfischverseuchten Rinnsal von einem Bach, der träge zwischen sorgsam platzierten, halb verborgenen Sitzbereichen im Stil sogenannter abstrakter Plastiken dahinplätscherte, mit seinen exotischen, importierten Sträuchern, deren wächserne Blätter sich im Wind bewegten und die mit dem Duft ihrer winzigen pastellfarbenen Blüten die Luft parfümierten, bot der Japanische Garten eine ideale Kulisse für Freizeitmeditation oder für eine nachmittägliche Siesta in der Sonne. Und natürlich war er einstmals ein beliebter Treffpunkt für Liebespaare gewesen.

Ben drückte die rachitischen Bambustorflügel am Garteneingang auf. Er signalisierte mit der Hand höflich ein «Nach Ihnen!» und sagte: «Das ist die Stelle, wo mein Vater starb.»

Er ging in den Garten hinein. Der Kies knirschte unter seinen Schritten. Wenige Meter hinter dem Torbogen stand eine Bank, eine dieser stilvollen, schmalen Steinbänke, und neben der Bank ein Baum, offenbar die Zwergvariante eines Kirschbaums. Bei allen Bäumen in diesem Garten hatte man botanische Hinweisschilder in den Boden gesteckt, auf denen die allgemein gebräuchlichen und die wissenschaftlichen Namen der Pflanzen standen, die Herkunftsregionen, agronomischen Funktionen, medizinischen Anwendungsbereiche und so fort. Dieser hier trug kurze Äste mit zartem Blattgespinst. Ben stellte sich unter die Blätter. Er hatte sich von mir weggedreht. Im Wechselspiel von Schatten und Mondschein wirkte er gesprenkelt. Er flüsterte: «Es war Nacht. Es hatte zuvor geregnet. Dad lag auf dieser Bank. Seine Kleidung war nass. Ich sagte: ›Dad‹. Er gab keine Antwort.»

Er starrte auf die Bank hinab. Die Erinnerung kam ihm hoch, der Anblick des Leichnams seines Vaters. Auch ich betrachtete die leere Bank, ihre feinen grauen Konturen, diese anmutigen rautenförmigen Beine. Die Sitzfläche sah weich aus, wie ein Feldbett. Sie erweckte den Anschein eines bequemen Platzes zum Ausruhen. Auf ihrer polierten Oberfläche brach sich das silbrige Licht der Nacht. Die ganze Bank schien zu leuchten.

Bens Stimme versagte. «Dads Augen waren zu, aber er schlief nicht.»

Er schluchzte. Leises, gedämpftes Wimmern tief aus dem Innern. Ich sagte zu ihm: «Ist okay, Mann.» Nach und nach wurde sein Weinen lauter. Dann weinten wir beide, und die Welt jenseits der Parkgrenzen schien weit weg. Ich sagte: «Ben, es tut mir so leid.» Und begriff, während ich das sagte, dass ich mich in der Tat auf eine unbestimmte, schwer festzumachende Weise verantwortlich fühlte. Doch wofür? Für den Tod von Bens Vater? Das war grotesk. Oder doch nicht? Vielleicht hatte ich einen Fehler begangen, in der vorhergehenden Woche, vielleicht hatte ich einen Fehler begangen, indem ich Jim Kunkels Fuß begrub. Was konnte ein Fuß schon bewirken? Eine stärkere Medizin war nötig, um diesen besudelten Hain zu reinigen. Das Herz! Hätte ich doch bloß das Herz begraben.

«Es ist mein Fehler, Mr. Robinson. Ich habe Dad aus den Augen gelassen. Wir haben einander versprochen, dass einer auf den anderen aufpasst. Wir haben es versprochen. *Wir haben es versprochen.*» Er jammerte vor sich hin, ein bodenloses Jammern, wie man es selten vernimmt. Es war erregend, solche Töne mit anzuhören. Ich hob den Zipfel meines Hemdes und schnäuzte mich hinein, während Ben weinte. «Solange noch ein Benson am Leben ist, werde ich diesen Park nicht verlassen. So habe ich es meinem Dad geschworen.»

Er legte die Hand auf die Pistole. Seine Finger streichelten den Kolben der gehalfterten Waffe.

«Gewalt löst keine Probleme, Ben.»

«Reden Sie keinen Stuss, Mr. Robinson.»

Ich versuchte gar nicht erst zu argumentieren. Wie konnte ich auch? In meinem Unterricht über die mittelalterliche Inquisition hatte ich wieder und wieder darauf hingewiesen, dass wir alle, und zwar ausnahmslos und jeder Einzelne von uns, ein Vermächtnis von Blut und Leid geerbt hätten. Bens Entschlossenheit, die Mörder seines Vaters umzubringen, war nichts weniger als ein Beweis für dieses Erbe. Ben Webster war einst einer meiner Lieblingsschüler gewesen. Jetzt stand er vor mir, hager und auf sein Kampfgewicht reduziert.

«Ben, morgen früh soll der Unterricht in meiner Privatschule beginnen. Wie fändest du denn das, wenn du als Gastdozent einen Wahlkurs zum Thema ‹Überleben in der Wildnis› halten würdest?»

«Ich?»

«Denk darüber nach. Ich bin sicher, die Kids wären begeistert. Du könntest sogar eine Geländeübung hier im Park leiten, wenn du willst.»

Sein Schluchzen ließ nun nach, wurde allmählich leiser. Offenbar faszinierte ihn der Lehrauftrag. Ich sagte ihm, und meinte es auch wirklich so: «Ben, lass es dir von mir gesagt sein: Du wärst ein Naturtalent.»

Und dann, um ihn aufzuheitern, erzählte ich ihm: «Weißt du, Ben, in gewissen alten Kulturen glaubten die Menschen, die Seelen der Toten würden sich vom Körper lösen und dann einen Baum bewohnen. Der christliche Mythos der Auferstehung ist eine ausgeklügelte monotheistische Variante davon. Nimm nur mal diesen Kirschbaum hier neben der Bank. Manche würden meinen wollen – und wer sind wir, dass wir die Überzeugungen anderer in Zweifel ziehen, stimmt's? –, manche würden meinen wollen, dass eventuell, nur eventuell, dein Vater *in diesem Baum* steckt.»

«In dem Baum da?»

«Ja, in dem Baum.» Ich ging hin und legte meine Hand auf einen waagrecht abstehenden Zweig in Schulterhöhe. Ich tätschelte den Zweig und lächelte gutmütig: «Chuck, falls Sie da drinstecken: Ich will Ihnen nur sagen, dass schrecklich viele Leute schrecklich oft an Sie denken, besonders Ihr Sohn.»

Ben sah mich mit glasiger Miene an. Er sagte mir, er sei sich nicht sicher, was er von dem Ganzen halten solle, dass da sein Vater im Baum stecke; in seinen Ohren klinge das merkwürdig. Außerdem liege, erläuterte er, sein Vater ein gutes Stück weit entfernt von diesem Kirschbaum begraben. Ben deutete hin: «Dort drüben. Beim Bach.»

«Steht dort drüben ein Baum? Genau genommen muss es auch gar kein Baum sein. Dein Vater könnte in einem Strauch stecken oder in den Blumen, oder sogar in einem Grashalm. Oder wenn er in der Nähe des Baches ist, dann könnte er in einem dieser Goldfische sein.»

«Dort gibt's keine Goldfische mehr. Ich habe sie gegessen.»

«Dann wird er wohl in *dir* stecken, nicht wahr?»

Der Junge sah schwer betroffen drein. Ich machte einen Rückzieher und sagte: «He, hallo, war nur Spaß. Nimm das alles nicht so ernst. War doch nur so 'ne Idee. Und überhaupt wird's langsam spät, und ich habe noch einen langen Fußmarsch vor mir.»

«Mr. Robinson?»

«Was ist, Ben?»

«Glauben Sie an dieses Zeug von Bäumen und Blumen und Fischen und so?»

Gute Frage. Ich erklärte Ben, dass im vorliegenden Fall das, was ich glaubte, von zweitrangiger Bedeutung sei und höchstens als Ergänzung oder Kontrast zu seinen Überzeugungen diene, wie immer diese in Bezug auf ein ‹Leben nach dem Tode› aussehen mochten. Des Weiteren wies ich Ben darauf hin, dass nun mal, was immer seine persönlichen Auffassungen in dieser Sache seien, rund um den Erdball und durch die ganze Weltgeschichte hindurch viele Gesellschaften eingefriedete Gärten wie diesen, in dem wir gerade standen, als hochheilige und unverletzliche Stätten betrachtet hätten. «Dein Vater ist hier irgendwo, Ben. Darauf kannst du wetten.»

Damit verabschiedete ich mich. Auf halbem Weg den Hügel hinauf zum ehemaligen Spielplatz drehte ich mich um und blickte zurück. Der Mond stand hoch am Himmel. Ich konnte in seinem silbrigen Licht den ganzen Japanischen Garten überblicken: den Bach, die Gehwege, den dekorativen Tempel; und nicht weit weg vom Bambustor des Gartens, dicht neben der leuchtenden Bank, sah ich die Gestalt Bens, der den Kirschbaum umarmte und weinte. In jener Sekunde und an jener Stelle beschloss ich, alsbald wieder zurückzukehren und – als Symbol für das Lebensblut, welches von den Vätern an ihre Söhne weitergegeben wird – das in Gefrierpapier eingewickelte Herz des ehemaligen Bürgermeisters zu begraben. Allerdings nicht ohne es zuerst aufzutauen und es die Kinder im Unterricht herumreichen zu lassen. Jims lebenswichtige Organe gäben ein hervorragendes Anschauungsmaterial für einen wirklichkeitsnahen Unterricht ab. Die Genitalien vielleicht nicht. Die Genitalien würden im Gymnasialbereich bessere Dienste leisten. Doch Jims Leber, Lunge, Milz, Hand und die verschiedenen Innereien – die Sachen wären toll auf jeder Altersstufe. Ich steigerte mich dermaßen in die Planung der Unterrichtsstunden hinein, die ich um Jims Anatomie herum aufbauen konnte, dass ich die Gefahren eines Fußmarsches durch den Turtle Pond Park ganz vergaß. Ich war gelöst und glücklich, dachte aufgeregt an die Zukunft, konnte es kaum erwarten, heimzukommen und Meredith in allen Einzelheiten von meinem Zusammentreffen mit Ben zu erzählen und davon, wie es mir gelungen war, ihn ein wenig über seinen schmerzlichen Verlust hinwegzutrösten. Außerdem wollte ich ohne Verhütungsmittel mit ihr schlafen, denn die gemeinsame Zeit mit Ben hatte in meinem Innern die Vorstellung geweckt, wie großartig es wäre, einen eigenen Sohn zu haben, einen Sohn, der um meinetwillen töten und den ich Ben nennen würde. Und während ich am Bootshaus vorbei in den dichten Wald hineinstolperte, stellte ich mir all die Dinge vor, die wir zusammen tun würden, mein Sohn Ben und ich, die Ballspiele, die wir spielen, und die Fahrräder, mit denen wir fahren, und die Fische, die wir fangen würden. Diese Szenen eines Vater-Sohn-Tableaus fand ich wunderbar. Und zwar so wunderbar, dass es mir zusehends unvorstellbar erschien, Meredith könnte sich nicht uneingeschränkt empfänglich für die Idee eines Sohnes zeigen. Ganz bestimmt würde sie meinen Wunsch nach Sex ohne Verhütungsmittel teilen, wo auch immer wir uns in dem betreffenden Augenblick befinden mochten: auf dem Küchenboden oder auf einem Tisch, oder auf der Arbeitsplatte beim Spülbecken, oder auf der ausziehbaren Liegecouch im Wohnzimmer; oder wie wär's denn hinterm Haus im nassen, sandigen Dreck neben der Grube? Oder ganz normal im Bett, unter weichen Baumwolllaken, schön gemütlich, damit das mit der Empfängnis gleich richtig klappte.

Der Waldboden war dunkel. Nur spärlich drang Mondschein durch das Gewirr des Laubdachs über meinem Kopf. Allgegenwärtige Kriech- und Kletterpflanzen auf der Erde, vor denen es kein Entrinnen gab, machten das Vorwärtskommen zu einem richtigen Hindernislauf. Merediths Bild in meinem Innern war mein Leuchtturm. Unentwegt stellte ich mir vor, wie süß sie sein würde, als Schwangere. Es war stimulierend, ja sexy auf eine elementare und machtvoll drängende Weise, wie ein Büffel mit einem Ständer durch die Dornen zu brechen, sich den Weg zu ihr zu bahnen. Bis ich beim Wagen anlangte, war ich ziemlich lädiert, fühlte mich aber gut dabei. Jede Schramme, jede Beule, jede blutende Wunde war ein Ehrenzeichen, das von Leiden und Leidenschaft und der unzähmbaren Glut fruchtbringender Liebe kündete.

Ich sprang in den Toyota. Die Straßen waren leer. Ich pilotierte auf die coole Art, schaltete herunter, bevor ich die Neunzig-Grad-Kurven anpeilte, dann über alle vier Räder und mit sattem Aufheulen des Motors bei hoher Drehzahl im unteren Gang auf die Gegenfahrbahn driftete; danach gefühlvolles Aus- und Wiedereinkuppeln mit anschließendem Beschleunigen in die Gerade, unter schwungvoller Ausnutzung der ganzen Breite der Straße und weiter mit hoher Geschwindigkeit. In der Regel bin ich keiner, der sich einer rücksichtslosen Fahrweise befleißigt, der die Geschwindigkeit um der Geschwindigkeit willen liebt. Andererseits ist es eine feine Sache, hin und wieder alle weltlichen Ängste fahrenzulassen und das Gaspedal bis zum Anschlag durchzudrücken. Heute Nacht zeigte der Toyota eine bewundernswerte Leistung für einen Wagen der mittleren Preisklasse. Auf der Main Street erhaschte ich einen Blick auf das Hinweisschild

GROSSER WOCHENEND-RÄUMUNGSVERKAUF!
JEDER HERRENARTIKEL ZUM HALBEN PREIS!
ALLES MUSS RAUS!

im Schaufenster von Dick Mortons Bekleidungsgeschäft, dasselbe Schild, das ich an diesem Tag schon einmal gesehen hatte, auf dem Weg zum Park, und ich erinnerte mich an mein Vorhaben, eine neue Fliege für den Schulbeginn mitzunehmen. Jetzt war es leider zu spät dafür. Das Geschäft war längst geschlossen. Für einen kurzen Augenblick hatte ich, während ich mit beinahe hundertdreißig Kilometern in der Stunde dahinbrauste, die amüsante Vision, dass ich auf die Bremse trat, den Wagen schleudernd und quietschend zum Stehen brachte, vom Fahrersitz sprang, den *Märtyrer-Spiegel* durch die Tafelglasfront von Mortons Geschäft schmiss, geduckt einstieg und eine Fliege als Beute plünderte, nur eine Fliege, nichts sonst, mit dezentem türkischem Muster oder mit klassischen Zweitonstreifen, oder besser noch eine freche, hochmodische, seidene, irgendetwas Geschmackvolles, aber mit Flair, das zu meiner Stimmung passte. Es wäre mir völlig egal, ob ich mich an einer Fensterglasscherbe schnitt. Na und? Eben noch ein Schnitt.

Daheim brannten sämtliche Lichter. Ich rollte in die Einfahrt und zog die Handbremse an. Auf dem Lenkrad war Blut, und auch der Schaltknüppel war blutverschmiert. Warme Tropfen rannen mir den Hals hinab. Ein gutes Gefühl. Ich klaubte die Bücher zusammen, ging ums Haus herum und die Holzbohlenstufen zur Küchentür hinauf.

Aus dem Innern des Hauses konnte ich das dumpfe und rhythmische Dröhnen von Trommeln hören.

«Meredith, ich bin's, ich bin wieder da», rief ich, stieß mit dem Fuß die Tür auf und marschierte hinein. Die Trommelkassette wummerte so laut, dass die Nachbarn es hören konnten. Das Letzte, was wir brauchen konnten, war ein Streit mit den Kinseys oder den McElroys wegen Lärmbelästigung. Solche Auseinandersetzungen führen unweigerlich zu Verstimmungen.

Allerdings nicht zu einer solchen Verstimmung, muss ich leider sagen, wie sie der Anblick von Meredith bei mir erzeugte, die auf dem Rücken auf dem plüschigen blauen Teppich des Wohnzimmers lag und alle viere von sich streckte, das Nachthemd hochgerutscht und um die Taille gewurstelt, und die mit Armen und Beinen um sich schlug und trat, klatschnass vor Schweiß, der bernsteinfarben im Schein der Niedrigwattlampe des Wohnzimmers glänzte.

«He, Meredith.»

Sie warf sich von einer Seite auf die andere. Ihre Haare waren ein wildes Durcheinander. Fischgräten und Muschelschalen lagen haufenweise auf dem Couchtisch; außerdem war der Boden mit Muscheln übersät. Alles war voller Muschelschalen. Der Vorleger hatte eine Umgestaltung erfahren – hin zu einer Meeresbodenlandschaft im Kleinformat, mit einem Wust von Kaurischnecken und Austern und Herz- und Jakobsmuscheln, die innen feuchtrosa schimmerten; und zebragestreiften Meerturbanen, stachelrandig und nicht größer als Mantelknöpfe; und Kreiselschnecken, die wie dieses schillernde Kinderspielzeug aussahen und deren nautilusförmige Gehäuse mit knallbunten Flecken, Punkten und Klecksen protzten.

Meredith öffnete den Mund. Ihre Zunge stand heraus. Es war nicht sexy, es war grotesk, und der Anblick erschütterte mich. Ich schaffte Platz, legte die Bücher auf dem Couchtisch ab, kniete neben ihr nieder und sagte: «Schatz?»

Sie zitterte, und ihr Gesicht war weiß. Ich wiegte ihren Kopf in meinem Schoß. Unter dem lavendelfarbenen Nachthemd hoben und senkten sich ihre Brüste beim Atmen. Ihr Kopf war schwer. Dünne Strähnen schwarzen Haares klebten an der Stirn. Ich wischte ihr die Haare aus dem Gesicht. Und ich bemühte mich, sie nicht mit Blut zu beschmieren, mit dem Blut meiner Hände, aber ihre Wange kriegte doch ein bisschen davon ab. Ich feuchtete meinen Hemdzipfel mit Spucke an und wischte es weg. Hier im heimeligen Licht des Wohnzimmers konnte ich das ganze Ausmaß der Kratz- und Schürfverletzungen an meinen Armen studieren. Sie sahen aus, meine Arme, als hätten sich toll gewordene Katzenjungen an ihnen ausgetobt.

Meredith hustete, aber es war eher ein Blubbern. Sie wedelte mit den Händen, und ihr Körper bebte. Ihre Augen gingen auf, zu, auf. Mit sanfter Stimme fragte sie von weit her:

«Wer ist da?»

«Ich bin's. Pete.»

«Pete?»

«Dein Mann.»

«Mann?»

Was sollte man zu so etwas noch sagen? Ich streichelte Merediths Kopf und massierte ihr die Haut an den Schläfen. Die Arme meines Schätzchens beschrieben zuerst einen Aufwärts-, dann einen Abwärtsbogen, durchpaddelten hündisch und mit geöffneten Händen die Luft in fließenden Schwüngen, tanzten im Rhythmus der Trommeln und ihres eigenen, verlangsamten Pulses. Sie streckte die Beine, führte ein paar Grätschstöße aus, wand sich ein wenig und seufzte verführerisch: «Komm doch rein, das Wasser ist super.»

Machte sie sich lustig? Was dachte sie sich eigentlich? Hatte sie schon vergessen, was beim letzten Mal geschah, als ich ‹reinkam›? Wollte sie, dass ich starb?

Meredith war, so wurde mir in diesem Moment klar, während ich zusah, wie sie sich auf dem Teppich drehte und wälzte – sie war, genau genommen, kein Mensch.

Wie um es zu bestätigen, setzte sie eines ihrer Fischgesichter auf. Die wären ja niedlich, wenn sie nicht so schauderhafte Begleiterscheinungen mit sich brächten. Sie spitzte die Lippen, zog die Nase kraus, schnellte unmerklich den Kopf vor und zurück. Was trieb sie da? Fraß sie? Sie schien so weit fort zu sein. Ihre Hand liebkoste meinen Hals; träges Fingerkraulen, ein leichtes Schnippen mit dem Fingernagel – es war angenehm und traurig zugleich. Ich legte ihre Hand in die meine, führte sie tastend hinauf über mein unrasiertes, schmutziges Gesicht. Ich küsste ihre Handfläche, öffnete dann meinen Mund, schob einen Finger hinein (den mittleren, den längsten) und sog ihn ein bis zum Knöchel. «Oh, Meredith», stöhnte ich – eigentlich war es mehr ein Gurgeln; Merediths Finger reichte ziemlich weit in meinen Schlund hinunter, gelangte beinahe bis zur Brechreizschwelle; ich spürte, wie der Nagel hinten in der Kehle anstieß und kitzelte und mir das Wasser in die Augen trieb – «oh, Mewedif, weifu nich, daf ich dich liefe?»

Aber sie war zu tief abgetaucht, um mich zu vernehmen; sie war außer Hörweite, schwamm fort, nach irgendwohin.

«Komm zurück», wollte ich ihr zurufen.

Nach einer Weile lief das Trommelband aus. Das dumpfe Schlagen wurde schwächer und hörte ganz auf, und das Kassettendeck schaltete sich ab. Im Raum wurde es still bis auf die nächtlichen Geräusche von draußen: ein schreiender Seevogel in der Ferne; der böige Wind, der einen Ast in unregelmäßigen Abständen an der rückwärtigen Hausmauer entlangschabte; und im Innern das leise vibrierende Rattern des Kühlaggregats, das in der Küche vor sich hin zitterte; und die Geräusche unserer Atemzüge, die von meiner Frau und mir. Bei Meredith war es das tiefe, unbeschwerte Ausatmen einer friedlichen Schläferin. Wenn ich meinen Atem ausströmen ließ, dann rasselte und keuchte es, leicht verschleimt. Vielleicht hatte ich mir ein Virus eingefangen. Was für ein verkorkster Start in das neue Schuljahr. Dabei ist es so wichtig, dass man in den ersten Tagen, wenn man seine Schüler kennenlernt und ihnen Gelegenheit gibt, ihren Lehrer kennenzulernen, körperlich und geistig in Topform ist. Kinder haben für gewöhnlich ein fein ausgeprägtes Gespür für jeden Anflug von Schwäche oder Orientierungslosigkeit bei einer Autoritätsperson, und die nutzen sie aus und machen einen dann fertig. Ich will nicht gerade als jemand dastehen, der auf eiserne Disziplin pocht, aber die Erfahrung hat mich gelehrt, dass ein Klima von Zucht und Ordnung, wenn es vom ersten Tag an erzeugt wird, das ganze Jahr hindurch anhält, wohingegen Laxheit, Nachgiebigkeit, alle stillschweigend geweckten Erwartungen auf nicht praktizierbare ‹Freiheiten› im Unterricht – dass dergleichen oft nur brachial wieder rückgängig gemacht werden und, sofern man es nicht in den Griff bekommt, zum Chaos führen kann. Aus diesem Grund pflege ich in die Rolle des ‹gestrengen Lehrmeisters› zu schlüpfen und die Jung-Anarchos darüber aufzuklären, dass sie ihre Lieblingsspielzeuge wegzuräumen haben, dieselben, die sie für den ersten Schultag mitbringen, und dass sie ‹Spielstunden› zunächst einmal vergessen können; danach kriegen sie eine Reihe anspruchsvoller Textaufgaben zum Leseverständnis, die sie in Stillarbeit zu bearbeiten haben, gefolgt von einem Multiplechoice-Stegreiftest über irgendein ausgefallenes Sachgebiet in Geschichte und schließlich, als Krönung des Ganzen, mehrstündige Hausaufgaben, die unnachsichtig benotet werden.

Meredith machte die Augen auf. Sie streckte sich und gähnte. Ihr brauner Körper duftete ozeanisch. Ich wollte sie ficken. Ich wollte jetzt gleich unser Baby machen. Würde es je dazu kommen?

Wir drängten uns aneinander wie zwei Kinder, die die Nacht bei Freunden verbringen durften, das ganze Haus für sich hatten, deshalb lange aufbleiben, sich ganz spät noch die alten Horrorfilme der *Creature Feature*-Show im Fernsehen anschauen konnten und ein wenig unbequem auf Kissen mit zu fester Füllung ruhten, die sie sich vom Sofa geholt und als Matratzen über den Teppich verteilt hatten. Meredith schob ihre verstreute Muschelkollektion weg und drehte sich auf die Seite. Sie blickte mich direkt an, ja, warf mir einen *Blick* zu, als wartete sie darauf, dass ich ihr mein ganzes Leben erklärte. Doch war es meine Frau, die anfing zu erklären: «Alle sind sie drunten am Riff, Pete. Alle unsere Freunde. Jerry und Rita und Abe und Bill und Barbara und Tom und alle. Und, he – weißt du was? Das mit Abe und Rita stimmt. Die lieben sich. Sie sind nämlich beide Lamantinen, und Jerry ist ein Thunfisch.»

«Ein Thunfisch?»

«Ja. Ist das zu glauben? Und rate mal, was Bill ist.»

«Ich weiß nicht.»

«Rate.»

«Im Ernst, ich weiß es nicht.»

«*Rate*, Pete.»

«Ehm – eine Muschel.»

«Richtig!» Sie hob eine neben ihr auf dem Boden liegende Muschelschale auf, gestikulierte damit und sagte: «Bill ist eine zweischalige. Das weiß er natürlich nicht. Er ist zu sehr mit Trinken beschäftigt, um Einblick in sein wahres Wesen zu haben. Aber ich habe ihn am Riff gesehen, in einer von diesen da, im Sand eingegraben.»

«Wer hätte das gedacht», sagte ich. Dann erkundigte ich mich kühl, ob denn jedermann in der Stadt irgendeine Art von Meerestier sei oder ob es nicht doch, eventuell, auch Wiederkäuer gebe, Grasfresser oder meinetwegen irgendeine lokale Spezies von wirbeligen Landsäugetieren. Meredith sagte mir, dass ihres Wissens so ziemlich alle, mit denen wir gesellschaftlich verkehrten – dies waren ihre Worte: «so ziemlich alle, mit denen wir gesellschaftlich verkehren» –, Bewohner des Kontinentalschelfs seien, dass ich mir deshalb aber keine Sorgen zu machen brauchte, weil ganz bestimmt *irgendwelche* von meiner Art *irgendwo* umherzögen.

Wie beunruhigend. Ich nehme nicht für mich in Anspruch,

viel über die Abschlachtung der Great-Plains-Büffel zu wissen; die Epoche gehört nicht zu meinem Studiengebiet. Dennoch blieb mir nichts anderes übrig, als darüber nachzudenken, damit mich nicht die pure Verzweiflung lähmte. Was konnte ich schon sagen? Was konnte ich tun? Es war mitten in der Nacht, und ich fühlte mich allein. Ich sagte zu meiner Frau: «Morgen ist Schule, Schatz. Warum gehst du nicht nach oben und legst dich ins Bett. Ich muss nur noch ein paar allerletzte Kleinigkeiten im Haus organisieren», erhob mich selbst vom Boden und machte mich matt auf einen Rundgang durchs Erdgeschoss, schloss die Türen ab und löschte die Lichter, drückte den Hauptschalter der Stereoanlage aus, kontrollierte gewohnheitsmäßig, ob die Brenner am Gasherd auch wirklich zugedreht waren. Der ausgestopfte Bison, Eigentum der Abteilung ‹Kinderbücher› der Leihbücherei, lag noch immer auf seinem braunen Fellrücken in der Küchenecke, hinter einem Stuhl, wohin ich ihn in der Vorwoche geworfen hatte. Ich trank einen Schluck Leitungswasser und stieg hinab ins Souterrain, um zu überprüfen, ob sich der Keller als Gemeinschaftsraum der Privatschule eignete. Jawohl, das war genau der richtige Ort. Mit seinen von Neonröhren beleuchteten fensterlosen Wänden, der niedrigen, rissigen Decke, dem nackten Betonboden und den darin eingelassenen, korrodierten eisernen Gullyrosten ging von ihm eine gewisse Anstaltsatmosphäre aus, anders als vom Rest des Hauses, der in Aufmachung und Ausstrahlung auf eine konzentrationshemmende Art familiär wirkte und voller zerbrechlicher Gegenstände war. Sitzgelegenheiten aufgestellt, ein schwarzes Brett hingehängt, und schon glich der Keller spielend einem Klassenzimmer, wie es in zig richtigen Schulen zu finden war. Zwar roch es überall muffig und modrig, und offenbar war eine hübsche Anzahl von Spinnen zwischen den Wasserrohren, die unter der Küche und dem Bad im Erdgeschoss durchführten, heimisch geworden, doch handelte es sich dabei um geringfügige Mängel. Der Schimmelgeruch würde schon bald von den milchigen Ausdünstungen kleiner Kinder überlagert werden. Die Spinnen konnten den Gegenstand eines Naturkunde-Projekts abgeben. Ich merkte mir diesbezüglich vor: ‹Spinnweben, vergleichen und Unterschiede herausarbeiten›, bevor ich mich wieder nach oben schleppte, leise von einem Zimmer ins andere tappte und Mobiliar aus allen möglichen Ecken des Hauses auswählte, das dem Keller eine freundliche, einladende Note verleihen sollte. Aus dem Wohnzimmer stibitzte ich Naturzeitschriften, die Keramikschale mit den getrockneten Rosenblüten, mehrere lustig bestickte Wurfkissen (für eine ungezwungene ‹Schlummerecke› unterhalb der isolierten schwarzen Rohre, die wie geschwollene, gewundene Arterien oben aus dem antiquierten Heizkessel quollen), einen Stuhl mit gerader Lehne und – nicht zu vergessen – jene aus dem Park geretteten Bücher. Vielleicht konnten wir – Meredith von der Religion, ich von der Geschichte her und mit dem *Märtyrer-Spiegel* als Textgrundlage – im Team ein Seminar über ‹Peinigung und Opferung› abhalten. («Dieser Kurs befasst sich mit der Frage, inwiefern Leiden und Dulden, historisch betrachtet, der Herausbildung eines ‹individuellen› Bewusstseins und eines autonomen Ichs Vorschub geleistet haben, vom heiligen Augustinus bis in die Neuzeit.») Ich warf auch ein paar ‹Freizeitlektüren› von mir dazu, Fotobildbände über fremde Länder, berühmte Häuser und preisgekrönte Gärten. Einen Kleiderständer fand ich im Flur. An einer Wand hing ein Satz kitschiger Aquarelle von Booten; ich hängte die Bilder im Niedergang zum Keller auf. Ein hübscher Badvorleger ließ den blanken Boden weniger kalt erscheinen. Lampen machten die unsauberen weißen Wände wärmer. Als Sitzbänke ordnete ich reihenweise hintereinander große Staukisten und zerknautschte Überseekoffer mit zerfressenen Lederbeschlägen und gehämmerten Messingverschlüssen an, die phantastische Tierklauen darstellen sollten. Einer der Koffer war besonders schwer, weil er eine Sammlung von zerfetzten, vergilbten Schuldokumenten aus vergangenen Zeiten enthielt: Unterrichtskonzepte, Schülerarbeiten, die zu brillant waren, um weggeworfen zu werden, Lehrerbeurteilungen zum Jahresschluss. Es war unmöglich, der Versuchung eines kurzen Blickes darauf zu widerstehen. Eine Beurteilung begann so: «Obwohl Mr. Robinson fraglos einer unserer charismatischsten und engagiertesten Lehrer ist und obwohl die Schüler augenscheinlich von Mr. Robinsons Begeisterung für den Lehrstoff positiv beeinflusst werden, wäre es wünschenswert, wenn Mr. Robinson seinen Lehrvortrag künftig weniger ekstatisch zu gestalten wüsste.» Die nächste proklamierte: «Mr. Robinsons unkonventionelle Ideen zur Geschichtswissenschaft und zur Herausbildung sozialer Systeme liefern faszinierende Denkanstöße. Allerdings stellt sich der Ausschuss die Frage, ob ein Anschauungsunterricht zum Thema ‹Verhöhr-*(sic!)*techniken des Mittelalters› die geeignete geistige Kost für Drittklässler darstellt.» Bla, bla, bla. Welch eine Erleichterung, behördliche Einmischungen jetzt ein für alle Mal vergessen zu können. War dies nicht die ganze Idee hinter der Privatschule? Nämlich Freiheit? Die Freiheit, die Hand nach den Herzen und Köpfen der kommenden neuen Generation ausstrecken zu dürfen – und nirgendwo ein Bürokrat, der einem Steine in den Weg legte. Mit einem so heftigen Knall, dass sich Staubwolken durch die düstere Kellerluft wälzten, donnerte ich den Deckel auf den großen Koffer mit den Schulakten, drehte ihn hochkant und ließ ihn genau in der Mitte vor den Sitzen auf den Boden krachen; und schon hatten wir ein wunderbares Lehrerpult. Jede Schule braucht ihr Maskottchen. Ich barg den ausgestopften Bison vom Küchenfußboden und wies ihm den Ehrenplatz zu, genau in der Mitte des Ganzen, auf dem rostigen Abflussgitter, das wie eine Notausstiegsluke in das gegossene Betonfundament des Hauses eingelassen war. Auf meinem Rückweg nach oben hielt ich einen Moment lang inne. Das Maßstab-1:32-Kerker-Modell ruhte auf seinem Arbeitstisch. Es hatte sich in den vergangenen Wochen eine weiße Staubpatina zugelegt. Ich nahm ein Blatt Sandpapier zur Hand und einen Balsaklotz, der grob wie ein aus einem ‹Baumstock› gesägter Enthauptungsrichtblock zugeschnitzt war. Die Kerkerwände schrien nach Verbesserungen in den Details: Risse mussten hineingeschnitten werden; die Spinnweben in meinem eigenen Keller suggerierten Möglichkeiten für ebensolche aus Gummilösung, die über das maßstabgetreu verkleinerte Strohlager des Gefängnisses zu drapieren wären, für welches ich dasjenige aus dem *Märtyrer-Spiegel* als Vorlage nehmen wollte, das in dem Kupferstich mit ‹Georg Wanger im Kerker› zu sehen war. Blieb noch die Frage nach der narrativen Aussage des Modells. Diese Reptilien zum Beispiel. Das Schnitzen einer Schlange, wie sie zischt, sich windet und darauf lauert, zuzustoßen und einen Abtrünnigen zu morden, schien mir denn doch jenseits meiner Fähigkeiten als kunsthandwerklicher Amateur zu liegen. Frösche waren machbar. Aber Frösche sahen nicht besonders bedrohlich aus. Wie wär's mit einem Alligator? Die Verankerung eines ungeläufigen Signifikanten (subtropische Weichpanzerechse) in eine traditionelle Umgebung (muffige europäische Kerkerzelle) könnte dazu dienen, die Szene neu zu kontextualisieren, damit genretypische Assoziationen des mittelalterlichen Gefängnisbildes aufzubrechen, Erwartungshaltungen des Betrachters zu konterkarieren und eine neue, aufwühlende Verlies-Realität des ‹Hier-und-jetzt› zu kreieren. Ja. Ich stieg die Treppe vollends hinauf, durchquerte die stille, zugige Küche, blieb kurz für einen weiteren Schluck Leitungswasser stehen, ging dann zum Hintereingang hinaus, um den Hof auf seine Eignung als Spielplatz hin zu inspizieren. Die Finsternis der Nacht war gewichen, und die Meeresluft fühlte sich feucht und warm an. Die ersten Sonnenstrahlen des jungen Morgens tauchten hohe Palmen und die Dächer der Nachbarhäuser in ein aschfahles Licht. Merediths Speerspitzen warfen Schatten in die Tiefe der Grube. Es war jene schweißtreibende Zeit des Morgens, wenn die ersten Singvögel mit ihrem Gezwitscher anfangen. Ich litt unter einem schlimmen Anfall von haariger Mundtrockenheit und unter jenen ekelhaften Hinter-den-Augen-Kopfschmerzen. Und die Kratzer an meinem Körper hatten auf diese pochende Art zu schmerzen begonnen, mit der sich Infektionen ankündigen. Binnen kurzem würden leicht erregbare Kinder in gepanzerten Kombis, von aufreizenden Müttern chauffiert, hier eintreffen. Im Moment aber lud die Kühle des sandigen, feuchten Hinterhofrasens zum Hinlegen ein. Ich löste den Hosengürtel, zerrte die Socken von den Füßen, legte mich auf den Rücken, schloss die Augen und begann eine kreative Visualisierungs-Entspannungsübung, indem ich tief atmete und mir vorstellte, wie ich wild und frei die westlichen Great Plains durchstreifte. Hohe Präriegräser bogen sich im Wind und unter den stampfenden Hufen einer riesigen, schnaubenden Herde. Meiner Herde! Langsam zogen wir unseres Weges über das offene Land. Es war ein heiterer neuer Tag. Die Sonne war eine silberne Oblate. Von unseren Dunghaufen stieg Dampf auf. Zeckenfressende Vögel kamen angeflogen und hockten sich auf unser verfilztes Rückenfell. Hier hatte alles seinen eigenen, satten Geruch. Klee, Minze, frisches wildes Gras. Am Himmel ließen sich Falken von den Aufwinden in die Lüfte tragen, die aus den warmen Tälern emporstiegen, in denen unsere Scharen weideten: eine majestätische, Gras kauende Nation.

Ich neigte meinen krausen Kopf der Erde zu, weidete mich an ihrem saftigen Grün und nahm mir ein großes, köstliches Maulvoll von ihrer wunderbaren, grasigen Kost.

Als Nächstes weiß ich nur, dass ich von kleinen Schuhen in die Rippen getreten wurde. Eine Kinderstimme sagte: «Okay, Mister, nun mal ganz locker und langsam.»

«Halte ihn in Schach. Sobald er Mätzchen macht, verpasst du ihm einen in den Fuß», sagte die Stimme eines zweiten Kindes.

Ein Paar sommersprossiger Knaben stand über mir. Die Jungen schienen etwa zehn Jahre alt zu sein. Sie waren in jeder Hinsicht identisch. Beide waren sie mit anscheinend handelsüblichen Langbogen bewaffnet, auf deren gespannte Sehnen sie rasiermesserscharfe Jagdpfeile aufgelegt hatten. Es waren die Harris-Zwillinge, Matt und Larry, mit ihrer Bogenschützenausrüstung.

Im behutsamsten Ton, dessen ich fähig war, sprach ich sie an. «Ganz locker, Jungs.»

Die Sonne schwamm hoch am Himmel. Der Unterricht hätte sicher längst beginnen sollen. Ich war ganz verdreckt, und meine Kleider wiesen üble Grasflecken auf. Ich sagte zu den Jungen: «Legt eure Waffen nieder. Ich bin euer Lehrer.»

«Wenn Sie unser Lehrer sind, warum liegen Sie dann hier draußen und fressen Gras?», fragte der erste Junge.

«Tu ich ja gar nicht.»

«Haben Sie aber getan. Wie ein Tier. Wir haben Sie beobachtet», sagte der Bruder gehässig.

Ich erklärte ihnen: «Wenn ihr erst einmal in meinem Alter seid und Angst vor dem Tod bekommt, dann werdet ihr diese Dinge verstehen. Habt ihr daran gedacht, eure Lunchpakete mitzubringen?»

«Die hat unsere Mom», riefen sie einstimmig. Mit ihren Pfeilen und Bogen wiesen sie mich an, vom Boden aufzustehen. «Legen Sie beide Hände auf den Kopf und gehen Sie zum Haus», kommandierte der eine.

Glaubten die etwa, das Ganze wäre ein Spiel? Sobald der Unterrichtsbetrieb der Privatschule erst einmal angelaufen war, würde ich ihnen gehörig den Kopf waschen, von wegen das Leben unschuldiger Menschen gefährden!

Andererseits musste man ihnen auch Anerkennung zollen – und ihren Eltern. Carl und Deborah Harris hatten offensichtlich bei der Ausbildung ihrer Söhne im Wach- und Postendienst fabelhafte Arbeit geleistet. Diese Knaben waren aufgeweckt, misstrauisch, hatten die Situation im Griff, gingen kein Risiko ein. Sogar jetzt, als wir vom Hinterhof ums Haus herum und durch das hohe Gebüsch aus blühenden Jasminsträuchern gingen, das den Weg zur Veranda säumte, hielten sie einen Sicherheitsabstand hinter mir ein. Einer von ihnen rief nach vorn: «He, Mom.»

Deborah Harris stand auf der Veranda. Ihre Hände, auch nicht mehr die jüngsten, umklammerten die oben erwähnten Lunchpakete. Im Gras und an den Stufen zur Veranda saßen noch weitere Mütter und ihre aufgeregten, herausgeputzten Kinder in Klatsch- und Tratschgrüppchen beieinander, als wären sie hier bei einem Fest der Pfarrgemeinde. Ich erkannte mehrere Kinder aus der Vorlesestunde in der Bücherei wieder. Da war Steven Moody, der sensible Junge, mit seiner überängstlichen Mutter Sheila. Und da war dieser David, der seinen rothaarigen kleinen Bruder Tim festhielt. Das so bedrückt dreinschauende Mädchen, das immer aussah, als finge es gleich an zu weinen (Wie hieß es doch gleich wieder? Jane?), hockte mit angezogenen Knien auf der alleruntersten Verandastufe. Sie zeichnete gerade etwas mit einem Stecken in die Erde, was nach Fischen aussah.

Insgesamt waren es zehn Kinder. Genug für den Anfang. Die Zukunft winkte. Die Kinder hielten Pausenbrote und Spielzeugtiere fest, Puppen und Plastikrevolver.

In der Mitte des Grundstücks, bei einem Büschel violetter Wildblumen, stand der kleine süße Fratz mit dem Kastanienhaar, das aufreizende Kind mit den zweifarbigen Halbschuhen, die mit den freundlich lächelnden Schnauzergesichtern geschmückt waren.

«Hallo, Sarah», rief ich ihr zu.

«Da ist das Monster!», kreischte Sarah. Ihre Mutter packte sie bei der Hand und riss Sarah heftig aus dem Weg. Hinter meinem Rücken erschallte die soldatische, wenn auch in der Tonlage etwas höhere Stimme eines der Harris-Zwillinge, die mir befahl: «Stehen bleiben. Lassen Sie die Hände auf dem Kopf. Sagen Sie meiner Mutter, wer Sie sind.»

Ich spürte das Kitzeln von Pfeilspitzen in der Nierengegend. Was für eine Situation. Da stand ich nun, dornenzerkratzt, ungewaschen und unrasiert, mit blutverschmierten Kleidern und die Haut ‹naturbraun› von einer Schmutzschicht, die Fingernägel schwarz vor Dreck und die Haare kerzengerade vom Kopf abstehend, wie sie dies jeden Morgen tun, jenen knorpeligen, zackig aufragenden dorsalen Platten gleich, welche die Rücken gewisser Dinosaurier geziert haben sollen.

«Hallo, Deborah. Ich bin's, Pete.»

«O mein Gott.»

Glücklicherweise meldete sich Sarahs Mutter, Mrs. Miller, die bei der Vorlesestunde am Samstagvormittag in der Bücherei dabei gewesen war, als ich das ruinierte *Ägyptische Totenbuch* zurückgebracht hatte, zu Wort, wenn auch leicht sarkastisch: «Wieder bei der Rasenpflege, Mr. Robinson, nehme ich an?»

«Ganz recht. Der Sportplatz muss fertiggestellt werden. Viel Arbeit. Wenig Zeit.»

«Das kann man wohl sagen», meinte Deborah Harris und beruhigte sich ein wenig. Allerdings nur ein wenig. Dann wollte sie wissen: «Welches sportliche Programm schwebt Ihnen denn vor, Mr. Robinson?»

Bevor ich mir eine Antwort zurechtlegen konnte, stieß mir einer ihrer Söhne hart einen Pfeil in den Rücken. «Wir haben gesehen, wie er Gras gefressen hat.»

«He, he, Kinder», sagte ich.

Gottlob gehörte Deborah Harris zu jenen Eltern, die grundsätzlich eher einem Erwachsenen glauben als den eigenen Kindern. Sie funkelte ihre Söhne an. «Legt auf der Stelle eure Bogen weg und benehmt euch!»

«Aber Mom!»

Jetzt war es an der Zeit, all diese Mütter loszuwerden und danach die Kinder hinab in den Keller zu scheuchen. Je schneller der Unterricht begann, desto schneller konnte die Kampagne BÜRGERMEISTER PETE ROBINSON: DIE EINZIG DENKBARE WAHL anrollen.

Deborah, die anscheinend die Rolle der Sprecherin für die versammelte Elternschaft übernommen hatte, sagte: «Und Ihnen geht es bestimmt gut, Mr. Robinson?»

«Was meinen Sie damit?»

«Sie sehen bloß ein bisschen müde aus.»

Die Untertreibung des Jahres. Gott sei Dank war da Jenny Jordan, die in diesem Augenblick mit ihrem zerbeulten Volvo in die Einfahrt gebogen kam. Susy und Brad hopsten ausgelassen auf dem Rücksitz herum. Jenny hupte und winkte, und wir winkten alle zurück. Es war, als signalisierte ihr Eintreffen, dass die Welt normal und gut sei. Der Tag konnte seinen Fortgang nehmen.

«Hi, Brad! Hi, Susy!», rief ich.

«Hallo, Mr. Robinson», schrien die Stars unter meinen Schülern zurück, sprangen aus dem Volvo und hüpften den Fußweg zum Haus entlang. Brad hatte seine Raketenabschussrampe aus dem Baukasten bei sich, die in seinen kleinen, dicken Armen riesig und gefährlich echt aussah. Susy hielt ihre ramponierte Puppe bei den Haaren gepackt.

«Tut mir leid, dass wir so spät dran sind», sagte Jane und kam in Sonnenkleid und Sandalen über den Rasen.

«Kein Problem. Wir sind ohnehin dabei, uns zuerst ein paar Minuten lang gegenseitig bekannt zu machen. Jenny, kennen Sie schon Deborah Harris? Deborah, das ist Jenny Jordan, und das ist Susy, und dies ist Brad. Susy, Brad, sagt mal hallo zu euren neuen Mitschülern Matt und Larry.» Und so weiter. Allgemeine Begrüßung reihum:

«Hi. Ich bin Sheila Moody, und das ist Steven. Wie sagt man, wenn man vorgestellt wird, Steven?»

«Tach.»

«Steven kommt heuer in die zweite Klasse, nicht wahr, mein Schatz?»

Und:

«Das ist David, und das ist sein Bruder Tim. Tim kann mittlerweile schon sehr gut alleine gehen. Sie glauben doch nicht, dass er zu jung für die Schule ist, oder?»

Und:

«Damit ich den Überblick nicht verliere: Du bist Matt. Und du bist Larry. Ach, *du* bist Larry?»

Und:

«Unsere Jane fremdelt anfangs immer ein bisschen, wenn sie woandershin muss. Das gibt sich dann nach einiger Zeit. Denken Sie sich nichts dabei, wenn sie weint.»

Und:

«Aha. Larry ist also der mit der Beule am Hinterkopf. Wo hast du dir die Beule geholt, Larry?»

Und:

«Tja, Susy kommt schätzungsweise in die Zweite. Brad bleibt noch in der Vorschule.»

Und:

«Ich finde das absolut hinreißend, dass Ihre Tochter Hope heißt.»

Nach einer Pause rief ich laut: «Alle mal herhören! Hallo! Darf ich um Aufmerksamkeit bitten?»

Im Garten kehrte Stille ein. Mütter und Kinder sahen zu mir her. «Ich bin kein Freund großer Reden, aber jetzt erscheint es mir angebracht, ein paar Worte zu verlieren aus Anlass dieses stolzen Augenblicks in der Erziehung –»

Weiter kam ich nicht. Die Haustür ging auf, und Meredith trat auf die Veranda. Sie trug ein tief ausgeschnittenes violettes Kleid. Die Haare hatte sie zu einem Pferdeschwanz zurückgebunden. Winzige Muschelschalen von aufregender Schönheit waren als Kette um ihren Hals geschlungen. Sie sah wie eine Prinzessin aus. Wie auf Kommando drehte sich mein Publikum um und betrachtete sie mit großen Augen und bewundernden Blicken. Sie breitete die Arme aus und sagte: «Kommt alle herein. In der Küche gibt es Saft und Kaffee.»

Ich übernahm die Nachhut und wartete, während sich die Schlange der Eltern und Kinder ins Haus bewegte. Meredith war charmant und huldvoll, verteilte und empfing Wangenküsschen, nahm höfliche Anstandsumarmungen von den Frauen entgegen, tätschelte die Kinder auf den Kopf und sagte Sachen wie: «Was für eine hübsche Puppe» und «du liebe Zeit, das ist ja eine Mordskanone, die du da hast».

Als endlich auch ich ins Haus treten wollte, sagte sie: «Entschuldige, Pete, wo sind die anderen Lehrer?»

«Oh.»

Ich hatte es tatsächlich versäumt, irgendeinen von ihnen zu informieren. Was soll man da noch sagen?

«Ich hab's vergessen.»

«Du hast was vergessen?»

Hilflos platzte ich heraus: «Sie anzurufen.»

«Ich *glaube* es einfach nicht.» Ihr Zorn war köstlich. Sie war wütend und machte ein richtig böses Gesicht. «Du hättest dir wenigstens das Gesicht waschen und die Zähne putzen können. Sie sind ganz grün.» Sie machte mit rasselnder Muschelkette kehrt, marschierte ins Haus und tat, als wäre sie Gastgeberin und müsste sich um die Erfrischungen kümmern. Ich stahl mich nach ihr hinein, schüttete selbst einen Kaffee hinunter, nicht ohne mir vor dem Hinunterschlucken damit den Mund zu spülen. Die Kinder erforschten inzwischen das Untergeschoss, und die Mütter brachten ihre Dankbarkeit zum Ausdruck wegen unserer selbstlosen Aufopferung et cetera, et cetera. Niemand vermisste mich, als ich schnell nach oben spurtete, um mir zur Feier des ersten Schultages eine leuchtend rote Fliege umzubinden (eine vom Vorjahr). Es dauerte eine Weile, bis ich einen ordentlichen Knoten zustande gebracht hatte; ich habe gern einen festen, exakt definierten Knoten mit einem gewissen weichen, leicht faltigen Bausch in den Enden. Ich halte nichts von diesen übermäßig langen, dandyhaften und gerade abstehenden Enden. Ich musste die Fliege mehrmals neu binden, weil meine Hände zitterten und meine Finger aufgerissen waren und schmerzten. Ich glaube, dass es wichtig ist, zum Beginn des neuen Schuljahres ein möglichst geschlossenes Erscheinungsbild abzugeben. Es ist nur eine kleine, aber keineswegs unerhebliche Geste; sie bewirkt Respekt und verschafft mir das Gefühl, für meine Aufgabe bereit zu sein. Für mich ist es – das Anlegen der Fliege, ihr Binden auf genau diese Art – das Gleiche wie die Vorbereitungen eines Bühnenschauspielers vor seinem Auftritt, wie das Aufwärmen eines Sportlers vor dem Spiel.

Auf dem Weg nach unten machte ich kurz im Schlafzimmer halt und entwendete unseren digitalen Radiowecker. Was ist eine Schule ohne Gong? Und im Hausflur verabschiedete ich mich flüchtig von den Eltern. Ich wollte einen Augenblick mit Jenny allein sein, wenn auch nur, um ihre schönen Sandalenfüße zu bewundern, aber sie war schon gegangen und fuhr gerade davon. Die kleine Jane, die wie immer weinte, musste mit Schmeicheleien vom Rockzipfel ihrer Mutter weggelockt werden. Das Mädchen namens Hope hatte sich unter dem Küchentisch versteckt. Ich erteilte laut meine Anweisungen: «Okay, Kinder, kommt alle her. Stellt euch hintereinander in eine Reihe und folgt mir. Auf der Treppe wird nicht geschoben oder gestoßen.»

Und dann ging's hinab. Im Keller war es kühl und feucht. Man kam sich wie in einem unterirdischen Bunkerversteck vor. Matt und Larry drängelten die Stufen hinunter, bemerkten das Kerker-Modell auf seinem Tisch und riefen: «Wow. Cool.» Ich begab mich auf die Suche nach einer Wandsteckdose. Hinter dem Heizkessel gab es eine. Ich stellte den Wecker auf die angezeigte Uhrzeit, schloss ihn an, worauf das Signal in dem dumpf widerhallenden Betonraum wie eine Sirene losjaulte und Jane so verschreckte, dass sie von neuem weinte. Der kleine Tim, der von seinem älteren Bruder die Stufen herabgetragen wurde, gab ebenfalls ein Geheul von sich. Ich sagte: «Das ist der Gong. Wenn ihr den hört, nehmt ihr eure Plätze ein und holt Papier und Bleistift heraus.»

«Können wir uns hinsetzen, wo wir wollen?», fragte Susy Jordan und rannte los, um sich einen Platz ganz vorn zu sichern. Sie warf sich auf eine Kiste und verkündete: «Das ist mein Platz.»

«Schön. Dann sitzt du hier. Brad, du setzt dich neben deine Schwester.»

«Muss ich?»

«Brad», sagte Susy. Brad schlich widerwillig zu seiner Schwester und setzte sich auf den Kistenrand. Seine Schwes-

ter zwickte ihn in den Arm und schimpfte ihn leise: «Mach bloß kein Theater, du Fratz.»

«Sag nicht Fratz zu mir.»

«Dann sei keiner.»

«He, he», sagte ich. Susy strahlte. «Ich entschuldige mich für meinen Bruder, Mr. Robinson.» Es munterte mich auf zu wissen, dass zumindest ein mögliches Disziplinproblem ohne ein Eingreifen meinerseits unter Kontrolle sein würde. Die anderen Probleme würden, ganz klar, Matt und Larry Harris bilden, die drüben beim Kerker geblieben waren, einzelne Teile des Modells in die Hände nahmen, sie ins Licht der nackten Glühbirne hielten und beispielsweise sagten: «Das ist doch nix. Solch einen Scheiß brächte ich auch fertig.»

«Jungs, legt das Zeug wieder hin und kommt hierher, hinter Susy und Brad.» Ich wollte die beiden nicht in der letzten Reihe haben, dem traditionellen Platz für Klassenkasper, Papierkugelspucker und Arschgeigen allgemeiner Art.

«Was machen wir damit?», fragte der eine und hielt seinen mächtigen Langbogen hoch. «Unter die Treppe», befahl ich. «Das gilt für alle. Sämtliches Spielzeug kommt in den Karton unter der Treppe. Dalli.»

Ein Kind nach dem anderen trat vor und deponierte seine Spielsachen in der Schachtel. Janes Spielzeug stellte sich als der Stecken heraus, den sie zuvor für ihre Fisch-Erdbilder benutzt hatte. Dieser traurige Umstand trug ihr von Sarah, der mit dem feuchten roten Mund und den hundegesichtigen Schuhen, den harschen Kommentar ein: «Das ist dein Spielzeug? Ein *Stecken*?»

Erneutes Schluchzen bei Jane. Ich musste dazwischentreten und sagen: «Eines der Dinge, die ich euch in diesem

Semester beizubringen hoffe, ist die Wichtigkeit von Toleranz gegenüber Diversität. Wer kann mir sagen, was das Wort ‹Diversität› bedeutet? Niemand? Diversität bedeutet Verschiedenheit. Wir sind alle als Menschen verschieden, mit verschiedenen Überzeugungen, verschiedenen Kleidungsstilen, verschiedenen Spielzeugen und Hobbys. Und welche Hobbys haben wir da zum Beispiel? Na?»

«Meiner Mom in der Küche helfen.»

«Ein großartiges Hobby, Susy. Eh – ja, hier: Steven. Steven, hast du ein spezielles Hobby, das du ganz besonders magst?»

«Schnorcheln im Swimmingpool.»

«Auch ein schönes Hobby. David, wie steht's mit dir? Was treibst du so zum Spaß und Zeitvertreib?»

David wiegte noch immer den kleinen Tim im Arm und sagte von ganz hinten: «Meine Mom und mein Dad sind fast nie daheim, und deswegen muss ich die meiste Zeit auf meinen Bruder aufpassen. Zählt das auch?»

«Tja, eigentlich nicht.»

Über mir konnte ich Merediths Schritte hören, das Ächzen der Dielen. Meredith wusch in der Küche wahrscheinlich gerade die Saftgläser und Kaffeetassen ab. Oder sie deckte den Tisch mit Servietten und Tellern für die Mittagspause. Gleich darauf kam sie halb die Treppe zum Keller herunter, unterbrach die verschlungenen Erzählungen der Harris-Zwillinge von Jagdexpeditionen mit Pfeil und Bogen in die nahe Umgebung und im Schutze der Nacht und sagte: «Entschuldige einen Augenblick. Pete, der Ausguss ist schon wieder verstopft.»

«Bin gleich oben, Schatz.» Ich ging zu dem blechernen Werkzeugschrank und holte die Rohrreinigungsspirale heraus. Ich rollte die Spirale wie eine Peitschenschnur auf und ordnete an: «Keiner und keine rührt sich vom Platz. Es wird *nicht* geredet. Wenn ich auch nur einen Laut von hier unten höre, müssen das *alle* ausbaden.»

Droben saß Hope noch immer zusammengekauert unter dem Tisch. Stuhlbeine sperrten sie wie die Gitterstäbe eines Käfigs ein. Ihr Fehlen in der Klasse war mir noch nicht einmal aufgefallen. Meredith sagte: «Sie will nicht hervorkommen. Arme Kleine.»

Ich zog einen Stuhl weg und ging in die Hocke, bis ich mit ihr auf Augenhöhe war. «Hope, gehst du denn nicht gern zur Schule?»

«Nein.»

«Alle deine Freunde sind hier. Wir werden eine ganz tolle Zeit miteinander verbringen. Und für später habe ich eine Menge lustiger Spiele geplant. Willst du nicht mit nach unten kommen?»

«Lass sie, Pete. Ich bleibe hier oben bei ihr. Sie wird sich schon wieder fangen. Sieh mal nach dem Ausguss.»

Im Spülbecken stand das Wasser tatsächlich bis zum Rand. Die aufeinandergestapelten Tassen und Gläser türmten sich wie eine gläserne Stadt unter der Seifenlauge, die in meinen offenen Wunden brannte, als ich hinab zum Rückhaltesieb griff. Ich schaffte rings um die Abflussöffnung Platz und schob die biegsame Kupferspirale in das Rohr. Nach dreißig Zentimetern war Schluss. Ich kriegte sie auch mit Gewalt nicht weiter hinein.

«Scheißdreck.»

«Aber doch nicht vor Kindern, Pete!»

«Du hast recht. Tut mir leid.»

Ich unternahm noch zwei weitere fruchtlose Vorstöße mit

der Spirale. Meredith schaute mir dabei über die Schulter. Was immer dort drinnen feststeckte, steckte wirklich fest. «Haben wir Rohr-Frei im Haus?», fragte ich.

«Rohr-Frei soll man eigentlich nicht in stehendes Wasser schütten, glaube ich.»

«Hmn. Vielleicht versickert das Wasser ja mit der Zeit. Dann können wir später Rohr-Frei reinschütten.»

Ich rollte die Spirale wieder auf und beugte mich hinunter, um einen Blick auf Hope unter dem Tisch zu werfen. Sie hatte sich zu einer Kugel zusammengerollt, die bleichen Kinderärmchen fest um die schmutzigen Knie geschlungen. In ihrem starren Blick spiegelte sich Entsetzen.

«Muss ich dich da wirklich rausholen?»

«Pete!»

«Okay, okay. Beruhige dich. Ich habe ja nur Spaß gemacht.» Und gleich darauf diese Warnung an Hope: «Falls du im Unterricht nicht mitkommst, kriegst du Extra-Hausaufgaben.»

Auf dem Weg nach unten zog ich die Tür zum Keller nachdrücklich zu und verschloss sie sicher von innen, um möglichen weiteren Störungen vorzubeugen.

Die Kinder saßen, alle neune, still auf ihren Kisten. Alle mit Ausnahme von Tim, der noch immer auf seines Bruders Schoß saß, geschaukelt wurde und wimmerte.

Als ich die knarrenden Stufen hinunterkam, hob David die Hand. «Mr. Robinson?»

«Ja.»

«Ich muss ihm die Windeln wechseln.»

«Kann das nicht warten?»

«Ich glaube nicht, Sir.»

So etwas Lästiges. «In Ordnung, mach schon.» David

hievte seinen Bruder hoch und wollte zur Treppe gehen, aber ich stellte mich ihm in den Weg. Er sagte: «Es ist am besten, wenn ich das in einem Badezimmer erledige.»

«Mich stört es nicht, wenn du es hier machst. Du kannst Tim oben auf den Heizkessel legen. Wir anderen fahren mit dem Unterricht fort, und du kannst mithören.»

David sah nicht begeistert drein, dass er seinen kleinen Bruder auf dem Heizkessel wickeln sollte, aber ich erklärte energisch, das sei in Ordnung, und er brauche sich nicht zu genieren und es werde auch den Rest von uns nicht im mindesten ablenken. Schließlich lenkte er ein und verzog sich in den hinteren Teil des Kellers, wo er, im schwachen Licht einer 40-Watt-Birne, Tims Strampelhose aufknöpfte. Ich nahm meinen Platz hinter dem Podium ein. Die Rohrreinigungsspirale behielt ich in Griffweite. Susy und Brad saßen mucksmäuschenstill in der ersten Reihe, bereit, mitzuschreiben. Matt und Larry hockten vornübergekrümmt auf ihren Plätzen wie zwei Ganoven. Steven und Sarah, die sich die Kiste hinter den Harris' teilten, gaben ein süßes Paar ab. Dann kam Jane. Neben ihren Füßen ruhte das Bison-Maskottchen auf seinem versenkten Abflussgitter. Ich rief mit dem größten rhetorischen Pathos, dessen ich fähig war: «Alle sprechen mir nach: Diversität! Toleranz!»

«Diversität. Toleranz», sagte Susy Jordan.

«Alle zusammen. Diversität! Toleranz!»

«Diversität. Toleranz.»

«Das klingt noch nicht überzeugend. Lauter: Diversität! Toleranz!»

«Viel besser. Noch einmal mit Gefühl. Ich will euch *hören*. Dich auch, David. Und jetzt alle, dass die Wände wackeln: Diversität! Toleranz!»

«Diversität! Toleranz!», ertönte der Chor der Kinder.

«Ausgezeichnet. Das ist euer Wahlspruch. Lernt ihn und vergesst ihn nicht.»

Er eignete sich außerdem, wie ich beschlossen hatte, ausgezeichnet als zentraler Slogan für den Bürgermeisterwahlkampf. Ich war ganz selig, als ich dem Sprechchor der Kinder zuhörte.

«Wie geht's voran, David?», rief ich nach hinten zu dem Jungen, der sich dort kinderpflegerisch betätigte.

«Bin fast fertig, Mr. Robinson», sagte er und schwenkte eine schmutzige Wegwerfwindel. Im Raum machte sich ein süßer Geruch nach verfaultem Obst breit. Die Harris-Zwillinge erwischten eine Prise voll, hielten sich die Nasen zu und erbebten unter albernem Gekicher. Matt und Larry ruhigzustellen war leicht; ich brauchte dazu nur ein missbilligendes Gesicht aufzusetzen und ganz nebenbei den kupfernen Schwanz der Rohrreinigungsspirale zu streicheln, der wie ein lebendes Organ über der Lederkante des hochkant gestellten Kofferpodiums baumelte. In der Zwischenzeit suchte David vergeblich nach einem Ort, wo er die von Bruder Tim vollgemachte Windel loswerden konnte. Was im Keller fehlte, war eine Abfalltonne. Der einzige verfügbare Karton wurde für die Aufbewahrung des Spielzeugs gebraucht. Ich wies David an, er möge so gut sein, die Windel sauber zusammenzufalten und unter den Heizkessel zu schieben.

«Mr. Robinson?»

«Ja, Susy?»

«Was haben Sie da für Flecken auf Ihren Armen?»

Sie hatte recht. Die Schnitte und Risse, anfangs nur gerötete leichte Abschürfungen, waren im Verlauf der Nacht und des frühen Morgens zu dunkelrot unterlaufenen vulkanischen Ergüssen erblüht. Ob die Dornen, die für diese Striemen verantwortlich waren, irgendeinen heimtückischen Giftstoff von sich gaben? Der Schmerz war jetzt, da ich innehielt, um über diesen Aspekt nachzudenken, um die Möglichkeit einmal in Betracht zu ziehen, stechend. Ich verzog das Gesicht, sagte zu Susy, sie solle sich keine Sorgen machen, es sei nichts, vielleicht eine allergische Reaktion, worauf sie sagte: «An Ihrem Hals haben Sie einen *ganz großen.*» Dann fing plötzlich Tim wieder an zu weinen, ein unverständliches, stoßweises Heulen, das die Atmosphäre im Keller mit chaotischer Nervosität auflud. Ich schrie David an: «Könntest du vielleicht dafür sorgen, dass er Ruhe gibt?» David stopfte einen Schnuller in Tims Gesicht. Sarah, welche die gesamte Windelwechseloperation spöttisch über die Schulter beobachtet hatte, tadelte David wegen seines Mangels an Zartgefühl.

«Kümmere du dich um deine eigenen Sachen», trug er ihr auf.

Sarah wandte sich hilfesuchend an mich. Für ein kleines Mädchen war sie ein absoluter Charmebolzen; sie hatte diese riesengroßen Augen, dieses feuchte, vaterverführende Lächeln. Es ist wohl ganz angemessen, wenn ich hier erkläre, dass man die Gefühle, die sie in ihrem Lehrer hervorrief, im Interesse der Schicklichkeit am besten unbesprochen belässt. Ich sagte zu ihr: «Im Allgemeinen werden die Methoden der Kindererziehung dem jeweiligen Gutdünken anheimgestellt. Wer kann uns sagen, was ‹Gutdünken› bedeutet? Niemand? Ja, Susy?»

«Privatsache?»

«Kommt einigermaßen hin.»

Sarah zog eine Schmollschnute. Leise, aber doch laut genug, dass man es hören konnte, knurrte sie: «*Monster.*»

Die ganze Klasse hielt die Luft an. Die angespannte Erwartung war mit Händen zu greifen. Das Schweigen war mustergültig, atemlos, vollkommen. Sogar Tim hörte auf zu greinen. Es brach mir das Herz, gegenüber einem so süßen Fratz wie Sarah Disziplinarmaßnahmen ergreifen zu müssen. Ich hatte keine Wahl. Mit sonorer Stimme wandte ich mich an die Klasse: «Es ist mir eine traurige Pflicht, euch allen nun die Folgen von übler Nachrede und Ehrabschneidung im Unterricht vor Augen führen zu müssen.»

Sie sahen furchtsam drein. Das zumindest war erfreulich. Ich legte eine längere Pause ein, damit sich die Kinder ausreichend ängstigen konnten (ein probates erzieherisches Mittel: das Schweigen der Verachtung), ehe ich fortfuhr: «Sarah, bitte erhebe dich und komm nach vorn.»

Sie ließ sich vom Kistenrand auf die Füße gleiten. Machte unsichere Anstalten, sich vor die Klasse zu begeben. Sie war augenscheinlich enerviert. Ich redete ihr zu, sie möge doch *bitte sehr* in Gang kommen, und fragte sie: «Was sollten wir deiner Meinung nach mit dir tun?»

Sie hielt den Blick auf den Boden geheftet. Ihre Schultern zitterten. Sarahs weiche Lippen bewegten sich, doch es entrang sich ihnen kein Laut.

«Die Klasse: Was sollen wir mit Sarah tun?»

Es war nur eine Frage der Zeit, bis sich jemand zu Wort meldete. Dann noch jemand. Und noch jemand.

«Steven?»

«Ich finde, Sarah sollte sich entschuldigen.»

«Danke, Steven. David?»

«Nachsitzen und irgendwas hundertmal schreiben oder so?»

«Sie soll den Tafeldienst übernehmen», schlug Jane vor, obwohl es keine Tafeln zum Säubern gab.

Und dann kam Susy. «Ausschluss vom Unterricht.»

Danach wagte ich gar nicht erst, die Harris-Zwillinge um ihre Vorschläge zu bitten. Es gibt da eine Grenze. Ich zeigte zu einer modrigen, unbeleuchteten Ecke des Kellers, wo sich der Schwamm schon über den Boden ausgebreitet hatte und von Spinnweben eingehüllte Wasserrohre durch Löcher in der Decke herabführten. Der Stuhl mit der geraden Lehne, jener aus dem Wohnzimmer, stand dort der Mauer zugewandt.

«Du gehst nach dort hinten und setzt dich auf den Stuhl, junge Dame. Sobald du beschlossen hast, dich künftig benehmen zu wollen, kannst du eventuell zurückkommen und versuchen, dich in die Klassengemeinschaft einzuordnen.»

Sarah näherte sich dem Stuhl, als hielte sie ihn für einen elektrischen. Ihr gesenkter Kopf mit den kastanienbraunen Locken wippte beim Gehen auf der Brust; ihre Arme hingen an den Seiten herunter, als wäre das Leben aus ihnen gewichen. Ich konnte nicht umhin zu bemerken, wie Sarahs Schatten von der Glühbirne des Kellers auf die dunkle rückwärtige Wand geworfen wurde. In dem Maße, wie Sarah vom Licht wegging, ging auch ihr Schatten – der zugleich rasch kleiner wurde – von uns; es war, als begäbe sich eine Phantom-Sarah hurtig auf eine lange Reise. Es war herzzerreißend. Es war zu viel für Jane, so allein in der letzten Reihe, als dass sie es hätte ertragen können; schluchzend brach sie zusammen. Tim spuckte seinen Schnuller aus und stimmte in das Weinen ein. Der Lärm wurde schauerlich. Ich rief: «He!

He!», als das Gejammer immer lauter anschwoll. Tatsächlich wurde auch gleich darauf oben an der Treppe am Knauf der Kellertür gerüttelt, hinter der Merediths Stimme gedämpft herniederpolterte. «Was hat dieses Geschrei zu bedeuten? Pete! Warum ist die Tür verriegelt?»

«Alles in Ordnung, Schatz. Null Probleme. Kein Grund zur Besorgnis. Alles unter Kontrolle», rief ich fröhlich.

Und zu den Kindern: «Und jetzt Ruhe, bitte. Okay?»

Dann, laut: «Passt gut auf, und ich erzähle euch von einer Zeit vor der Geburt der Demokratie. Von einer Zeit, in der Leid und Elend das Wasser und Brot des Alltags waren. Unwissenheit und verheerende Krankheiten bestimmten das Leben der Menschen. Jegliche Form von Diversität wurde mit Tod oder Einkerkerung bestraft, und man war so lange schuldig, wie man seine Unschuld nicht beweisen konnte.»

Und wie die Kinder meinen Worten lauschten. Sie saßen auf ihren Staukisten und reckten die Hälse. Ihre Augen wurden groß, ihr Weinen ließ nach; ihre Mienen verrieten Wissbegierde. Sarah mit dem Gesicht zur Wand, sogar die kleine Sarah schien sich fesseln zu lassen; man konnte es an ihrer betont aufrechten Körperhaltung erkennen. Die konnte natürlich auch vom Stuhl herrühren. Was mich anbelangte, so war ich in der richtigen Stimmung, kam immer mehr in Fahrt, preschte durch die schrecklichen Jahrhunderte und erzählte dem besten Publikum der Welt eine Geschichte nach der anderen.

«Und was ist dann passiert?», wollten die Kinder ungeduldig wissen, kaum dass ich eine Atempause einlegte.

«Man setzte bei ihm die Zungenzwinge an, und danach war er außerstande, jemals wieder ein Wort zu sprechen, doch indem er Blut als Tinte benutzte, schrieb er ein Tagebuch über seine letzten Tage in einer von Würmern wimmelnden Gefängniszelle und wurde schließlich zum Märtyrer erklärt.»

Oder:

«Sie packten sie und rissen ihr auf abgefeimte Weise das Fleisch aus den Seiten ihres Leibes, nur um festzustellen, dass ihr Lächeln noch strahlender wurde und sie sich in schmerzhafter Verzückung befand.»

Oder:

«Flammen loderten empor, leckten an den zarten Sohlen ihrer Füße, und dennoch sangen sie weiter, ein großartiger Chor von Stimmen, die ihre frohlockenden Seelen zum Himmel erhoben.»

Später, anlässlich einer allgemein gehaltenen Diskussion über Burgverliese innerhalb von Festungswerken, holte ich das 1:32-Modell hervor, das ich behutsam herumzeigte, um auf charakteristische Merkmale bei der Anlage von Zwingburgen hinzuweisen.

Und als wir zur Streckbank kamen – als wir dann also zur Streckbank kamen, da wusste ich schon *im Voraus*, noch ehe die sechs-, sieben- und achtjährigen Münder das Altvertraute formulierten –, da wusste ich schon *im Voraus* ganz genau, welche Fragen die Schüler stellen würden:

«Haben die Folterer die Leute lange auf dem Ding liegen lassen?»

«Ist man dadurch größer geworden?»

«Konnte man entzweigerissen werden?»

«Einer nach dem andern», flehte ich und hob eine ruhige, wenn auch mit Blessuren übersäte Hand hoch. Ich wollte den Augenblick auskosten. Diese zu mir aufblickenden Gesichter kamen mir wie die Gesichter von Engeln vor; rein und voll munterer Anteilnahme, strahlten sie ein Licht aus.

Um sich in diesem Licht zu sonnen, dafür lebt jeder Lehrer; es ist der Abglanz der jungen Seele.

«Mr. Robinson?»

Es war Sarah. Sie saß auf ihrem Stuhl, gottverlassen. Sie schien so weit weg zu sein. Den Kopf hatte sie ihren Mitschülern zugedreht, und ihr Blick war voll sehnsüchtigen Verlangens.

«Yeah, Sarah?»

«Ich glaube, ich will jetzt wieder in der Klasse mitmachen.»

«Willst du das?»

«Ich glaube schon.»

«Und aus welchem Grund glaubst du, dass du wieder zu uns kommen und eine von uns sein willst?»

Alle Blicke waren auf sie gerichtet. Wir warteten. Es war ein Moment voller Spannung, bis Sarah flüsternd erklärte: «Hier ist es finster. Ich mag das nicht.»

Wovon wir hier Zeuge wurden, war nichts weniger als eine praktische Demonstration der Pein einer Paria. Ich benutzte diese günstige Gelegenheit zu einer kurzen Diskussion über Kasten, Klassenzugehörigkeit und die diffizilen gesellschaftlichen Probleme im Umfeld von Tabuverletzung und Ausschluss und/oder Integration von Individuen und Gruppen aufgrund von Religion, Volkszugehörigkeit und ‹Lebensstil›. Woraufhin Susy sich zu Wort meldete und aus der ersten Reihe vorschlug: «Sie soll beweisen, dass sie es will!»

Sie war so erregt, dass sie unabsichtlich (jedenfalls schien es so) ihren Bruder mit dem Ellbogen seitlich gegen den Kopf schlug. Brad schrie auf, fiel kopfüber von seinem Sitz herunter und stürzte auf den Boden. Susy sah kühl auf ihren Bruder hinab und sagte: «Hör auf zu heulen, Suse.»

Und mir erklärte sie: «Zu Hause macht er das andauernd, Mr. Robinson.»

Ich war mir nicht sicher. Es gibt die unterschiedlichsten Theorien in Bezug auf Kinder, die große Leidensdramen inszenieren. Eilt man ihnen zu Hilfe? Oder lässt man sie selbst zurechtkommen, ehrt sie durch jenes Maß an Selbständigkeit, das für Entwicklung und Persönlichkeitsfindung nötig ist? Ich entschied mich dafür, dem Beispiel der Schwester des Knaben zu folgen. Glücklicherweise gingen die besorgniserregenden Geräusche, die Brad von sich gab, bald in dem herzhaften Geschrei der Harris-Zwillinge unter: «Schau'n wir einfach mal, ob Sarah eine von uns sein will!»

Und schon sangen sie im Chor: «Schau'n wir mal. Schau'n wir mal. Schau'n wir mal. Schau'n wir mal.»

Es war wie das Anfeuerungsritual vor einem Wettkampf oder wie eine politische Versammlung: totale Gruppendynamik, zunehmende Raserei, Pfiffe und Buhrufe aus den Reihen der Schüler. Sogar der übergewichtige Steven ließ sich von der Erregung des Augenblicks anstecken, stampfte mit den Füßen auf den Boden und fuchtelte mit einer Faust in der Luft herum. Ganz hinten ließ David, um die Arme besser schwingen zu können, seinen kleinen Bruder rücklings auf die Lederkante ihres Sitzkoffers fallen.

Dann erhob sich Susy und pflanzte sich vor ihren Mitschülern auf. Das Licht der Birne über ihrem Kopf machte aus ihrem Haar einen glänzenden Heiligenschein. Zu ihren Füßen: ihr Bruder, der sich mit einer Hand den Kopf hielt und mit der anderen nach dem Rocksaum seiner Schwester griff.

Susy wartete, bis sich der Krawall gelegt hatte. Sie ließ

ihren Blick auf Sarah ruhen. Und sagte, schlicht und einfach: «Die Streckbank.»

Tja.

Ich gebe gern zu, dass ich mich an jenem Montagmorgen nicht ganz auf der Höhe fühlte. Da waren beispielsweise jene sprießenden, dunkelroten Flecken; keine Ahnung, welche Wirkung sie auf das Gehirn hatten, diese giftigen Verunstaltungen. Ich war die ganze Nacht auf den Beinen gewesen, und ganz bestimmt hatte ich Fieber, und zwar nicht unbeträchtliches. Hätte ich ihn kommen sehen müssen, den Ablauf der ersten (und, wie sich herausstellte, letzten) Lehrveranstaltung des Pete Robinson Instituts, als alle Kinder (der verletzte Brad ausgenommen, der weiter auf dem Boden herumkroch wie ein verwundetes Tier) sich zu mir umdrehten, um zu sehen, was ich tun würde?

Desgleichen: Wie viel an Verantwortung fällt mir zu für das, was schließlich zwangsläufig geschah, nur weil ich vorschlug, die ebene, harte Oberfläche eines lederverzierten Überseekoffers zu benutzen sowie Matt und Larry Harris' kräftige Arme und Rücken – an Stelle einer echten Streckbank?

«Los, Jungs», sagte ich. Man brauchte es ihnen kein zweites Mal zu sagen. Matt und Larry stürzten sich auf Sarah wie Footballspieler beim Tackling. Sarah stieß eine Reihe eindrucksvoller Schreie aus, dass einem wahrhaftig die Ohren schmerzten. Schließlich kam einer der Jungen auf die vernünftige Idee, sein Hemd auszuziehen (ein Rugby-Stretchshirt) und ihr in den Mund zu stopfen. «Gib's ihr, Matt. Gib's ihr, Larry», feuerte Susy die beiden an; offensichtlich wurde das Mädchen gerade von einem schlimmen Anfall von Schwärmerei für einen der Zwillinge oder für alle beide heimgesucht. Andere Stimmen riefen präzisere Aufforderungen. David, der anscheinend an der Analogie zwischen dem Hemd in Sarahs Mund und dem Latexschnuller, den er zuvor bei Tim benutzt hatte, Gefallen fand, erteilte Anweisungen vom Rand der Arena: «Packt sie. Hebt sie hoch.»

Und sie hoben sie hoch. Sie schleppten Sarah wie ein Beutestück zu David und Tims Koffer. (Er stand am nächsten.) «Nehmt das Baby von da weg», rief einer der Harris-Buben. Keiner wollte Tim anfassen, um nicht selbst nass zu werden. David fiel es zu, ihn, den Heulenden, an sich zu raffen und für eine erneute Wickelung zurück zum Heizkessel zu tragen. Inzwischen hievten Matt und Larry das Mädchen schwungvoll auf den Koffer und ließen es fallen. Sarah stieß und trat um sich wie das echte Opfer einer Gewalttat, und es bedurfte vieler Hände, um sie festzuhalten. Es war sehenswert. Und hörenswert ebenfalls, als der Hemdknebel Sarah aus dem Mund fiel und ihr Geschrei von neuem begann, als sich von oben das Gezeter von Merediths inständigem Flehen über uns ergoss: «Pete! Was geht da unten vor? Ist alles in Ordnung? Mach diese Tür auf! Was treibt ihr da unten? Pete?»

«Achtet nicht darauf», wies ich die Schüler an.

Und an meine Frau gerichtet: «He, hör schon auf, uns zu stören. Wir wollen hier unten ein Stegreifspiel aufführen. Wir sind mitten in einer Spontan-Kreativen Aktivität!»

Schließlich gelang es den Zwillingen, Sarah erneut den Mund zu stopfen. Dies war deshalb erfreulich, weil Jane Symptome von wirklich ernsthafter Unruhe, Quengeligkeit und Zittern zeigte. Ich erinnerte Jane daran, wie sie zu Beginn des Unterrichts von Sarah gedemütigt worden war, weil sie ein irgendwo aufgelesenes armseliges Zweiglein als

Spielzeug hatte. Das schien sie nur durcheinanderzubringen. Ich hielt noch immer die aufgerollte nasse Rohrreinigungsspirale in der Hand. Jetzt streckte ich sie dem gefühlsduseligen Mädchen hin. «Wenn du ein wenig bei deinen Freunden mittust, wirst du dich gleich besser fühlen.»

«Mr. Robinson?»

«Ja, Jane?»

«Haben Sie uns nicht von Menschen erzählt, die sich niederknieten und für diejenigen beteten, die verfolgt und gequält wurden?»

«Ganz recht, Jane. Die Gebete der Gläubigen geleiten die Seelen der Märtyrer zur Himmelspforte.»

«Genau das möchte ich jetzt tun.»

«Beten?»

«Mhm.»

«Fein. Warum tust du es dann nicht.»

Sie tat es. Sie zog sich in eine ruhige Ecke zurück, kniete sich mit bloßen Knien auf dem Boden nieder und legte die Handflächen vor der Brust zusammen in der typischen Haltung frommer Andacht. «O Herr, ich bete für die Seele unserer Mitschülerin Sarah, die zwar überhaupt nicht der netteste Mensch auf der Welt ist, und eigentlich ist sie eingebildet. Aber sie ist immerhin ein Mensch.»

Hinten an der Kofferstreckbank hatten sich die Harris-Buben an Sarahs Kopf- beziehungsweise Fußende aufgebaut. Einer von ihnen rang mit Sarahs fahrradstrampelnden Beinen, während der andere, der barbrüstige Zwilling, mehr oder weniger brutal an ihren Armen zerrte, mit denen sie am Kopfende um sich schlug, das heißt, eigentlich schlug sie gar nicht richtig, sie hätte dies aber mit Sicherheit getan, hätte sie nur die Kraft besessen, ihre Handgelenke aus dem

Griff des Jungen zu befreien. «Halt still», kommandierte Susy, während die beiden Harris zogen und zu einem gemeinsamen Rhythmus zu gelangen suchten. Ein Keuchen und Ächzen entrang sich Sarahs Leib. Ihr Gesicht mit dem feuchten Stretchshirt, das ihr aus dem Mund und übers Kinn hing, war eine Maske der Wildheit. Ich bemerkte, dass sich Steven vom Ort der Handlung zurückzog. Wie hypnotisiert sah er aus der Distanz zu, ein diskreter Voyeur, der den Blick nicht von einer Unfallstelle lösen konnte.

Ich hielt ebenfalls auf Distanz zu der niedrigen schwarzen Kiste, auf der Sarah Widerstand leistete und blau anlief.

«Hörst du mich?», fragte Susy das geknebelte Mädchen immer wieder. «Halt still.»

Genau in diesem Augenblick bemerkte ich, wie das Wasser durch das verrostete Abflussgitter in der Mitte des Kellers stieg. Ein Schwall von brackigem Stauwasser plätscherte in den Kellerraum, verzweigte sich auf dem unbeschichteten Betonboden in trägem Fluss zu Mündungsarmen, sammelte sich dort zu Pfützen, stieg an wie jählings an die Oberfläche gedrungenes Grundwasser, benetzte die wattierten Fußsohlen und die zottigen Bauchhaare und die schwarze Nasenspitze des ausgestopften Bisons. Es sah aus, als wäre der Bison für einen erfrischenden Schluck ins Wasserloch einer Tränke gewatet. Bei schweren Regenfällen steht der Keller oft unter Wasser. Ob es gerade regnete? Hier unten gab es keine Möglichkeit, das herauszufinden. Aus den verschiedenartigsten Gründen, von denen nicht der geringste jener war, dass es sich um unser Maskottchen handelte, versetzte mich diese Durchweichung des Bisons in Bestürzung. Aufgrund seines Standorts jedoch (direkt neben dem Koffer, auf dem soeben, als Mikrokosmos, eines der nach meiner

Ansicht großen Dramen unserer Kultur aufgeführt wurde) hielt ich es für das Beste, ihn zu lassen, wo er war. Man soll die Dinge sich selbst überlassen. Die Harris-Zwillinge machten jedenfalls nicht den Eindruck, als käme ihnen eine Unterbrechung gelegen; sie verrichteten gerade Schwerarbeit. In Sonderheit der barbrüstige Knabe zeigte einen für einen Zehnjährigen beeindruckenden Entwicklungsstand der Oberkörpermuskulatur. Kam wahrscheinlich von dieser dauernden Bogenschießerei. Hypertrophierte Latissimi und Waschbrettbauch bei minimalem subkutanem Fettanteil um die Hüften sowie Bizepse, die eine hübsche blaue Vene zur Schau stellten, wenn er seine Hände fest um die von Sarah schloss, tief einatmete, die in Freizeitschuhen steckenden Füße (die jetzt in einem sich rasch ausdehnenden See von Kanalisationswasser umherplatschten) gegen den Boden stemmte und mit großer Anstrengung zog, im Takt mit Susys rhythmischen Rufen, die wie die Steuerfrau eines Skullbootes die Mannschaft anfeuerte: «Zieht. Zieht. Zieht. Zieht. Zieht. Zieht. Zieht.» Und die Jungs zogen fürwahr, immer wieder, mit Nachdruck, mit Bravour, während aus dem Dunkel gleich nebenan das dünne Stimmchen von Jane fromme Wünsche vortrug: «Lieber Gott, bitte, lass die Sarah bei dir im Himmel droben wohnen, wohin all die Toten kommen, die im Leben gut waren, und auch wenn Sarah nicht eine von denen war, die du gut nennen würdest, so war sie doch eigentlich keine Mörderin, sondern ein Kind wie ich.» Und so weiter. Die Luft im Keller stank durchdringend nach dem Schweiß der Schüler und Sarahs Angst und Tims besudelten Windeln. Die Harris-Zwillinge sahen riesig aus. Der eine, welcher die Knöchel des Mädchens umklammert hielt, hatte wegen Sarahs schnauzergesichtigen Halbschuhen, die er zwar fest im Griff hatte, die ihr aber von den bestrumpften Füßen rutschten, einen Moment lang Schwierigkeiten, ihre Beine ruhigzustellen, weil er plötzlich nach hinten taumelte und beinahe die Balance verloren hätte. Aber nur beinahe. Er war ein sportliches Naturtalent. Er riss Sarah die Schuhe von den Füßen – wobei er die ganze Zeit über das zweite bleiche und strampelnde Bein fest im Griff behielt – und schleuderte sie voller Ingrimm davon, sodass der eine Schuh in einer Aufwärtsspirale wie eine Rakete gegen die Kellertür donnerte, der andere Zehe über Ferse in Janes Richtung zischte, die ihn zum Glück auf ihren Kopf zufliegen sah und sich duckte. Nun kam von oben eine neue Salve aufdringlichen Geschreis von Meredith («Was war denn *das*? Mach diese Tür auf!»), begleitet von dem hysterischen metallischen Rütteln des Türknaufs gegen den Riegel und dem Schlagen von Fäusten oder Werfen von etwas Gewichtigerem – Merediths Körper? – gegen die robuste alte Holztür, was sowohl vernehmliche Erschütterungen bewirkte, die donnernd über unsere Köpfe hinwegrumpelten, wie auch solche im Infraschallbereich. Dennoch war es so, als ereigneten sich diese Detonationen irgendwo in weiter Ferne. Nicht einer von uns, weder David noch Tim, weder Steven noch Jane, noch nicht einmal der kleine Brad, rührte sich. (Brad hielt sich allerdings den Kopf, welcher blutete; nachträglich sollte sich herausstellen, dass das Kind durch den rabiaten Ellbogen seiner Schwester einen teilweisen Verlust seiner Sehfähigkeit erlitten hatte, doch wer konnte das zu jenem Zeitpunkt schon wissen?) Wir waren ganz davon in Anspruch genommen, die schreckliche Zerreißung von Sarah mit anzusehen, Susys schrilles Trompeten, das maskuline Grunzen der Zwillinge und neuartige und merkwürdigere Laute mit anzuhören, die von der gelängten Form von Sarahs Körper ausgingen, welcher als fleischig rosarote Substanz quer über einem verdreckten Staukoffer lag, das unschuldige, blutleere Gesicht mit Stofflappen zugestopft, stumme Schreie gegen die Decke schreiend, während sich Schulter- und Hüft- und Hand- und Fußgelenksknochen verbogen und hin- und herbewegten und grotesk um die eigenen Achsen drehten, ehe sie aus ihren Gelenkpfannen auskugelten, als es schließlich zur grausamen Abtrennung von Sarahs nachgiebiger Leibesmitte kam und ihre Muskeln und Knorpel und Knochen in einzelne Stücke gerissen wurden.

Oder vielleicht war es auch nur die aus den Angeln springende Tür zum Keller, was dieses schreckliche Knacken verursachte.

Wenn ich jetzt auf all das zurückblicke – auf die aufgestemmte Tür und Sarahs gleichzeitige, allerletzte krampfartige Zuckungen; auf die anderen Kinder, die aufgewühlt im ansteigenden schmierigen Abwasser wateten, das weiter anschwoll und Sarahs verdrehte und schlaff von der mit Kalbsleder und Messing beschlagenen Kante des Koffers herabhängende Gliedmaßen beschmutzte; auf den spektakulären Auftritt von Meredith, die mit imperialer Geste die Treppe heruntergefegt kam, das Kind Hope wie ein dem Wahnsinn nahes Beuteltierjunges an ihrer Brust festgekrallt, für einen Rundblick kurz innehielt, um jene grässliche Szene zu erfassen, ehe sie sich spritzend einen Weg durch das Bett der Souterrainflut bahnte, an Sarahs Seite niederkniete und, aus irgendeinem unerfindlichen Grund, einen Büschel des triefnassen Haars des Mädchens in die Hand nahm, woraufhin sie zu mir hochstarrte, meine schöne, entsetzte Frau, mit der einen Hand Sarahs Haare festhaltend, mit der anderen noch immer Hope wiegend, und wie sich dann ihr Mund, der Mund meiner Frau, langsam öffnete, um die Worte «Mörder, Mörder» zu formen –, wenn ich auf all dies zurückblicke, jetzt, in der relativen Sicherheit meiner Dachkammer und mit einem Vorhängeschloss an der Tür, kann ich nur bekennen, dass es mir leidtut.

Heutzutage wird der Beruf des Lehrers gering geachtet. Wer wird denn die kommenden Generationen unterweisen? Wer wird sie in die schmerzlichen Exempel der Geschichte einweihen?

Nach wie vor bin ich vom Wert der Grundschulbildung überzeugt und glaube an die Besserung unserer verderbten Welt durch die Mittlerrolle der Kinder. Und schon regnet es. Es ist Nachmittag. Wer weiß, welchen Tag wir haben. Die ballübersäten Tennisplätze sind verlassen, und der Himmel ist schaurig schwarz. Auf meinem Schreibtisch stapelt sich noch immer Unerledigtes; in einer Minute fange ich an. Meine Frau fehlt mir schrecklich.

Blitze zucken übers Meer. Nur Sekunden später hallt der Donner. Oder vielleicht ist es auch nur eine der übrig gebliebenen Minen, die tief in dem vermaledeiten Park hochgeht. Nichts bewegt sich draußen außer den Baumwipfeln, die sich unter den Regenfahnen biegen, die der Wind über die Dächer peitscht, wo sie sich zerteilen und ihre Flut über Spaliere und Fensterflügel ergießen, die dann über Höfe und Gärten, über Gehsteige, Türtreppen und Einfahrten abfließt und sie hinwegspült, diese kalt leuchtende Welt. Es ist nicht gut, nach draußen zu gehen. Dort gibt es Schlangen. Und die violetten Flecken, die meine Hände und Arme bedecken, sind auch nicht andeutungsweise verschwunden, sondern stetig und üppig gediehen, sie verfärben und entstellen die Haut und füllen mir den Kopf mit fiebrigen Gewissheiten. Schweiß und Irrsinn. In der Nacht, schlaflos und allein, sehe ich den sicheren Tod vor mir. Jeden Tag steigt das Wasser im Souterrain ein kleines bisschen höher. Obenauf schwimmen Bücher, Spielsachen und Puppen, Blumenblätter, eine Windel. Nach unten braucht man wirklich nicht zu gehen. Die Küche ist ein einziges Chaos. Der Strom ist weg. Es riecht nach Verfaultem. Nach verfaulter Lunge, verfaulten Genitalien, verfaultem Herzen. Warum können wir alle uns nicht mit dem bescheiden, was uns das Leben gibt? Ich für meinen Teil kann nur hoffen, dass der unglückselige Vorfall, in den meine süße kleine Schülerin verwickelt war, bei meiner Wählerschaft in den anstehenden Wahlen nicht zu Vorurteilen führt. Mitgefühl ist das Wichtigste. Was die arme Sarah betrifft, möge die Feststellung genügen, dass sie hinausgetragen werden musste. Es sieht rundum schlecht aus. Hoffnung ist nirgendwo in Sicht. Ich wünschte, Meredith würde heimkommen. Ich will sie ficken. Sie hat keine gute Meinung von mir.

MIX
Papier aus verantwortungsvollen Quellen
FSC® C083411
FSC
www.fsc.org

Das für dieses Buch verwendete FSC®-zertifizierte Papier *Lux Cream* liefert Stora Enso, Finnland.